KB014776

어둠의 심장

휴머니스트 세계문학 041

어둠의 심장
HEART OF DARKNESS

조지프 콘래드 | 황유원 옮김

차례

일러두기

1. 번역 대본으로는 Joseph Conrad, *Heart of Darkness*(W. W. Norton&Company, 2016)를 사용했다.
2. 주석은 모두 옮긴이 주다.
3. 본문 중 굵은 글씨는 원서에서 이탤릭체로 강조한 부분이다.

제1장

쌍돛대 유람선 넬리호는 돛을 전혀 펄럭이지 않은 채 닻 쪽
으로 움직이다가 정지했다. 이미 밀물이 들어와 있었고 바람
도 거의 불지 않았는데, 배는 하류 쪽으로 내려갈 예정이었으
므로 정박한 후 조수가 바뀌길 기다리는 수밖에 없었다.

바다로 통하는 템스강의 직선 수로는 끝없이 이어지는 물
길의 시작점처럼 우리 앞에 펼쳐져 있었다. 멀리 보이는 앞바
다에서 바다와 하늘은 이음매도 없이 이어져 있었고, 그 빛나
는 공간 속에서 조수를 따라 흘러온 바지선들의 그을린 돛은
니스 칠을 한 스프리트●를 반짝이며 뾰족하게 솟은 붉은 캔
버스 천의 무리를 이룬 채 정지해 있는 듯 보였다. 안개가 깔
린 낮은 강기슭은 바다로 평평히 뻗어가다가 사라지고 있었

● 돛을 펴는 데 쓰는 작은 원재(圓材).

다. 그레이브젠드● 상공의 대기는 어두웠고, 훨씬 더 뒤쪽에서는 애절한 어둠으로 응축되어 지상에서 가장 크고 위대한 도시를 가만히 뒤덮고 있었다.

여러 회사의 중역인 남자가 우리의 선장이자 우리를 초대한 주인이었다. 뱃머리에 서서 바다 쪽을 바라보는 그의 뒷모습을 우리 네 사람은 애정 어린 눈길로 쳐다보았다. 강 전체에서 그의 반만큼이라도 선원다워 보이는 것은 아무것도 없었다. 그는 선원에게 신뢰의 화신이라고 할 수 있는 수로 안내인을 닮아 있었다. 그의 일터가 저 빛나는 강 하구가 아니라 그의 뒤쪽에 뒤덮인 어둠 속에 있다는 사실이 잘 이해가 가지 않았다.

내가 어디선가●● 이미 말했듯이, 우리 사이에는 바다로 인해 생겨난 유대감이 있었다. 그 유대감 덕분에 우리는 오랜 기간 떨어져 있어도 한마음으로 뭉칠 수 있었고, 또한 서로의 긴 이야기, 심지어 확신까지도 관대하게 봐줄 수 있었다. 늙은이들 가운데 가장 훌륭한 자인 변호사는 나이도 많고 지닌 미덕도 많기에 갑판에서 하나뿐인 쿠션을 차지한 채 역시 하나뿐인 깔개에 누워 있었다. 회계사는 벌써 도미노 상자를 꺼

● 영국 템스강 하구의 마지막 대도시.

●● 조지프 콘래드의 자전적 단편소설 〈청춘〉으로, 콘래드가 '말로'를 화자로 삼은 첫 작품이다.

내놓고 장난삼아 골패를 쌓고 있었다. 말로는 배의 바로 뒤쪽에서 책상다리로 앉은 채 뒷돛대에 몸을 기대고 있었다. 움푹 들어간 볼, 누르스름한 안색, 꼿꼿한 등, 금욕적인 용모와 더불어 양팔을 떨어뜨리고 손바닥을 바깥으로 향한 그의 모습은 어떤 우상을 닮아 있었다. 닻이 잘 내려진 것에 만족한 중역은 선미 쪽으로 와서 우리 사이에 앉았다. 우리는 느긋하게 몇 마디 말을 주고받았다. 그러고는 배의 갑판에 침묵이 감돌았다. 어떤 이유에선지 우리는 도미노 게임을 시작하지 않았다. 우리는 명상에 잠긴 듯한 기분이었고, 차분히 응시하는 것 말고는 아무것도 하고 싶어 하지 않았다. 바람 한 점 없이 매우 아름다운 고요한 광휘 속에 하루가 막을 내리고 있었다. 강물은 평화로이 빛났고, 구름 한 점 없는 하늘에는 때 묻지 않은 빛이 상냥하고도 광대히 펼쳐져 있었다. 에식스 늪지대의 안개는 얇고 빛나는 직물처럼 내륙의 울창한 언덕에 걸린 채 반투명 주름을 낮은 강기슭에 드리우고 있었다. 오직 상류 유역을 뒤덮은 서쪽의 어둠만이 태양의 접근에 분노하기라도 한 듯 매 순간 조금씩 더 어두컴컴해지고 있을 뿐이었다.

그리고 마침내, 곡선을 그리며 감지할 수 없을 만큼 느리게 떨어지던 태양이 낮게 가라앉았고, 군중을 뒤덮고 있던 그 어둠에 닿아 갑자기 꺼져버리며 죽음을 맞이하기라도 할 것처럼 빛나는 하얀색에서 빛줄기도 열기도 없는 흐릿한 붉은색으로 변해버렸다.

곧장 강물에도 변화가 일어나 평온한 수면은 덜 빛나면서도 더 심오하게 변했다. 오래된 강은 저무는 하루에도 냉정을 잃지 않은 채 드넓은 유역에서 쉬고 있었다. 양쪽 강기슭에 살던 민족에게 오랜 세월에 걸쳐 훌륭히 봉사한 후, 이 세상 가장 먼 끝까지 이어진 수로로서 지닌 고요한 위엄을 보이며 뻗어 있었다. 우리는 왔다가 영영 가버리는 짧은 하루의 생생한 도취가 아니라, 변치 않는 기억의 존엄한 빛 속에서 그 유서 깊은 물결을 바라보았다. 그리고 확실히 말하건대, 경외심과 애정을 품고 소위 '바다를 따라간'● 사람에게 템스강의 하류에서 과거의 위대한 영혼을 불러내는 것보다 더 쉬운 일은 없다. 안식처로서의 집이나 전쟁터로서의 바다로 사람들과 배들을 실어 날랐던 기억을 가득 품은 채, 조류는 끊임없이 봉사하며 이리저리 흐르고 있다. 조류는 전 국민이 자랑스러워하는 모든 사람, 즉 프랜시스 드레이크 경부터 존 프랭클린 경●●에 이르기까지 작위의 유무와 상관없이 바다의 편력 기사였던 모든 기사를 알고 섬겼었다. 뱃전이 불룩해지도록 보

● '선원이 되다'라는 뜻.
●● 프랜시스 드레이크 경(1540?~1596)은 영국의 항해가이자 제독으로, 1580년에 골든 하인드호를 타고 영국인으로서는 최초로 세계 일주 항해에 성공했다. 존 프랭클린 경(1786~1847)은 영국의 제독이자 탐험가로, 1846년에 에러버스호와 테러호를 이끌고 북극 항로 개척에 나섰다가 실종되었다가 168년 만인 2016년에 잔해가 발견되었다.

물을 가득 싣고 돌아와 여왕 폐하의 방문을 받은 후 거대한 이야기에서 사라져버린 골든 하인드호에서부터 다른 정복에 나섰다가 영영 돌아오지 못한 에러버스호와 테러호에 이르기까지, 조류는 그 이름이 시대의 밤하늘에서 보석처럼 반짝이고 있는 모든 배를 실어 날랐었다. 조류는 그 배들과 사람들을 알고 있었다. 그들은 데트퍼드에서, 그리니치에서, 이어리스에서 출항했었다. 모험가들과 정착민들, 왕실의 배들과 거래소 상인의 배들, 선장들, 제독들, 동양 무역에 나선 어둠의 '무면허 상인들', 동인도회사에서 임명한 선단의 '장군들' 모두가. 황금을 찾는 자든 명예를 좇는 자든, 그들은 모두 칼을 들거나 종종 횃불을 든 채 나라가 지닌 무력의 전달자로서, 성스러운 불꽃의 운반자로서 저 강물을 따라 출항했었다. 인간의 꿈, 영국연방의 씨앗, 제국의 싹……. 이 위대한 것들 가운데 저 강의 썰물을 타고 신비로운 미지의 땅으로 흘러가지 않은 게 있었던가!

해가 졌다. 강물 위로 땅거미가 내리고 강기슭을 따라 불빛이 보이기 시작했다. 진흙 평지에 세 다리로 우뚝 서 있는 채프먼 등대가 강렬히 반짝였다. 항로에서 배들의 불빛이 이리저리 움직였다. 마구 뒤섞인 채 오르내리는 불빛들. 그리고 저 멀리 서쪽 상류 유역으로는 괴물처럼 커다란 도시의 위치가 여전히 하늘에 불길하게 나타나 있었다. 햇빛 속에서는 어둠에 뒤덮여 있던 것이 별빛 아래서는 야단스러울 만큼 환히 빛나며.

"그리고 이곳 또한……." 말로가 갑자기 입을 열었다. "지구 상의 어두운 곳 중 하나였지."

그는 우리 중에서 여전히 '바다를 따라가는' 유일한 사람이 었다. 그에 대해 할 수 있는 최악의 말은 그가 자기 부류의 대 표자는 못 된다는 것 정도였다. 그는 선원인 동시에 방랑자 이기도 했는데, 반면 대부분의 선원은 굳이 말하자면 정주민 의 삶을 살아간다. 그들은 집에 틀어박혀 있어야 한다는 마음 을 먹고 있고, 집은 늘 그들과 함께 있으며, 그것은 나라의 경 우도 마찬가지인데, 그들에게 집은 곧 배요, 나라는 곧 바다 다. 하나의 배는 또 다른 배와 아주 비슷하며, 바다는 늘 같은 바다다. 이처럼 불변하는 환경 속에서 이국의 해안들, 이국의 얼굴들, 변화하는 어마어마한 인생은 어떤 신비감이 아니라 가벼운 경멸이 섞인 무지에 가린 채 미끄러지듯 스쳐 지나가 버리는데, 자기 존재의 주인이자 운명처럼 불가해한 바다 자 체를 제외하면 선원에게 신비로운 것은 아무것도 없기 때문 이다. 그것을 논외로 하고 나면, 근무시간 후 해안에서 느긋 하게 거닐거나 흥청거리는 것만으로도 전체 대륙의 비밀을 밝혀내기에 충분한데, 보통 그렇게 밝혀낸 비밀은 알 만한 가 치도 없다. 선원들의 이야기는 직접적이고 단순한 것으로, 그 전체 의미는 깨진 견과류의 껍질 안에 들어 있기 마련이다. 하지만 말로는 (이야기를 장황하게 늘어놓는 성향만 제외하면) 전형적인 선원이 아니었다. 그에게 사건의 의미란 알맹이처럼 안에 있는 게 아니라 바깥에 있으면서, 불빛이 아지랑이를 드러내주듯 의미를 드러나게 하는 이야기를 감싸고 있는 것이었다. 때로 허깨비 같은 달빛을 받았을 때 모습을 드러내는 그런 희부연 달무리처럼 말이다.

그의 말은 전혀 놀라울 게 없어 보였다. 그것은 그냥 말로다운 행동이었다. 다들 침묵하면서 그것을 받아들였다. 굳이 애써 불평하는 사람은 아무도 없었고, 이윽고 그가 아주 느리게 이야기를 이어나갔다.

"나는 아주 옛날, 로마인들이 처음 이곳에 왔던 1900년 전을 생각하고 있었네. 불과 며칠 전 일인 것만 같군……. 그 후로 이 강에서 빛이 뿜어져 나왔지. 빛이 아니라 기사들 아니냐고?● 그래, 하지만 그것은 평원을 내달리는 불길, 구름 속에서 번쩍이는 번개 같은 것이야. 우리는 한순간 깜박이는 그 빛 속에 살고 있는 거지. 이 나이 든 지구가 계속 굴러가는 한 그 빛도 계속 이어지길! 하지만 어제만 해도 이곳에는 어둠이 있었어. 지중해에서 훌륭한, 그걸 뭐라고 부르더라? 3단 노로 된 갤리선을 지휘하다가 갑자기 북쪽으로 가라는 명령을 받고는 급히 육로로 갈리아 지역을 가로질러 고대 로마 군단, 분명 놀라울 만큼 손재주가 뛰어났던 게 분명한 이

● '빛(Light)', '기사들(Knights)'로, 각운을 맞춘 것이다.

들이 만든, 책에 쓰인 내용을 믿는다면 한두 달에 백 척이나 만든 게 분명한 그 배들을 맡게 된 사령관의 기분을 상상해 보게. 이곳에 온 그를 한번 상상해봐. 이 세상의 끝, 납빛 바다, 연기 색깔의 하늘, 견고하기가 육각형의 소형 아코디언 정도인 배. 그렇게 물자를 싣고, 혹은 사명을 띠고, 혹은 다른 무엇을 실은 채 이 강을 거슬러 올라간 그를 말일세. 모래톱, 늪지, 숲, 야만인들…… 문명인이 먹기에 적합한 것은 거의 없고, 마실 물도 템스강의 물이 전부였겠지. 이곳에는 팔레르노 포도주도 없었고, 상륙할 수도 없었어. 황무지 이곳저곳에 버려진 군인 막사가 있긴 했을 거야. 건초 더미 속에 있는 바늘처럼 말이지. 추위, 안개, 폭풍, 질병, 유랑, 그리고 죽음…… 공기 중에, 물속에, 덤불 속에 숨어 다니던 죽음. 그들은 이곳에서 파리 떼처럼 죽고 말았을 게 분명하네. 오, 그래, 하지만 그는 그 일을 해냈지. 그것도 분명 아주 잘해냈어. 그것에 대해 별생각도 없이 말일세. 어쩌면 나중에 자신이 그때 겪은 일에 대해 허풍을 떨었을지는 모를 일이지만. 그들은 어둠과 맞설 만큼 충분히 남자다운 자들이었지. 그리고 어쩌면 그는 곧 라벤나●의 선단 사령관으로 진급할 기회를 노리며 힘을 얻었을지도 몰라. 만일 로마에 훌륭한 친구들이 있고 끔찍한 날씨에도 살아남았다면 말이지만. 혹은 운명을 바꿔

● 이탈리아 북부, 아드리아 해안에 있는 고대 도시로 로마 해군기지가 있던 곳.

보려고 장관이나 세금 징수원이나 상인의 무리에 끼어 이곳에 오게 된, 아마도 도박을 너무 많이 했을, 토가를 걸친 의젓한 젊은 시민을 한번 생각해보게. 늪에 상륙해서 숲을 지나 행군하다가 어느 내륙의 주둔지에 이르러 자기 주위를 에워싼 야만성, 그 철저한 야만성을 느끼게 될 거야……. 숲에서, 정글에서, 야만인의 가슴속에서 꿈틀거리는 그 모든 야생의 신비한 생명력을. 그런 신비에는 입문할 수도 없지. 그는 이해할 수 없는 동시에 혐오스럽기까지 한 것들 사이에서 살아가야만 하네. 그런데 거기에는 그의 감정에 영향력을 행사하는 매혹 또한 존재해. 혐오스러움이 지니는 매혹이지. 왜 있잖나. 점점 커지는 후회, 탈출하고픈 열망, 무력한 역겨움, 굴복감, 증오를 한번 상상해보게."

그가 말을 멈추었다.

"생각해보게." 그가 다시 말을 이었다. 한쪽 팔만 구부려 들어 올리고 손바닥을 바깥쪽으로 향한 채 책상다리로 앉아 있는 그의 자세는 꼭 연꽃을 들지 않은 채 유럽인의 옷을 입고 설법하는 부처 같았다. "생각해보게. 우리 중 누구도 정확히 이런 기분은 느끼지 못할 걸세. 우리를 구해주는 것은 효율성, 효율성에 대한 헌신이야. 하지만 그 녀석들은 사실 그리 대단한 자들이 아니었지. 그들은 식민지 개척자도 아니었

● 고대 로마의 고유 의상. 어깨와 아래쪽으로 걸쳐서 입는다.

어. 내 생각에 그들의 통치란 그저 쥐어짜내는 행위에 불과했던 게 아닌가 싶어. 그들은 정복자였고, 정복을 위해 필요한 것은 난폭한 힘뿐이지. 그런 힘은 전혀 자랑거리가 못 되는데, 우리의 힘이라는 것은 다른 사람의 나약함으로 인해 우연히 생겨난 결과물일 뿐이니까 말이야. 그들은 손으로 잡을 수 있는 것은 무엇이든 그저 손에 넣기 위해 빼앗았다네. 그것은 단지 폭력이 동원된 강도질, 대규모로 이루어진 악질적인 살인에 불과했고, 그들은 맹목적으로 그 짓을 저질렀어. 어둠과 맞붙는 자들에게 아주 어울리는 행동이 아닐 수 없지. 지구의 정복이라는 것은 대개 우리와 피부색이 다르거나 코가 우리보다 살짝 낮은 사람들의 소유물을 빼앗는 것을 의미하기에, 너무 자세히 들여다보면 보기 흉하게 마련이야. 우리를 그런 흉함에서 구해주는 것은 이념뿐일세. 그 배후에 자리한 이념, 감상적인 구실이 아닌 이념, 그리고 그 이념에 대한 헌신적인 믿음, 모셔놓고 앞에서 절하며 제물을 바칠 수 있는 대상으로서의 무엇……."

그가 말을 멈추었다. 불꽃들이 미끄러지듯 강 위로 지나갔다. 작은 초록 불꽃, 빨간 불꽃, 하얀 불꽃이 서로 뒤쫓고 앞지르고 합쳐지고 교차했고, 그러더니 천천히 혹은 성급히 따로 떨어졌다. 그 거대한 도시의 교통은 깊어가는 밤에도 잠들지 않는 강 위에서 계속되고 있었다. 우리는 끈기 있게 기다리며 계속 바라보았다. 밀물이 끝나기 전까지는 달리 할 일이 없었으니까. 하지만 긴 침묵 후에 그가 주저하는 목소리로 "아마도 자네들은 한때 내가 잠시 하천의 배를 타는 선원이 되었던 때를 기억할 걸세"라고 말하자 우리는 썰물이 시작되기 전까지 말로의 언제 끝날지 모르는 경험담 중 하나를 들을 수밖에 없는 운명임을 알았다.

"내게 개인적으로 일어난 일로 자네들을 괴롭히고 싶지는 않네." 그는 이렇게 이야기를 시작했는데, 이 말에는 자신의 청중이 가장 듣고 싶어 하는 게 뭔지 모를 때가 정말 많은 듯한 여러 이야기꾼의 약점이 드러나 있었다. "하지만 그것이 내게 끼친 영향을 이해하려면, 내가 어떻게 그곳에 가게 되었는지, 무엇을 보았는지, 어떻게 그 강을 거슬러 올라가서 그 불쌍한 친구를 처음 만난 곳에 이르게 되었는지를 알아야만 하네. 그것은 나의 항해 여정 중 가장 먼 지점이자 내 경험의 정점이었어. 어쩐지 나에 관한 모든 것에, 그리고 나의 사고에 어떤 해명의 빛을 던져주는 듯했지. 그것은 충분히 침울한, 그리고 가련한 경험이기도 해서 어떤 의미에서든 비범하다고는 할 수 없었어. 별로 명확하다고도 할 수 없었고. 그래, 전혀 명확하지 않았네. 그럼에도 그것은 어떤 해명의 빛을 던져주는 듯했어.

자네들도 기억하겠지만, 그때 나는 인도양, 태평양, 중국해를 6년 징도 실컷 경험하고, 그러니까 동양을 만끽하고 런던으로 막 돌아와 빈둥거리면서, 마치 자네들을 개화시켜야 한다는 천상의 임무라도 띤 것처럼 자네들의 일터나 집으로 쳐들어가서 자네들을 방해했었지. 그것도 한동안은 꽤 재미있었지만, 조금 지나자 쉬는 것도 지겨워지더군. 그래서 나는 배를 찾기 시작했어, 세상에서 가장 힘든 일을 해볼 생각으로 말일세. 하지만 배들은 나를 거들떠보지도 않았어. 그래서 나도 그 일에 싫증이 나고 말았지.

그런데 나는 어렸을 때 지도를 아주 좋아했다네. 남미나 아프리카나 오스트레일리아를 몇 시간씩 살펴보며 온갖 영광스러운 탐험을 하는 상상에 푹 빠지곤 했지. 당시에는 지구상에 텅 빈 공간이 많았고, 지도상에서 특히 유혹적으로 보이는 곳을 발견하면(사실 모든 곳이 그렇긴 했지만) 나는 손가락을 갖다 대고는 '어른이 되면 가봐야지' 하고 말하곤 했어. 내 기억에 북극도 그런 곳 중 하나였다네. 음, 그곳에는 아직 가보지 못했지만 이제는 가보려 하지 않을 것 같아. 매력이 사라져버렸거든. 다른 곳들은 적도와 남반구와 북반구 주변에 흩어져 있었지. 그중 몇 군데는 가봤지만……. 글쎄, 그 이야기는 여기서 하지 않을 걸세. 그런데 내가 여전히 갈망하는 곳이 한 군데 있었어. 말하자면 가장 크고 가장 텅 비어 있는 곳이었지.

사실 그 무렵 그곳은 더 이상 텅 빈 공간이 아니었다네. 그곳은 나의 어린 시절 이후로 강과 호수와 이름으로 가득 채워져 있었지. 그곳은 이제 즐겁고 신비로운 텅 빈 공간, 소년이 바라보며 영광스러운 꿈을 꾸던 하얀 여백이 아니었어. 어둠의 공간이 되어 있었지. 그런데 그곳에는 특별한 강, 지도상에 보이는 몹시 커다란 강이 하나 있었는데, 그 강은 똬리를 푼 채 머리는 바다에 두고, 움직이지 않는 굽이진 몸은 거대한 나라에 걸치고, 꼬리는 깊숙한 내륙에 두어서 보이지 않는 거대한 뱀을 닮았더군. 나는 진열장 유리 안에 있는 그 지도를 쳐다보다가 새, 어리석은 작은 새가 뱀에게 매혹되듯 그것에 매혹되고 말았어. 그때 그 강에서 무역을 하는 커다란 기업체인지 회사 하나가 있다는 사실이 떠오르더군. 빌어먹을! 나는 생각했지. 저 큰 강에서는 어떤 종류의 배 없이는 무역을 할 수 없겠다고. 증기선 말이야! 나도 그런 배 한 척을 맡아보면 어떨까? 계속해서 플리트가를 따라 걸어가는데 그 생각을 떨칠 수가 없더군. 그 뱀한테 마음을 빼앗겨버린 거야.

자네들도 알다시피 그곳, 그 무역 단체는 유럽 기업체였어. 그런데 내게는 유럽에 사는 친척이 많은데, 그들 말로는 물가가 싸고 겉으로 보이는 것처럼 지저분하지도 않아서 거기 산다고들 하더군.

자백하려니 부끄럽지만, 나는 그들을 성가시게 하기 시작했다네. 나로서는 그것부터가 이미 새로운 출발이었지. 알다시피 나는 그런 식으로 일을 처리하는 데 익숙하지 않았으니까. 나는 가고 싶은 곳이 있으면 내 두 다리로 나만의 길을 걸어 그곳에 갔었지. 나로서도 믿을 수 없는 일이지만 그때는, 자네들도 알다시피 왠지 수단과 방법을 가리지 않고 반드시 그곳에 가야 한다는 느낌이 들었어. 그래서 나는 그들을 성가시게 했다네. 남자 친척들은 '여보게' 어쩌고저쩌고 떠들고는 아무것도 해주지 않더군. 그래서, 믿을 수 있겠나? 나는 여자 친척들에게 도움을 청해보았지. 나, 찰리 말로가 여자들을 동원했다 이 말일세. 일을 얻으려고. 세상에나! 그런데 여보게, 그 생각이 나를 그렇게 몰아갔다네. 내게는 아주머니 한 분이 계셨는데, 상냥하고 열렬한 영혼의 소유자였지. 아주머니는 편지에 이렇게 쓰셨어. '아주 즐겁겠구나. 나는 너를 위해서라면 뭐든 기꺼이 해줄 준비가 되어 있단다. 그건 정말 훌륭한 생각이야. 내가 이사회의 고위 인사 부인과 큰 영향력을 지닌 남자를 알고 있으니…….' 아주머니는 강을 오가는 증기선 선장으로 임명되는 게 나의 바람이라면 그 바람이 이루어질 때까지 계속 호들갑을 떨고 다닐 결심을 하셨던 거야.

물론 나는 선장으로 임명되었지. 그것도 아주 빨리. 보아하니 회사는 자기네 선장 중 한 명이 원주민들과 실랑이를 벌이다가 죽임을 당했다는 소식을 들은 모양이더군. 나로서는 기회였고, 그로 인해 가고 싶은 마음이 더욱 간절해졌어. 불과 몇 달 후 그 선장의 시신을 수습하러 가서야 나는 애초에 암탉 몇 마리 때문에 생긴 오해로 다툼이 벌어졌다는 이야기를 듣게 되었네. 그래, 검은 암탉 두 마리 때문이었지. 프레슬레벤, 그게 그 덴마크 친구의 이름이었어. 그 친구는 어쩐지 흥정 과정에서 피해를 봤다고 생각했고, 그래서 뭍에 올라 막대기로 그 마을 촌장을 후려치기 시작했다는군. 오, 나는 그 이야기를 듣고 조금도 놀라지 않았고, 그건 프레슬레벤이 이제 껏 두 다리로 걸어 다닌 존재 중 가장 온화하고 가장 조용한 자였다는 말을 들었을 때도 마찬가지였지. 그는 틀림없이 그런 자였을 걸세. 하지만 그는 이미 몇 년째 대의명분을 지키며 그곳에 머무르고 있었고, 아마도 마침내 어떤 식으로든 자존심을 세울 필요를 느꼈던 모양이야. 그래서 그 늙은 검둥이를 후려쳤고, 그동안 잔뜩 모여든 마을 사람들은 벼락이라도 맞은 듯 깜짝 놀란 채 그를 쳐다보았는데, 그러다가 촌장의 아들이라고 하는 어떤 남자가 노인의 비명을 듣다못해 될 대로 되라는 심정으로 백인 남자를 창으로 한번 쿡 찔러봤던 거지. 그리고 당연히 그 창은 백인 남자의 어깨뼈 사이로 푹 들어가버렸고. 그러자 온갖 종류의 재앙이 닥칠 것을 예상한 마을 사람들은 모두 숲속으로 도망쳐버렸고, 프레슬레벤이 지휘하던 증기선도 엄청난 공포에 사로잡힌 나머지 아마도 기관사의 통솔하에 떠나버렸던 거야. 그 후로 내가 그곳에 가서 그의 자리를 대신하기 전까지 그 누구도 프레슬레벤의 시신에 딱히 신경 쓴 것 같지 않았어. 나로서는 그것을 거기 그냥 내버려둘 수가 없었네. 그런데 마침내 나의 전임자를 만날 기회가 찾아왔을 때 보니, 갈비뼈 사이로 튀어나온 풀이 유골을 가릴 만큼 길게 자라 있더군. 유골은 온전히 그 자리에 있었지. 초자연적 존재로 여겨서 쓰러진 후에 아무도 손을 대지 않았던 거야. 마을은 버려져 있었고, 오두막들은 쓰러진 울타리 안에서 모두 비스듬히 기운 채 썩어가며 쩍 벌어진 구멍을 드러내고 있었어. 아니나 다를까 정말로 재앙이 닥쳤던 거지. 사람들은 모두 사라지고 없었네. 광기 어린 공포가 남자들, 여자들, 아이들을 덤불 여기저기에 흩어지게 했고, 그들은 다시는 돌아오지 않았어. 암탉들이 어떻게 되었는지는 나도 모르겠네. 어쨌든 그들이 그렇게 된 것은 진보라는 대의명분 때문이었다고 생각해야겠지. 하지만 이 영광스러운 사건 덕분에 나는 미처 기대하기도 전에 선장으로 임명될 수 있었다네.

나는 준비하느라 미친 듯이 바삐 돌아다녔고, 사십팔 시간이 지나기도 전에 나의 고용주들을 만나 계약서에 서명하려고 영국해협을 건너고 있었어. 몇 시간도 지나지 않아 나는 어떤 도시●에 도착했는데, 그 도시는 내게 늘 회칠한 무덤●●을 떠올리게 하는 곳이야. 그것은 물론 편견일 테지. 회사 사무실을 찾는 데는 전혀 어려움이 없었네. 그 회사는 도시에서 가장 큰 곳이었고, 내가 만난 모두가 그곳을 아주 잘 알고 있었거든. 그들은 해외 제국을 운영해서 무역으로 한없이 많은 돈을 벌어들일 작정이었다네.

깊은 그림자가 드리워진 좁고 인적 없는 거리, 높은 집들,

● 당시 '콩고 자유국'으로 불리던 벨기에령 콩고의 정부가 있던 벨기에 브뤼셀.

●● 《마태복음》23장 27절에서 유래한 표현으로 '위선자'를 뜻한다.

베니션블라인드가 처진 무수한 창문, 쥐 죽은 듯한 적막, 돌 사이로 돋아난 풀, 좌우로 자리한 인상적인 마차용 아치길, 살짝 열린 채 육중하게 서 있는 거대한 쌍여닫이문. 나는 이런 틈새 중 하나로 들어가서 잘 쓸어놓았지만 장식이 없어 사막처럼 무미건조한 계단을 올라가서는 첫 번째로 다다른 문을 열었네. 한쪽은 뚱뚱하고 한쪽은 날씬한 두 여자가 엉덩이를 대는 부분이 짚으로 된 의자에 앉아서 검은 털실을 짜고 있더군. 날씬한 여자가 일어나더니, 여전히 눈을 내리깐 채 뜨개질을 하며 내 쪽으로 곧장 걸어왔고, 몽유병자를 만났을 때 그러하듯 그녀 옆으로 비켜야겠다는 생각이 들기 시작한 순간에야 그녀가 걸음을 멈추고 고개를 들었어. 우산 커버처럼 아무 장식이 없는 옷을 입은 그녀가 한마디 말도 없이 돌아서더니 앞장서서 대기실로 향하더군. 나는 이름을 말해주고는 주변을 둘러보았네. 중앙에는 송판 테이블이, 사방의 벽에는 평범한 의자가 쭉 놓여 있었고, 벽 한쪽 끝에는 온갖 종류의 색으로 표시된 커다란 지도●가 빛나고 있었지. 붉은색으로 표시된 곳, 얼마간 진짜 사업이 이루어졌음을 알기에 언제 봐도 보기 좋은 곳이 어마어마하게 많았고, 파란색으

● 19세기 아프리카 지도에서 붉은색은 영국령, 파란색은 프랑스령, 보라색은 독일령, 노란색은 벨기에령을 가리킨다. 지도에 따라 차이가 있는 초록색과 오렌지색은 보통 스페인령, 포르투갈령, 이탈리아령을 뜻한다.

로 표시된 곳도 굉장히 많았고, 초록색으로 표시된 곳도 조금, 오렌지색으로 표시된 곳도 군데군데 얼룩처럼 있었고, 동해안 쪽으로는 유쾌한 진보의 개척자들이 유쾌하게 라거맥주를 마시는 곳이 어디인지 알려주는 보라색 부분이 있더군. 하지만 그중에서 내가 가려는 곳은 없었네. 나는 노란색으로 표시된 곳으로 갈 작정이었어. 정중앙으로. 그리고 그곳에는 뱀 같은, 치명적일 만큼 매력적인 그 강이 있었지. 아아! 문이 열리고 비서의 백발 머리가 동정 어린 표정을 지으며 나타나더니, 비쩍 마른 집게손가락을 움직여 내게 성역으로 들어오라는 손짓을 보내더군. 그곳의 조명은 어두웠고, 중앙에는 묵직한 책상이 몸을 웅크린 채 놓여 있었지. 그 덩어리 뒤에서 프록코트를 입은 창백하고 토실토실한 형체가 모습을 드러냈어. 바로 그 위대하신 분 본인이었지. 내가 보기에 그의 키는 168센티미터 정도에 불과했는데, 그럼에도 그는 수백만 명 이상의 사람을 움직이는 손잡이를 꽉 붙들고 있는 인물이었어. 그는 아마 나와 악수를 했던 것 같고, 몇 마디 말을 모호하게 중얼거렸고, 나의 프랑스어 실력에 만족했지. **잘 다녀오시오(Bon Voyage)**.

대략 사십오 초 만에 나는 다시 대기실로 나와서 동정 어린 표정을 짓는 비서와 함께 있었고, 그녀는 슬픔과 연민이 가득한 얼굴로 내게 몇몇 서류에 서명을 부탁했네. 나는 이런저런 조항에 따르기로 약속했던 것 같은데, 그중에는 무역과 관련된 어떤 비밀도 누설하지 않겠다는 약속도 포함되어 있었지. 뭐, 물론 그 약속은 지킬 거야.

나는 살짝 불안해지기 시작했어. 자네들도 알다시피 나는 그런 격식에 익숙한 사람이 아니고, 그곳에는 뭔가 불길한 분위기마저 감돌았거든. 마치 내가 모르는 어떤 음모에, 뭔가 상당히 잘못된 일에 휘말린 듯한 기분이었지. 그래서 밖으로 나가니 기쁜 마음이 들더군. 바깥쪽 방에서는 두 여자가 검은 털실을 열심히 짜고 있었어. 사람들이 들어오자 젊은 여자가 이리저리 걸어 다니며 그들을 안내했지. 나이 든 여자는 의자에 앉아 있더군. 그녀가 신은 천으로 된 납작한 슬리퍼는 탕파●에 올려져 있었고, 고양이 한 마리가 그녀의 무릎 위에서 휴식을 취하고 있었어. 그녀는 풀을 먹인 하얀 천을 머리에 쓰고 있었고, 한쪽 뺨에는 사마귀가 나 있었으며, 코끝에는 은테 안경이 걸려 있었지. 그녀가 안경 너머로 나를 힐끗 쳐다봤어. 그 표정에 담긴 재빠르고도 무관심한 차분함에 마음이 어지러워지더군. 멍청하고 유쾌한 표정을 짓고 있는 두 젊은이가 이리저리 안내되고 있었는데, 그녀는 그 둘에게도 무심한 지혜가 담긴 똑같은 시선을 힐끗 보냈지. 그녀는 그 둘과 나에 대한 모든 것을 알고 있는 듯했어. 으스스한 기분이 엄습하더군. 그녀는 불가사의하고 운명적인 존재처럼

● 뜨거운 물을 넣어서 그 열기로 몸을 따뜻하게 하는 기구.

느껴졌어. 나는 종종 그 먼 곳에 가서도 이 둘을 생각했다네. '어둠'의 문을 지키며 검은 털실로 관을 덮는 따스한 천을 짜던 이 둘을, 한 명은 사람들을 계속해서 미지의 영역으로 안내하고, 한 명은 무심하고 나이 든 눈빛으로 유쾌하고 멍청한 얼굴들을 물끄러미 쳐다보던 이 둘을. **만세(Ave)!** 검은 털실을 짜는 나이 든 여인이여. **곧 죽을 저희가 당신께 인사드립니다(Morituri te salutant).**• 그녀가 쳐다본 이 중 그녀를 다시 본 사람은 그리 많지 않았다네. 절반도 되지 않았을 거야.

아직 의사를 만날 일이 남아 있더군. 비서가 내 모든 슬픔에 십분 공감한다는 태도를 보이며 '단순히 형식적인 절차일 뿐입니다'라는 말로 나를 안심시켰어. 곧이어 왼쪽 눈썹 위로 모자를 눌러쓴 젊은 친구가 위층 어딘가에서 내려와 나를 안내했는데, 아무래도 사무원처럼 보였어. 그 집은 죽음의 도시에 있는 집처럼 고요했지만, 업무의 성격상 분명 사무원들이 있었을 거야. 그는 초라하고 부주의했는데, 재킷 소매에는 잉크 자국이 남아 있고, 낡은 부츠의 엄지 부분처럼 생긴 턱 아래에 맨 크라바트••는 너무 큰 데다 부풀어 있기까지 하더군. 의사를 만나기에는 조금 이른 시간이어서 내가 가볍게 한잔하자고 제안하자 유쾌한 기색을 띠었어. 둘이 베르무트•••를

마시며 앉아 있는 동안 그가 회사의 사업을 찬양하기에, 이윽고 나는 그가 직접 그곳에 가지 않는 게 의외라는 생각이 든다는 말을 무심히 던졌지. 그러자 그는 갑자기 아주 냉정하고 침착해졌어. '내가 이렇게 보여도 바보는 아니다, 플라톤이 자기 제자들에게 한 말이죠'라고 그가 격언을 인용하며 말하고는 큰 결심이라도 내린 듯 잔을 비웠고, 우리는 자리에서 일어났네.

나이 든 의사는 내 맥을 짚었는데, 분명 그러면서 딴생각을 하고 있는 것 같았어. '좋아요. 가도 괜찮겠어요' 하고 중얼거리더니 어떤 간절한 소망이 담긴 목소리로 내 머리 치수를 재어봐도 괜찮겠느냐고 묻더군. 꽤 놀란 내가 괜찮다고 대답하자, 측경기 같은 것을 꺼내서 내 머리의 앞뒤와 사방의 면적을 재며 세심하게 메모를 했어. 면도도 안 한 체구가 작은 남자인 그는 개버딘 옷 같은 닳아빠진 외투를 걸치고 발에는 슬리퍼를 신고 있었고, 나는 그를 악의 없는 바보 정도로 여기고 말았지. '과학을 위해, 저는 늘 그곳에 가는 사람들의 두개골 치수를 잴 수 있게 허락을 구하곤 하죠' 하고 그가 말하더군. '그러면 그들이 돌아올 때도 그러나요?' 내가 물었어. '아, 그들을 다시 본 적은 한 번도 없습니다. 게다가 아시다시피 변화는 안에서 일어나는 것이라서요' 하고 그가 말하

●●● 몇 가지 향료를 우려서 만드는 와인의 일종.

더니, 완곡한 농담이라도 들은 것처럼 미소를 지었어. '그러니까 당신도 그곳에 가는 거군요. 훌륭합니다. 흥미롭기도 하고요.' 그는 나를 살피는 듯한 눈빛을 던지고는 다시 메모를 했지. '가족 중에 정신병을 앓은 사람이 있었나요?' 그가 사무적인 어조로 이렇게 묻더군. 나는 아주 불쾌했다네. '그 질문도 과학을 위한 것인가요?' 나의 짜증을 알아차리지 못한 채 그가 말했어. '현장에 나가 있는 개인의 정신적 변화를 지켜보는 것은 과학적으로 흥미로운 일이겠죠. 하지만…….' '당신은 정신과 의사인가요?' 내가 그의 말을 가로막았어. '의사라면 누구나 조금씩은 정신과 의사가 되어야 하는 법이죠' 하고 그 괴짜가 태연히 대답하더군. '제가 세운 작은 학설이 하나 있는데, 그것을 증명하려면 그곳에 가시는 여러분의 도움이 꼭 필요합니다. 그것이 그토록 거대한 속국을 소유함으로써 우리나라가 거두어들이는 이익에서 제가 차지하는 몫이죠. 단순한 부는 다른 이들의 몫으로 남겨두렵니다. 이런 질문을 드려 죄송하지만, 당신은 제가 관찰하게 된 첫 번째 영국인이어서…….' 나는 급히 그에게 내가 결코 전형적인 영국인은 아니라고 확실히 말해주었네. '만일 제가 전형적인 영국인이라면 당신과 이렇게 이야기하고 있지도 않을 겁니다' 하고 나는 말했어. '당신이 하는 말은 꽤 심오하게 들리는데, 아마 그건 잘못된 생각일 겁니다.' 그가 웃음을 터뜨리며 말했지. '태양에 노출되는 것보다 짜증 내는 일을 피하셔야 합니다. **안녕히(Adieu).** 영어로는 어떻게 말하죠? 굿바이. 아! 굿바이. **안녕히(Adieu).** 열대지방에서는 무엇보다 침착하셔야 합니다…….' 그가 경고하듯 집게손가락을 들어 올렸어……. '**침착하세요, 침착하세요. 안녕히(Du calme, du calme. Adieu).**'

　한 가지 할 일이 더 남아 있었네. 나의 훌륭하신 아주머니께 작별 인사를 고하는 일 말이야. 아주머니는 의기양양해하고 계시더군. 나는 차를 마셨는데, 앞으로 여러 해 동안 맛보지 못할, 마지막으로 마시는 제대로 된 차였지. 그리고 전형적인 숙녀의 응접실로 보이는 더없이 편안한 방의 난롯가에서 아주머니와 길고 조용한 담소를 나누었어. 이런 사사로운 비밀 이야기를 하는 동안 아주 분명해진 사실이 있는데, 그것은 내가 고위 관리의 부인을 포함한 수많은 알 수 없는 사람에게 특출하고 유능한 존재, 회사로서는 행운이나 다름없는 인물이자 아무 때나 발견할 수 없는 남자로 소개되었다는 걸세. 맙소사! 내가 맡게 될 것은 고작 1페니짜리 기적이 달린 2펜스 반●짜리 증기선이었는데 말이야! 하지만 나는 진정한 '일꾼' 중 한 명으로 소개되기도 한 모양이더군. 빛의 밀사 같은 존재, 하급 사도 같은 존재로 말이야. 당시에는 그런 헛소리가 수도 없이 제멋대로 인쇄되거나 이야기되었고, 그 훌륭하신 아주머니도 그런 허풍이 넘쳐나는 가운데 살다보니 그

● '값싼', '하찮은' 등을 의미한다.

것에 마음을 빼앗겨버리신 거지. 아주머니는 '그 무지한 수백만의 무리를 끔찍한 삶의 방식에서 해방하는 일'에 대해 이야기하셨고, 그러다보니 내 마음은 정말이지 너무 불편해지고 말았어. 나는 회사란 이익을 위해 운영되는 곳이라는 말을 과감하게 슬쩍 던져보았지.

'사랑하는 찰리, 너는 일꾼이 자신의 삯을 받는 것이 마땅하다는 말씀•을 잊고 있구나' 하고 아주머니는 명랑하게 말씀하시더군. 여자들은 어떻게 그토록 진리와 담을 쌓고 지낼 수 있는 건지, 생각해보면 정말이지 기이할 정도야. 그들은 자신만의 세상에서 살아가고 있는데, 지금껏 그런 세상은 있었던 적이 없고 그건 앞으로도 마찬가지일 테지. 그 세상은 대체로 너무 아름답기만 해서, 만일 그들이 그런 세상을 실제로 세우더라도 그건 첫째 날 해가 지기도 전에 산산이 무너지고 말 거야. 창세의 날 이후로 우리 남자들이 기꺼이 받아들여온 어떤 빌어먹을 사실이 갑자기 등장해 그 세상을 전부 뒤엎어놓고 말 거라고.

그러고서 아주머니는 나를 안아주시며 플란넬 옷을 입어라, 꼭 자주 편지해야 한다 등등의 말씀을 하셨지. 그리고 나는 떠났어. 거리를 걷고 있는데, 왜 그런지 모르겠지만 기이하게도 내가 사기꾼이라는 느낌이 들더군. 스물네 시간 전에

• 《누가복음》 10장 7절에서 인용.

통지만 받으면, 대부분의 사람이 길을 건너기 전에 하는 만큼의 생각도 하지 않은 채 세상 어디든 곧장 떠나곤 하던 내가 그토록 흔한 일을 앞둔 순간, 망설임이라기보다는 움찔하며 멈춘 순간을 맞이하다니, 참 이상한 일이었지. 자네들이 가장 이해하기 쉽게 설명하자면, 내가 곧 대륙의 중심이 아니라 지구의 중심을 향해 떠난다는 느낌이 일이 초 정도 들었다고나 할까.

　나는 프랑스 증기선을 타고 떠났는데, 내가 보기에 그 배는 군인들과 세관원들을 내려주려는 유일한 목적을 위해 그곳에 있는 모든 지긋지긋한 항구에 들르더군. 나는 해안을 쳐다보았네. 배를 따라 미끄러져가는 해안을 쳐다보는 것은 수수께끼에 대해 생각하는 것과도 같은 일이야. 그것이 바로 눈앞에 있었지……. 미소 짓고, 얼굴을 찡그리고, 유혹하며, 웅장하고, 심술궂고, 활기 없이, 혹은 흉포히게, 그리고 '와서 힌번 알아봐' 하고 속삭이는 듯한 분위기를 풍기며 언제나 말없이. 그 해안은 거의 아무런 특색 없이, 여전히 만들어지고 있기라도 하듯 단조로운 암울함만 띠고 있었어. 검은색에 가까울 만큼 아주 짙은 녹색에 하얀 파도를 술 장식처럼 단 거대한 정글의 가장자리가, 서서히 다가오는 안개 때문에 그 광채를 잃은 푸른 바다를 따라 아주아주 멀리까지 자로 그은 선처럼 쭉 이어져 있었지. 햇빛은 강렬하고, 육지는 수증기로 빛나며 흠뻑 젖어 있었어. 하얀 파도 여기저기서 희끄무레한 잿빛 반점들이 무리를 지어 나타났는데, 어쩌면 그 위로 깃발이 펄럭였던 것도 같군. 그것들은 몇 세기나 된 정착지들이었는데, 배경으로 보이는 광대한 미개척지에 비하면 여전히 핀의 대가리 크기 정도로밖에는 보이지 않았어. 우리가 탄 배는 힘차게 나아가다가 멈춰 서서 군인들을 내려주고는 다시 나아갔고, 볼품없는 헛간과 깃대가 버려진, 신이 저버린 듯한 황야에 세금을 거두어들일 세관원들을 내려주고는, 아마도 그 세관원들을 보호할 목적으로 더 많은 군인을 내려주었지. 그중 몇몇은 파도에 익사했다는 말도 들려왔으나, 그 말이 사실이건 아니건 딱히 신경 쓰는 사람은 없는 것 같더군. 배는 그들을 그저 거기 던져놓고서 다시 나아갔어. 해안의 모습은 마치 우리가 전혀 움직이지 않기라도 하듯 매일 똑같아 보였어. 하지만 실제로 우리는 그랑바삼, 리틀 포포• 같은 이름의 다양한 지역, 교역지를 지나갔는데, 불길한 배경막 앞에서 상연되는 추잡한 익살극에나 어울리는 듯한 이름들이었지. 승객의 신분으로 보내는 한가한 시간, 나와는 접점이 전혀 없는 사람들 사이에서 느끼는 고립감, 번지르르하고 나른한 바다, 한결같이 침울한 해안, 이런 것들은 나를 실상에서 멀어진 채 애

• '그랑바삼'은 당시 프랑스령이었던 코트디부아르(아이보리코스트)의 해안 도시이며, '리틀 포포'는 노예와 상아 무역의 중심지였던 독일령 토고 '아네호'의 유럽식 명칭이다.

절하고 무감각한 망상의 올가미에 갇혀 있게 하는 듯했네. 이
따금 들려오는 파도의 목소리가 어느 형제의 말소리처럼 무
척이나 기쁘게 들리더군. 그것은 이성과 의미를 지닌 무언가
자연스러운 것이었으니 말이야. 이따금 해안에서 출발하는
보트도 순간적으로나마 현실과 접촉하는 느낌을 주곤 했어.
보트의 노를 젓는 것은 흑인들이었지. 멀리서 그들의 하얀 눈
알이 번쩍이는 게 보였어. 그들은 외치며 노래했고, 몸에서는
땀이 비 오듯 흘렀으며, 얼굴에는 기괴한 가면을 쓴 듯했지.
하지만 그들에게는 뼈와 근육과 거친 활력이, 해안을 따라 철
썩이는 파도처럼 자연스럽고 참된 강렬한 운동 에너지가 있
었다네. 그들이 거기 존재하는 데는 그 어떤 핑곗거리도 필
요치 않았어. 그들의 그런 모습이 큰 위안을 주더군. 한동안
나는 내가 여전히 복잡하지 않은 사실들의 세상에 속해 있다
고 느꼈는데, 하지만 그 느낌은 오래가지 않았네. 꼭 무언가
가 나타나서 그 느낌을 쫓아버리곤 했지. 한번은 연안에 정박
한 군함과 만났던 기억이 나네. 그곳에는 심지어 헛간 하나조
차 없었는데, 그 군함은 그곳 수풀을 향해 대포를 쏘고 있더
군. 프랑스인들이 그 근처에서 전쟁을 벌이고 있는 모양이었
어. 군함의 깃발은 누더기처럼 축 늘어져 있었고, 15센티미터
에 이르는 함포의 긴 포구가 낮은 선체 밖으로 온통 튀어나
와 있었으며, 번들거리고 미끈거리는 큰 물결은 군함을 게으
르게 들어 올렸다가 내려놓으며 가느다란 돛대를 흔들고 있

었어. 땅과 하늘과 물뿐인 광대한 텅 빔 속에서 이해할 수 없는 군함 한 척이 대륙을 향해 대포를 쏘고 있었던 거야. 펑 하고 15센티미터 함포가 발사되자 작은 불꽃이 휙 날아가다가 사라졌고, 작게 피어오른 하얀 연기도 사라졌고, 조그마한 발사체는 아주 약하게 끼익 소리를 냈지. 그러고는 아무 일도 일어나지 않았어. 아무 일도 일어날 수가 없었지. 그런 일련의 행위에서는 광기의 기미가 느껴졌고, 그 광경에서는 침울한 우스꽝스러움마저 느껴졌는데, 배에 타고 있던 누군가가 보이지 않는 어딘가에 원주민들, 그는 그들을 적이라고 부르더군! 원주민들의 막사가 있다고 나를 열심히 설득하려 해도 그 느낌은 사라지지 않았어.

우리는 군함에 편지를 전달하고는(그 고독한 배에 타고 있는 사람들이 하루에 세 명씩 열병으로 죽어가고 있다는 말을 들었네) 계속 나아갔지. 우리는 이름이 익살스러운 몇몇 곳에 더 들렀는데, 그곳에서는 과열된 지하 묘지처럼 고요하고 흙냄새 나는 분위기 속에서 죽음과 교역의 즐거운 춤판이 벌어지고 있더군. 마치 자연의 여신이 침입자들을 물리치기라도 하려는 듯 위험한 파도로 경계를 이루어놓은 무형의 해안을 따라서, 또한 산송장이나 다름없는 강과 개울을 넘나들며 춤판이 벌어지고 있었는데, 그곳의 강기슭은 썩어서 진흙이 되어가고 있었고, 물은 점액처럼 걸쭉해져서 뒤틀린 맹그로브 숲을 침범하고 있었어. 맹그로브 숲은 극단적이고 무력한 절망에 빠진 채 우리를 향해 온몸을 비틀고 있는 듯했지. 우리는 그 어디서도 특별한 인상을 받을 만큼 오래 머무르지 않았지만, 나로서는 모호하면서도 숨이 막힐 듯한 궁금증 같은 것이 점점 커져만 갔어. 그것은 악몽의 암시에 둘러싸인 피곤한 순례나 마찬가지였지.

삼십 일이 지나서야 나는 그 큰 강의 어귀를 보게 되었어. 우리는 관계 관청 소재지 근처에 닻을 내렸지. 하지만 내 일을 시작하려면 여전히 320킬로미터 정도를 더 가야 했다네. 그래서 나는 최대한 빨리 48킬로미터 상류에 있는 어떤 장소로 출발했지.

나는 작은 항해용 증기선을 타고 갔다네. 배의 선장은 스웨덴 사람이었는데, 내가 선원인 줄 알고서 나를 함교로 초대하더군. 그는 호리호리하고 피부색이 하얀 시무룩한 젊은이로, 머리카락을 흐느적거리며 발을 질질 끌었어. 우리가 그 비참하고 작은 부두를 떠날 때, 그가 해안을 향해 경멸하듯 고개를 돌렸어. '그동안 저기 살았나요?' 그가 물었어. '네.' 나는 대답했지. '이곳 정부 관리들은 정말 끝내주는 친구들이죠. 안 그런가요?' 매우 정확하면서도 상당히 신랄한 영어를 구사하며 그가 말을 이었어. '한 달에 몇 프랑을 벌겠다고 어떤 사람들이 하려는 짓을 보면 참 우습죠. 그런 자들이 내륙 지방으로 가면 어떻게 변할까요?' 나는 내가 곧 그것을 목격하게 될 것 같다고 말해줬어. '그렇군요오오!' 그가 외쳤어. 그는 발을 질질 끌며 가로질러 가면서도 한쪽 눈으로 전방을 예의 주시했지. '너무 자신하진 마세요.' 그가 말을 이었어. '일전에 저는 길에서 목을 맨 사람의 시신을 이 배로 실어 나른 적이 있습니다. 그도 스웨덴 사람이었죠.' '목을 맸다고요! 대체 왜 그런 거죠?' 나는 외쳤어. 그는 방심하지 않고 계속 바깥을 살피더군. '누가 알겠습니까? 햇볕이 너무 견디기 힘들었거나, 어쩌면 이 나라가 너무 견디기 힘들었는지도 모르죠.'

마침내 우리는 직선 수로가 보이는 곳에 이르렀어. 바위 절벽이 모습을 드러냈고, 해안가의 파헤쳐진 흙더미, 언덕 위의 집들, 파헤쳐진 폐허 사이에 있거나 내리막에 매달려 있는 양철 지붕 집들이 보였어. 위쪽에서 들려오는 급류의 소음이 이 황폐한 거주지의 광경 위를 계속해서 맴돌더군. 대부분 피부가 검고 벌거벗은 사람이 수없이 개미처럼 이리저리 움직이고 있었지. 강 쪽으로는 방파제 하나가 튀어나와 있었어. 가끔 눈부신 햇살이 갑작스레 다시 섬광을 번쩍이며 이 모든 광경을 집어삼켜버렸지. '저기 당신 회사의 사업장이 있네요.' 바위 비탈 위에 있는 막사 같은 목조건물 세 채를 가리키며 스웨덴 선장이 말하더군. '짐은 위로 보내드리겠습니다. 상자 네 개라고 하셨죠? 그럼, 안녕히.'

나는 풀밭에 뒹굴고 있는 보일러를 우연히 발견했고, 그러고는 언덕 위로 오르는 길을 발견했지. 그 길은 둥근 바위들과, 뒤집혀서 허공에 바퀴를 쳐든 채 거기 놓여 있는 소형 무개화차를 피해서 나 있었어. 바퀴 하나는 떨어지고 없더군. 무슨 동물의 사체처럼 죽어 있는 듯 보였어. 나는 더 많은 썩어가는 기계와 녹슨 철로 더미와 마주쳤지. 왼쪽으로는 한 무리의 나무가 만들어놓은 그늘진 장소가 있었는데, 그곳에서는 어두운 형체들이 힘없이 움직이고 있는 듯하더군. 나는 눈을 깜박였어. 가파른 길이었지. 오른쪽에서 뿔 나팔 소리가 울렸고, 그러자 흑인들이 달려가는 게 보였어. 묵직하고 둔탁한 폭발음이 땅을 뒤흔들고 절벽에서 연기가 한 줄기 피어오르더니, 그걸로 끝이었지. 바위 표면에는 아무런 변화도 일어나지 않았네. 그들은 철도를 건설하는 중이었어. 절벽이 길을 막고 있거나 하진 않았는데, 어쨌거나 이 목적 없는 폭파만이 그곳에서 진행 중인 작업의 전부였지.

뒤쪽에서 약하게 쨀랑거리는 소리가 들려와서 나는 고개를 돌렸어. 흑인 여섯 명이 일렬로 늘어선 채 힘겹게 길을 올라오고 있더군. 그들은 흙이 가득 든 작은 바구니를 머리에 인 채 균형을 잡으며 똑바른 자세로 천천히, 쨀랑거리는 소리에 장단을 맞춰 걷고 있었어. 그들의 허리에는 검은 누더기가 감겨 있었고, 감긴 부분의 짧은 끝자락이 허리 뒤에서 꼬리처럼 좌우로 흔들리고 있었지. 갈비뼈가 하나하나 다 보였고, 사지의 관절은 밧줄의 매듭 같았어. 목에는 다들 쇠테를 차고 있었는데, 쇠테를 연결한 쇠사슬이 늘어져서 리드미컬하게 쨀랑거리고 있었던 거야. 절벽에서 또 다른 폭발음이 들려오자 갑자기 대륙을 향해 대포를 쏘고 있던 그 군함이 떠오르더군. 똑같은 종류의 불길한 소리였지만, 아무리 생각해봐도 이 사람들을 적이라 부를 수는 없을 것 같았어. 그들은 범죄자로 불렸는데, 바다에서 온 설명할 수 없는 수수께끼인 난폭한 법이 폭발하는 포탄처럼 그들에게 날아왔던 거야. 그들은 모두 빈약한 가슴을 헐떡이고 지독하게 벌어진 콧구멍을 떨며 돌 같은 시선으로 언덕 위를 냉랭히 응시했어. 그들은 나와 15센티미터 정도 거리를 두고 지나갔는데, 불행한 야만인답게 완전히 송장 같은 무관심을 보이며 나를 쳐다보지도 않더군. 이 날것의 사람들 뒤로 새로운 힘의 산물인 개화된 야만인 한 명이 라이플총의 가운데 부분을 든 채 실의에 빠진 모습으로 어슬렁거리고 있었어. 그는 단추가 하나 떨어진 제복 상의를 입고 있었는데, 길을 걸어오는 백인을 보자 민첩하게 총을 어깨에 메더군. 이는 순전히 신중함에 따른 행동으로, 멀리서 보면 백인들은 구분할 수 없을 만큼 서로 비슷하기에 내가 누군지 알 수 없어서였어. 그는 재빨리 안심하고서 하얗고 커다란 이를 드러내며 악당처럼 씩 웃고는 자신이 담당하는 무리를 힐끗 쳐다보았는데, 나를 자신이 맡은 숭고한 의무의 동반자로 받아들이는 듯하더군. 어쨌거나 나도 이 고귀하고 정의로운 활동의 대의를 따르는 자들의 일부였던 거야.

나는 올라가는 대신 방향을 바꿔서 왼쪽으로 내려갔어. 언덕을 오르기 전에 그 쇠사슬에 묶인 죄인들을 내 눈앞에서 보이지 않게 할 생각으로 그런 거였지. 내가 특별히 여린 사람은 아니라는 걸 자네들도 알고 있을 걸세. 나는 그동안 살아오면서 공격하거나 공격을 막아내야만 했어. 어쩌다보니 부딪치게 된 그런 삶의 요구에 따라, 정확한 대가도 따져보지 않은 채 저항하거나 때로는 공격도 해야 했지. 저항할 수 있는 유일한 방법은 공격뿐이었으니까. 나는 폭력적인 악마도, 탐욕스러운 악마도, 뜨거운 욕망을 품은 악마도 보았지만, 저 하늘의 별들에 맹세코 이들이야말로 인간들, 분명 인간들을 뒤흔들고 조종하는 강하고 음란한 데다 눈이 시뻘건 악마들이었어. 하지만 그 산비탈에 서 있으면서, 나는 그 땅의 눈부신 햇살 속에서 내가 탐욕스럽고 냉혹하고 어리석으며 무기력하고 가식적인 데다가 눈이 어두운 악마와 아는 사이가 될 것임을 예감했다네. 그 악마가 얼마나 음흉한지도 겨우 몇 달 뒤 1600여 킬로미터를 디 나아가서 일게 되었지. 짐시 나는 경고라도 받은 듯 오싹해진 상태로 서 있었어. 마침내 나는 비스듬히 언덕을 내려가 아까 봤던 나무들 쪽으로 향했다네.

누군가가 비탈에 인위적으로 파고 있던 거대한 구멍을 피해서 내려갔는데, 무슨 목적으로 파는 것인지는 아무리 생각해봐도 알 수 없더군. 어쨌거나 그것은 채석장이나 모래 채취장은 아니었어. 그냥 구멍이었지. 어쩌면 범죄자들에게 무언가 할 일을 주려는 박애주의적 욕망과 관련된 것이었는지도 몰라. 나야 알 수 없지. 그러고서 나는 아주 좁은 협곡에 빠질 뻔했는데, 너비가 고작 산비탈에 난 상처 정도 되는 협곡이었어. 그곳에는 정착하기 위해 들여온 배수 파이프가 잔뜩 뒹굴고 있더군. 부서지지 않은 것은 하나도 없었어. 별 까닭 없이 때려 부순 것이었지. 마침내 나는 나무 아래로 들어섰어. 잠시 그늘 아래서 거닐 생각이었는데, 그곳으로 들어가자마자 마치 어떤 '지옥'의 음울한 동심원• 안으로 들어선 것만 같은 기분이 들더군. 가까이 있는 급류에서 멈추지 않고 한결같이 곤두박질치며 들려오는 소음이 바람 한 점 없고 나뭇잎 하나 움직이지 않는 수풀의 애절한 정적을 신비한 소리로 가득 채웠는데, 맹렬한 속도로 하늘에 쏘아 올려진 지구의 소리가 갑자기 귀에 들리게 된 것만 같았지.

검은 형체들은 나무 사이에서 몸을 웅크리거나 누워 있었고, 나무 몸통에 몸을 기댄 채 앉아 있거나 땅에 달라붙어 있었는데, 어둑한 빛 속에서 반쯤은 모습을 드러내고 반쯤은 그늘에 지워진 채 고통과 포기와 절망을 나타내는 모든 자세를 보여주고 있었어. 절벽에서 또 다른 폭발이 일어나더니 발아래 흙이 살짝 흔들리더군. 작업이 진행 중이었네. 작업 말일세! 그리고 그곳은 작업을 거드는 몇몇 사람이 현장에서 물러나 죽으러 오는 장소였던 거지.

● 이탈리아의 시인 단테 알리기에리(1265~1321)는 《신곡》에서 지옥이 동심원 구조로 되어 있으며, 그 중심에는 사탄이 있다고 썼다.

그들은 천천히 죽어가고 있었어. 그건 아주 분명한 사실이었네. 그들은 적이나 범죄자도 아니었고, 이제는 이 세상에 속한 존재도 아니었어. 푸르스름한 어둠 속에서 혼란스러워하며 누워 있는 질병과 굶주림의 검은 그림자일 뿐이었지. 합법적인 기간제 계약이라는 명목하에 온갖 구석진 해안에서 끌려와 편치 않은 환경에 내던져진 채 낯선 음식을 먹다가 병들어 쓸모없는 존재가 되고 나면 기어 나와 쉴 수 있게 허락되었던 거야. 이 빈사 상태의 형체들은 공기처럼 자유로웠고, 거의 공기처럼 희박했어. 나무 아래에서 희미하게 빛나는 눈들이 보이기 시작하더군. 그러다가 아래를 힐끗 내려다보니 내 손 바로 옆에 얼굴이 하나 보였어. 뼈만 남은 형체가 한쪽 어깨를 나무에 기댄 채 길게 드러누워 눈꺼풀을 천천히 들어 올리고는 움푹 꺼진 눈으로 나를 올려다보았는데, 거대하고 공허하면서도 보이는 게 없는 듯한 흰자위가 안구 깊숙한 곳에서 깜박거리더니 서서히 꺼져갔다네. 그 남자는 젊어 보였어. 거의 소년이었지. 하지만 자네들도 알다시피 그들의 나이는 짐작하기 어렵지 않은가. 나는 그 선량한 스웨덴 선장의 배에서 얻어 주머니에 넣어둔 비스킷 하나를 그에게 건네주는 것 말고는 달리 할 수 있는 게 없었어. 손가락이 천천히 오므라들더니 그것을 쥐더군. 다른 움직임은 없었고 다른 시선도 느껴지지 않아. 그는 목에 작고 흰 소모사를 두르고 있었지. 왜 그랬을까? 어디서 얻은 것이었을까? 그것은 증표

였을까, 장식이었을까, 부적이었을까, 신의 노여움을 달래는
행위였을까? 그것에 어떤 의도가 있기나 했던 걸까? 바다 너
머에서 건너온 이 작고 흰 털실은 그의 검은 목에서 놀랍도
록 선명해 보였지.

바로 그 나무 근처에 또 다른 덩어리 두 개가 다리를 접고
예각을 이룬 채 앉아 있더군. 한 명은 턱을 무릎에 괸 채 견딜
수 없이 무시무시한 태도로 멍하니 허공을 응시하고 있었어.
그의 유령 같은 형제는 엄청난 피로에 압도당하기라도 한 듯
이마를 무릎에 올리고 있었고, 주변 여기저기에는 다른 이들
이 다양한 자세로 뒤틀린 채 쓰러져 있었는데, 대학살이나 역
병을 그린 그림 같은 모습이었지. 내가 공포에 질려 서 있는
동안 그중 하나가 몸을 일으켜 양손과 양 무릎을 바닥에 붙
이더니 물을 마시러 강으로 기어가더군. 그는 손으로 물을 떠
할아 마시고는 정강이를 교차시킨 채 햇살 속에 똑바로 앉아
있더니, 잠시 후 덥수룩한 머리를 가슴뼈 위로 떨구고 말았어.

그늘 속에서 더 이상 빈둥거리고 싶지 않아진 나는 사업장
을 향해 급히 걸음을 옮겼네. 사업장 건물이 가까워졌을 때
한 백인과 마주쳤는데, 옷차림이 예상외로 우아해서 처음에
는 무슨 환영이라도 본 줄 알았지. 풀을 먹인 높은 칼라, 하얀
소맷동, 가벼운 알파카 털 재킷, 눈처럼 하얀 바지, 깨끗한 넥
타이, 광을 낸 부츠가 눈에 들어왔어. 모자는 쓰고 있지 않았
지. 커다랗고 흰 손으로 녹색 안감을 댄 양산을 들고 있었고,

양산 아래로 보이는 머리는 빗어서 가르마를 타고 기름을 발랐더군. 그는 정말 놀라웠는데, 귀에는 펜대가 꽂혀 있었어.

　나는 이 기적 같은 존재와 악수했고, 그러고는 그가 회사의 회계 주임이라는 사실과 모든 부기 업무가 이 사업장에서 이루어진다는 사실을 알게 되었네. 그는 자신이 '신선한 공기를 쐬러' 잠시 밖으로 나온 것이라고 말했어. 그 표현은 그가 주로 책상에 앉아서 생활한다는 것을 암시했기에 놀랍도록 기이하게 들리더군. 당시의 기억과 완전히 불가분의 관계에 있는 그 남자의 이름을 이 친구를 통해 처음 듣지만 않았어도 나는 그를 자네들에게 언급조차 하지 않았을 걸세. 그런데 나는 이 친구를 높이 평가하기도 했어. 그래, 그의 칼라, 거대한 소맷동, 잘 빗은 머리를 높이 평가했지. 그의 모습은 분명 이발사의 마네킹 같았지만, 그 땅의 극심한 풍기 문란 속에서도 그런 모습을 유지한 것이니 말일세. 그건 근성의 결과물이었지. 그의 풀 먹인 칼라와 장식한 셔츠 앞부분은 인격의 성취물이었어. 그는 그곳에 거의 3년 동안이나 있었는데, 나중에 나는 그에게 그런 리넨 옷을 어떻게 그토록 멀끔히 입고 다닐 수 있느냐고 물어보지 않을 수 없었지. 그는 얼굴을 살짝 붉히더니 겸손하게 말했어. '실은 사업장 근처의 원주민 여자 한 명을 가르치고 있습니다. 어려운 일이었지요. 그 여자는 일하는 걸 싫어했거든요.' 그러니 이 남자는 분명 무언가를 성취했던 거야. 게다가 그는 자신이 맡은 부기 업무에 충실해서, 장부는 모두 말끔히 정리되어 있었지.

그것을 제외하면 사업장의 모든 것은 엉망이었어……. 사람들, 물건들, 건물들 할 것 없이 말일세. 마당발을 한 먼지투성이 검둥이들이 줄줄이 무리를 지어 도착했다가 떠났어. 공산품들…… 형편없는 면직물, 구슬, 황동 철사 등이 어둠의 심연 속으로 들어왔고, 그 대신 값비싼 상아가 조금씩 빠져나갔다네.

나는 그 사업장에서 열흘이나 기다려야만 했어. 영겁처럼 느껴지는 시간이었지. 나는 마당에 있는 한 오두막에서 지냈는데, 그 혼돈에서 벗어나고자 때로 그 회계사의 사무실로 찾아가곤 했지. 사무실은 널빤지를 수평으로 붙여서 지은 것이었는데, 너무 형편없이 붙인 나머지 그가 높은 책상 위로 몸을 숙이면 그의 목에서 발꿈치까지 햇살이 만들어낸 가느다란 줄무늬가 생겼다네. 바깥을 내다보기 위해 커다란 덧문을 열 필요도 없었지. 그곳도 덥더군. 커다란 파리들이 지독하게 윙윙거리며 날아다녔는데, 달라붙어서 쏘는 게 아니라 찌르는 듯했지. 나는 보통 바닥에 앉아 있었고, 그러는 동안 그는 흠잡을 데 없는 외모로 (게다가 향수까지 조금 뿌리고) 높은 스툴에 걸터앉아 장부를 쓰고 또 썼어. 때로 그는 자리에서 일어나 운동을 하기도 했어. 병든 사람(내륙 지방에서 온 어떤 병약한 중개상)을 태운 바퀴 달린 침대가 그곳에 들어올 때면, 그로 인해 성가시다는 사실을 점잖게 드러냈지. 그는 말했어.

'환자의 신음 소리는 제 주의를 산만하게 해요. 그렇지 않아도 이런 기후에서는 사무적인 실수를 저지르지 않도록 조심하기가 극도로 어려운데 말이죠.'

하루는 그가 고개도 들지 않은 채 말하더군. '오지에 가시면 분명 커츠 씨를 만나게 될 겁니다.' 커츠 씨가 누구냐는 나의 물음에 일급 중개상이라는 대답이 돌아왔는데, 내가 이 사실에 실망하는 것을 본 그가 펜을 내려놓더니 천천히 이렇게 덧붙였어. '그분은 아주 비범한 사람입니다.' 질문 몇 개를 더 던지고서야, 커츠 씨가 진정한 상아의 나라인 그곳, '오지의 가장 구석진 곳'에서 아주 중요한 교역소의 현재 담당자라는 대답을 이끌어낼 수 있었지. '그분은 다른 모든 중개상이 보내오는 것을 다 합친 양만큼의 상아를 보내오고 있습니다……'라고 하더군. 그는 다시 장부를 쓰기 시작했어. 환자는 너무 아파서 신음도 내지 못했지. 파리들은 아주 커다란 평화를 누리며 윙윙거렸어.

갑자기 웅얼거리는 목소리가 커지더니 요란한 발소리가 들려왔네. 대상이 도착한 것이었지. 널빤지 너머에서 와자지껄하고 상스러운 말소리가 거칠게 터져 나왔어. 모든 짐꾼이 서로 떠들어댔는데, 그 소란 속에서 슬프게도 '포기해야겠군' 하고 말하는 중개상 주임의 한탄스러운 목소리가 그날에만 스무 번째로 들려오더군……. 그는 천천히 일어섰어. '이게 웬 끔찍한 소란인지' 하고 그가 말했네. 조용히 방을 가로

지른 그가 환자를 살펴본 뒤 돌아와서는 내게 이렇게 말했어. '저 사람은 듣지를 못하네요.' '뭐라고요! 죽었나요?' 깜짝 놀란 내가 물었지. '아뇨, 아직은.' 그가 아주 침착한 목소리로 대답했어. 그러고는 사업장 마당에서 벌어지는 소란 쪽으로 고갯짓을 하며 '장부 기입을 정확하게 해야 할 때면 저 야만인들을 증오하게 된답니다. 죽도록 증오하게 되죠' 하고 넌지시 말했어. 그는 잠시 생각에 잠겨 있다가 말을 이었지. '커츠 씨를 만나시거든, 이곳에서는 모든 게', 그가 책상을 힐끗 쳐다봤어. '아주 만족스럽게 돌아간다고 제가 말했다고 전해주시길요. 저는 그분에게 편지 쓰길 좋아하지 않아요. 우리 배달원들에게 배달을 시키면 그 편지가 누구 손에 들어갈지 절대 알 수 없거든요. 중앙 사업장에서 말이죠.' 그는 온화하고 툭 튀어나온 눈으로 나를 잠시 응시했어. '아, 그분은 장차 크게, 아주 크게 성공하실 겁니다.' 그가 다시 말을 이었어. '그분은 머지않아 경영진에서 높은 사람이 되실 거예요. 윗선, 즉 유럽의 이사회에서 그분을 그렇게 만들 작정이니까요.'

그는 몸을 돌려 하던 일로 돌아갔지. 바깥의 소음이 멈추었고, 이내 바깥으로 나가던 나는 문간에서 걸음을 멈추었어. 파리들이 끊임없이 윙윙거리는 가운데 본국으로 향하던 중개상은 상기된 얼굴로 무감각하게 누워 있었고, 회계사는 장부 위로 몸을 숙인 채 완전히 정확한 거래 내역을 정확히 기입하고 있었으며, 문간에서 아래로 15미터 떨어진 곳에서는 죽음의 수풀을 이루는 고요한 나무 꼭대기가 보이더군.

이튿날 나는 마침내 그 사업장을 떠났네. 육십 명으로 구성된 대상과 함께 320킬로미터의 도보 여행을 떠난 거지.

그 일에 대해 자세히 이야기할 필요는 없을 거야. 오솔길, 오솔길이 사방에 넘쳐났지. 발길로 다져진 오솔길이 텅 빈 땅 위로, 길게 자라난 풀 사이로, 불에 탄 풀 사이로, 덤불 사이로, 차가운 협곡 아래위로, 열기로 불타오르는 돌투성이 언덕 위아래로 그물망처럼 퍼져 있었는데, 사람 한 명, 오두막 한 채 없이 오로지 쓸쓸한 황야, 황야만이 가득했어. 주민들은 오래전에 다 떠나버리고 없었네. 글쎄, 만일 온갖 종류의 무시무시한 무기로 무장한 수수께끼 같은 검둥이 무리가 갑자기 딜●과 그레이브젠드 사이의 도로를 돌아다니기 시작해 사방에서 시골뜨기들을 잡아들여 자신들을 위해 무거운 짐을 지게 한다면, 인근의 모든 농장과 농가기 조만간 텅 비게 될 것은 당연한 일이겠지. 다만 이곳에서는 주거지마저 사라져버리긴 했지만 말이야. 물론 몇몇 버려진 마을을 지나간 적도 있었네. 풀로 만든 담이 무너진 폐허에는 어딘가 애처로울 만큼 유치한 구석이 있더군. 각자 27킬로그램에 가까운 짐을 든 자들 육십 쌍이 매일 맨발로 쿵쾅거리거나 발을 질질 끌며 내 뒤를 따라왔지. 야영, 식사, 취침, 야영을 끝내고 다시

● 영국 켄트주 서북부의 템스강에 면한 항구도시.

행군. 때때로 작업 중에 죽은 짐꾼이 오솔길 근처의 긴 풀 사이에 영면해 있기도 했는데, 그의 옆에는 텅 빈 호리병과 긴 지팡이가 놓여 있었어. 그 주위와 위로는 거대한 침묵이 감돌았지. 어떤 고요한 밤에는 멀리서 들려오는 북소리의 떨림이 가라앉았다가 커지는 듯했는데, 그 떨림은 거대하고도 희미했다네. 기이하고 매력적이면서도 도발적이고 야성적인 소리였지. 어쩌면 기독교 국가의 종소리만큼이나 심오한 의미를 담고 있는지도 몰랐어. 한번은 단추를 푼 제복 차림의 백인 한 명이 홀쭉한 잔지바르 사람들의 무장 호위를 받으며 오솔길에서 야영을 하고 있었는데, 우리를 크게 환대하며, 취했다고까지는 할 수 없지만 몹시 즐거워했지. 그는 자신이 도로 보수를 감독하고 있다고 단언했어. 나는 5킬로미터 더 갔을 때 이마에 총알구멍이 나 있는 중년의 흑인 시체에 걸리는 바람에 몸을 완전히 휘청였는데, 그 시체를 영구적인 개선점으로 여기지 않는 한 그곳에서 그 어떤 도로나 보수공사도 목격한 적이 없다네. 내게도 백인 동료가 한 명 있었는데, 나쁜 친구는 아니었지만 좀 지나치게 뚱뚱했고, 그늘과 물이 조금이라도 있는 곳에서 몇 킬로미터나 떨어진 뜨거운 비탈에서 실신해버리는 정말이지 짜증스러운 버릇이 있었어. 그가 정신을 차리는 동안 그의 머리 위로 나의 외투를 양산처럼 들고 있는 것은 자네들도 알다시피 무척 성가신 일이었지. 한번은 그에게 대체 그곳에 온 이유가 뭐냐고 묻지 않을 수 없었어. '당연히 돈을 벌러 온 거죠. 그게 아니면 뭐겠어요?' 그가 조롱하듯 말하더군. 그러고는 열병에 걸려버린 그를 장대에 맨 해먹에 싣고 가야만 했지. 무게가 100킬로그램이나 나가는 친구였기 때문에 짐꾼들과 끊임없이 말다툼을 해야 했어. 짐꾼들은 주저하거나 도망쳐버렸고, 밤에 짐을 들고 슬그머니 달아나버리기도 했다네. 거의 반란이나 다름없었지. 그래서 어느 날 저녁 나는 이런저런 몸짓을 해가며 영어로 연설했고, 내 앞에 있던 육십 쌍의 눈은 그 몸짓을 하나도 놓치지 않고 이해했으며, 이튿날 아침 나는 해먹을 선두에 세우고 무리를 무사히 출발시켰어. 한 시간 후 나는 덤불 속에서 만사가 결딴나버렸음을 알게 되었지……. 사람, 해먹, 신음, 담요, 공포. 그의 가련한 코는 무거운 장대에 맞아 까여 있더군. 그는 내가 누군가를 죽여주길 몹시 바랐지만, 근처에는 짐꾼의 그림자조차 보이지 않았어. 나이 든 의사가 했던 말이 떠올랐지. '현장에 나가 있는 개인의 정신적 변화를 지켜보는 것은 과학적으로 흥미로운 일이겠죠.' 나는 나 자신이 과학적으로 흥미로운 존재가 되어가고 있다고 느꼈어. 하지만 그래봤자 다 소용없는 일이었네. 십오 일째 되던 날 나는 다시 큰 강이 보이는 곳에 이르러 절뚝거리며 중앙 사업장으로 들어갔어. 그곳은 관목과 숲에 둘러싸인 강의 후미에 있었는데, 한쪽 면은 냄새나는 진흙과 어여쁜 경계를 이루고 있었고, 나머지 세 면은 미친 듯이 자라나 울타리를 이룬 골풀에 에워

싸여 있더군. 그곳의 대문이라고는 방치된 틈 하나가 전부였는데, 언뜻 봐도 운영자가 의지박약한 악마라는 사실을 충분히 알 수 있었지. 손에 긴 막대기를 든 백인 남자들이 건물들 사이에서 느릿느릿 나타나더니 내 쪽으로 걸어와서 나를 쳐다보고는 어딘가로 자취를 감춰버렸어. 그중 한 명은 검은 콧수염을 기른 친구로 건장한 체구에 쉽게 흥분하는 성격이었는데, 내가 누구인지 말해주자마자 무척 수다스럽게 떠들며 여담을 잔뜩 늘어놓더니 내 증기선이 강바닥에 가라앉아 있다고 전해주더군. 나는 벼락이라도 맞은 듯 깜짝 놀랐네. 아니, 어쩌다가, 무슨 이유로? 아, 그런데 '괜찮다'는 거야. '지배인 본인'이 거기 계시다더군. '다 괜찮습니다. 다들 훌륭히 처신했으니까요! 훌륭히!' 그가 흥분한 목소리로 말했어. '이제 가서 총지배인을 만나보시죠. 기다리고 계십니다!'

나는 증기선이 난파된 사건의 진정한 의미를 당장은 알아차리지 못했네. 지금은 알 것도 같지만, 확신하지는 못하겠군. 전혀. 분명 그 사건은, 지금 생각해보면 전적으로 자연스럽게 일어났다고 보기에는 너무 어처구니없는 일이었지. 그렇지만……. 어쨌든 당시로서는 단순히 귀찮은 골칫거리로만 여겨졌어. 증기선은 가라앉아 있었지. 이틀 전에 누군가가 선장으로 자원해서 증기선에 지배인을 태우고 급히 상류로 출발했는데, 출발한 지 세 시간도 되지 않아서 암초에 걸려 바닥에 구멍이 나는 바람에 배가 남쪽 강기슭 인근에 가라앉아버렸다더군. 나는 이제 내 배가 사라져버렸으니 그곳에서 뭘 해야 할지 자문해보았어. 사실 배를 강에서 건져내려면 해야 할 일이 많았지. 바로 다음 날부터 그 일에 착수해야 했다네. 부서진 배를 건져내서 사업장으로 끌고 와 수리하는 데 몇 달이 걸렸어.

지배인과의 첫 면담은 기이했지. 그는 그날 아침까지 30킬로미터를 걸어온 나에게 앉으라는 말도 하지 않더군. 안색이나 이목구비나 태도나 목소리 모두 평범한 사람이었어. 중키에 보통 체격이었지. 평범한 파란색 눈은 놀라우리만치 차가워 보였는데, 그는 확실히 남에게 도끼처럼 날카롭고 무거운 시선을 던질 줄 아는 사람이었네. 하지만 그럴 때조차도 몸의 나머지 부분은 그런 의도를 부인하는 듯 보이더군. 그 외에는 설명하기 힘든 희미한 표정만 입술에 엿보였는데, 무언가 은밀한, 미소 같기도 하고 아닌 것 같기도 한 것이었다고 기억되지만 잘 설명하진 못하겠어. 그 미소는, 물론 그가 무언가를 말한 직후에는 잠시 분명해지긴 했지만, 그래도 무의식적인 차원의 것이었지. 그것은 그의 말이 끝날 때 단어들을 봉인하듯 나타나서는 더없이 평범한 말의 의미를 완전히 불가해하게 보이도록 만들었다네. 그는 젊었을 때부터 그 지역에서 고용되어 일해온 평범한 무역상이었어. 그뿐이었지. 사람들이 그에게 복종하긴 했지만, 그는 사랑도 두려움도, 심지어 존경심도 불러일으키지 못했어. 그가 불러일으킨 것은 불안감이었지. 바로 그거였어. 불안감. 분명한 불신이 아니라, 그저 불안감, 그뿐이었지. 뭐랄까…… 그런…… 그런 능력이 얼마나 큰 효과를 발휘하는지 자네들은 모를 걸세. 그는 무언가를 준비하거나 개시하는 데도, 심지어 질서를 세우는 데도 재능이 없는 사람이었어. 그것은 사업장의 개탄스러운 상태만 봐도 분명히 알 수 있었네. 그는 학식도 지성도 없는 자였어. 그의 지위는 그냥 굴러 들어온 것이었지. 왜냐고? 그건 아마도 그가 절대 병들지 않았기 때문이었을 거야……. 그는 거기서 3년의 임기를 세 번이나 채운 상태였다네. 일반적인 체질로는 참패를 면치 못하는 곳에서 훌륭한 건강 상태는 그 자체로 일종의 권력이 되는 법이지. 휴가를 얻어 고향으로 갔을 때 그는 대단히 흥청망청했다는군. 거들먹거리면서. 영락없는 상륙한 선원●의 모습, 외모만 좀 다를 뿐. 이런 사실은 그가 무심코 하는 말에서 추측할 수 있었어. 그는 아무것도 고안해내지 못했고, 그저 판에 박은 일과만 반복할 수 있을 뿐이었지. 그뿐이었어. 하지만 그는 대단한 사람이었다네. 그런 인간을 무엇으로 지배할 수 있을지 알 수 없다는 바로 그 사소한 사실 때문에라도 그는 대단했지. 그는 절대 그 비밀을 누설하지 않았어. 어쩌면 그의 내면에는 아무것도 없었는지도 몰라. 잠시 그런 의심이 들더군. 그곳에는 외적인 견제 요

● '상륙한 선원'으로 직역한 'Jack ashore'는 '주정뱅이'를 뜻하기도 한다.

소가 전혀 없었으니까. 한번은 각종 열대 질병 때문에 사업장의 거의 모든 '중개상'이 앓아누웠을 때 그가 이렇게 말했다는군. '이곳에 오는 사람들은 내장이 있으면 안 돼.' 마치 그 말이 자신이 지키고 있던 어둠 속으로 들어가는 문이라도 된다는 듯 그는 그 특유의 미소로 그 말을 봉인해버렸어. 다들 뭔가를 보았다고 생각했겠지. 하지만 그것은 이미 봉인된 후였네. 백인들이 식사 시간 때 서로 상석에 앉으려고 늘 다투는 것 때문에 짜증이 났을 때, 그는 거대한 둥근 탁자를 만들라고 명령하고는 그것을 놓을 특별한 건물도 짓게 했지. 그 건물이 바로 사업장의 식당이 되었어. 어디든 그가 앉는 곳이 상석이었네. 나머지는 다 똑같은 자리였고. 사람들은 이것이야말로 그가 지닌 불변의 신념임을 느꼈어. 그는 예의 바르지도 무례하지도 않았네. 조용할 뿐이었지. 그는 해안에서 온 뚱뚱한 젊은 흑인인 자신의 '사환'이 바로 지기 눈앞에서 백인들에게 짜증 날 만큼 무례하게 굴어도 그냥 가만히 내버려뒀어.

그는 나를 보자마자 이야기를 시작하더군. 내 여정이 너무 길었다고 했어. 그래서 기다릴 수가 없었다는 거야. 나 없이 출발해야 했다지. 상류 사업장들을 구제해주어야만 했다고 했어. 이미 너무 여러 번 지체되어서 누가 죽었고 누가 살아 있는지, 다들 어떻게 지내는지도 알 수 없는 상황이라더군. 그리고 어쩌고저쩌고. 그는 내 설명에는 전혀 주의를 기울이지 않은 채 봉랍한 지팡이를 만지작거리며 상황이 '아주 심각해요. 아주 심각해요'라는 말만 되풀이했어. 아주 중요한 사업장 하나가 위험에 빠져 있으며 그곳의 책임자인 커츠 씨가 병들었다는 소문이 돌고 있다고 했지. 그게 사실이 아니길 바란다더군. 커츠 씨는……. 나는 지치고 짜증이 났네. 커츠 따위야 내 알 바 아니라는 생각이 들었지. 나는 해안에서 이미 커츠 씨에 대해 들었다고 말하며 그의 말을 가로막았어. '아! 그럼 하류 쪽에서도 사람들이 그에 대해 이야기하는군요' 하고 그가 중얼거리더군. 그러고는 다시 말을 이으며, 커츠 씨는 자기가 데리고 있는 최고의 중개상이며, 회사에서 가장 중요하고 특출한 사람이라고 확언했어. 그러니 자신이 염려하는 게 이해되지 않느냐는 거야. 그는 자신이 '아주, 아주 불안하다'라고 말했지. 확실히 그는 의자에서 좀처럼 가만히 있질 못하며 '아, 커츠 씨!' 하고 외치고는 봉랍한 지팡이를 부러뜨리고 말았는데, 그 뜻밖의 사건에 어쩔 줄 몰라 하는 듯 보였어. 다음으로 그는 '그 일이 얼마나 걸릴지……' 알고 싶어 하더군. 나는 이번에도 그의 말을 가로막았지. 배가 고픈 데다가 계속 서 있기까지 했더니 성질이 사나워지지 않았겠나. '제가 어떻게 알겠습니까?' 나는 말했지. '저는 아직 난파된 배를 보지도 못했는걸요. 분명 몇 달은 걸리겠죠.' 이 모든 대화가 내게는 정말 무익하게 여겨졌어. '몇 달이라.' 그가 말하더군. '흠, 석 달이면 출발할 수 있다고 해두죠. 그래요, 그 정도면 일이 해결될 겁니다.' 나는 그의 오두막에서(그는 베란다 같은 게 딸린 진흙 오두막에서 혼자 살았다네) 뛰쳐나오며 그에 대한 나의 의견을 중얼거렸어. 그는 수다쟁이 멍청이라고 말이지. 나중에 그가 그 '일'에 필요한 시간을 얼마나 극도로 정확히 계산했는지 깨닫고서 깜짝 놀라고는 그 의견을 철회했지만 말일세.

이튿날부터 나는 일을 시작했는데, 말하자면 그 사업장에 등을 돌린 셈이었지. 그렇게 해야지만 인생을 구원해주는 현실을 계속 붙들 수 있을 것 같았거든. 그럼에도 사람은 때로 주변을 둘러볼 수밖에 없는데, 그러자 이 사업장과, 햇빛 속에서 마당을 목적 없이 거니는 이 남자들이 눈에 들어오더군. 때로 나는 그게 다 무슨 소용일까 하고 자문해보기도 했어. 그들은 그 길고 우스꽝스러운 막대기를 손에 들고 여기저기 돌아다녔는데, 그 모습이 마치 신앙이 없는 순례자 무리가 마법에 걸린 채 썩은 울타리 안에 갇혀 있는 것만 같더군. '상아'라는 단어가 속삭임과 함께, 한숨과 함께 공중에 울려 퍼졌어. 자네들이 들었으면 그들이 상아에게 기도라도 드리는 줄 알았을 걸세. 어리석고 탐욕스러운 기운이 시체에서 훅 끼치는 냄새처럼 온 사방에 퍼져 있었지. 세상에나! 살면서 그토록 비현실적인 광경은 본 적이 없어. 그리고 바깥에서는, 지구상의 작은 얼룩 같은 이 공터를 둘러싼 고요한 야생의 땅이, 악이나 진리처럼, 거대한 불굴의 무언가로서 존재하며 이 기상천외한 침입이 끝나기를 참을성 있게 기다리고 있다는 인상을 안겨주더군.

아, 그 몇 달의 시간! 뭐, 신경 쓸 거 없네. 다양한 일이 일어났지. 어느 날 저녁 캘리코,[•] 사라사, 구슬 같은 것들로 가득한 초가 헛간이 확 타올랐는데, 너무 갑자기 타오른 나머지 대지가 쪼개져 그 모든 쓰레기를 태워버릴 복수의 불길을 토해내는 게 아닌가 싶을 정도였다네. 의장(艤裝)[••]을 푼 증기선 옆에서 조용히 파이프 담배를 피우던 나는 불빛 속에서 그들이 팔을 높이 쳐든 채 깡충깡충 뛰어다니는 모습을 보았는데, 그때 콧수염을 기른 그 건장한 남자가 양철 양동이를 손에 들고 강 쪽으로 부리나케 달려오더니, 나더러 다들 '훌륭히, 훌륭히 처신하고 있다'고 장담하고는 1리터 정도의 물을 살짝 떠서 다시 부리나케 돌아가더군. 그런데 그가 든 양동이 바닥에는 구멍이 뚫려 있었어.

나는 한가로이 걸어 올라갔지. 서두를 필요는 없었어. 헛간은 성냥갑처럼 확 불타올랐으니 말일세. 애초에 가망이 없는 일이었네. 불길은 높이 치솟아서 모두를 뒤로 물러서게 하고 모든 것을 불태워버렸지. 그러고는 주저앉았어. 헛간은 이미 사납게 빛나는 불씨 덩어리로 변했고 근처에서는 검둥이 한

●   시트나 옷을 만드는 재료. 촘촘한 올과 색깔이 흰 것이 특징이다.

●●   배의 출항에 필요한 모든 선구나 기계 장비.

명이 두들겨 맞고 있더군. 사람들은 그가 어찌어찌해서 불을 낸 거라고 말했는데, 그렇기는 하더라도 그가 내지르는 비명은 정말이지 끔찍했어. 나중에 나는 그가 며칠 동안 작은 그늘에 앉아 있는 것을 보았는데, 아주 아파 보이는 기색으로 회복하려 애쓰고 있더군. 그 후 그는 자리에서 일어나더니 가버렸어. 그리고 야생의 땅은 아무 소리 없이 그를 다시 자기 품 안으로 받아들여주었지. 어둠 속에서 불빛 쪽으로 다가가며 보니 내 앞에서 두 남자가 이야기를 나누고 있었어. 커츠라는 이름이 들려왔고, 그러고는 '이 불운한 사건을 이용해야 해'라는 말이 들리더군. 둘 중 한 명은 지배인이었어. 나는 그에게 저녁 인사를 건넸지. '이런 일을 본 적이 있습니까, 네? 도저히 믿을 수가 없군요.' 그는 이렇게 말하고는 가버렸어. 다른 남자는 남아 있었지. 그는 젊고 신사적인 일급 중개상으로, 조금 내성적인 성격에 양쪽으로 갈린 직은 턱수염을 길렀고 매부리코였어. 그는 다른 중개상들에게 쌀쌀하게 대했는데, 중개상들 편에서는 그가 지배인이 자기들 사이에 심어놓은 첩자라고 말하더군. 나로서는 그 전까지 그와 이야기를 거의 나누어본 적이 없었지. 우리는 이야기를 나누기 시작했고, 천천히 걸으면서 쉭쉭 소리를 내는 잔해에서 조금씩 멀어져갔어. 그러고서 그는 나를 사업장 본관에 있는 자신의 방으로 초대했네. 그가 성냥을 그었고, 그러자 나는 이 젊은 귀족이 은장식 세면도구 상자를 가지고 있을 뿐만 아니라 온전한 양초 하나를 독차지하고 있다는 사실도 알게 되었지. 당시에 양초를 지닐 권리가 있는 사람은 지배인뿐이었어. 진흙 벽은 현지인이 짠 매트들로 덮여 있었고, 창과 투창과 방패와 칼이 전리품으로 걸려 있었지. 이 친구의 임무는 벽돌을 만드는 것이었는데, 그렇다고 들었네만, 사업장 어디에도 벽돌은 한 조각도 보이지 않았고, 그는 그곳에 이미 1년 넘게 있었다고 했어. 그저 기다리면서. 보아하니 무언가가 없어서 벽돌을 만들지 못하는 모양이었는데, 그게 뭔지는 나도 몰라. 아마 짚 같은 것이었겠지. 어쨌든 그것은 그곳에서 구할 수 없었고, 유럽에서 보내올 것 같지도 않았기에, 나로서는 그가 무엇을 기다리고 있는지 불명확했어. 어쩌면 특별한 창조 행위를 기다리고 있었는지도 모르지. 하지만 그들, 열여섯 명 혹은 스무 명의 순례자들은 다들 무언가를 기다리고 있었는데, 그들의 태도로 봐서 분명 그것이 그리 내키지 않는 일만은 아닌 듯했어. 물론 그들에게 찾아온 것이라고는 질병이 전부였지만 말일세. 내가 아는 한 그랬지. 그들은 멍청한 방식으로 서로 험담하고 음모를 꾸미며 시간을 보냈어. 사업장 주변으로는 음모의 분위기가 감돌았지만, 당연히 아무 일도 벌어지지 않았지. 다른 모든 것이 그렇듯, 즉 전체 사업의 박애주의적 가식이 그렇고, 그들이 나누는 말이 그렇고, 그들의 행정이 그렇고, 그들의 보여주기식 작업이 그렇듯 음모도 비현실적인 것이었네. 유일하게 현실적인 감정은 상아를 얻을 수 있는 교역소에 파견되어서 수익의 일부를 받고자 하는 욕망이 전부였지. 그들은 오직 그 이유로 서로 음모를 꾸미고 비방하고 증오했는데, 하지만 실제로 새끼손가락 하나 까닥하는 일에 있어서는…… 아, 말도 마. 맙소사! 세상을 살다보면 말을 훔치는 사람은 가만히 내버려두더라도 말의 고삐를 쳐다보는 사람은 그냥 두지 못하는 일이 있게 마련이더군. 차라리 서슴없이 말을 훔치란 말이지. 좋다, 이거야. 그래, 훔쳤어. 어쩌면 그 말을 탈 수도 있겠지. 하지만 고삐만 쳐다보다가는 세상에서 가장 너그러운 성인도 버럭 화를 내게 만드는 법이야.

나는 그가 왜 그렇게 붙임성 있게 구는지 알 수 없었는데, 그곳에서 수다를 떠는 동안 문득 그 친구가 무언가를 알아내려 한다는 생각이 들더군. 실은 나를 떠보고 있었던 거야. 그는 거듭 유럽을, 내가 그곳에서 알고 있을 만한 사람들을 넌지시 언급했어. 그 무덤 같은 도시에 있는 나의 지인들 등에 대한 유도신문을 하면서. 그는 살짝 거만한 자세를 유지하려 애썼지만, 그럼에도 작은 눈은, 호기심으로, 동글납작한 운모(雲母)처럼 반짝였다네. 처음에 나는 깜짝 놀랐지만, 이윽고 그가 내게서 알아내고 싶어 하는 게 뭔지 몹시 궁금해지더군. 그의 노고에 보상이 될 만한 것을 내가 가지고 있으리라고는 나로서도 도저히 상상할 수 없었거든. 그가 완전히 당황하는 모습은 아주 볼만했는데, 왜냐하면 사실 나는 시종일관 쌀쌀맞게 굴었고 내 머릿속에는 그 참혹한 증기선을 고칠 생각밖에 없었으니 말일세. 그는 분명 나를 완전히 파렴치한 거짓말쟁이로 여겼을 거야. 결국 그는 화를 내더니, 몹시 짜증이 나는 것을 감추려고 하품을 했어. 나는 자리에서 일어났지. 그때 화판에 그린 작은 유화 스케치를 보게 되었는데, 옷을 걸치고 눈을 가린 채 타오르는 횃불을 손에 들고 있는 여자를 그린 것이었어. 배경은 어두컴컴했지. 거의 검은색이었네. 그 여자의 움직임은 위풍당당했고, 얼굴에 비친 횃불의 불빛은 불길한 효과를 자아내고 있었어.

그 그림은 나의 관심을 끌었고, 그는 양초가 꽂힌 반 파인트짜리 환자 위로용 샴페인 병을 든 채 정중히 서 있었네. 내가 질문하자 그는 커츠 씨가 자신의 교역소에 가는 배를 기다리는 동안, 바로 이 사업장에서 1년도 더 전에, 그 그림을 그렸다고 대답하더군. '그런데 말입니다.' 나는 말했어. '그 커츠 씨라는 사람은 대체 누구죠?'

'내륙 사업장의 책임자죠.' 그는 짧게 대답하며 고개를 돌렸어. '이거 고마워서 어쩌나.' 나는 웃음을 터뜨리며 말했지. '그리고 당신은 중앙 사업장의 벽돌공이고요. 그걸 누가 모릅니까.' 그는 한동안 말이 없더군. '그는 비범한 인물입니다.' 마침내 그가 말했어. '그는 연민과 과학과 진보, 그리고 그 밖에 많은 것의 사절이에요.' 그가 갑자기 열변을 토하기 시작하더군. '우리는 유럽이 부여한 대의명분, 말하자면 높은 지성과 커다란 연민과 일의전심을 따르기 위한 길잡이가 필요합니다.' '누가 그러던가요?' 내가 물었어. '많은 사람이요.' 그가 대답했지. '심지어 어떤 이들은 그걸 글로 쓰기도 합니다. 당신도 아시겠지만, 그래서 특별한 존재인 **그**가 이곳으로 온 것이죠.' '왜 내가 안다는 거죠?' 크게 놀란 내가 그의 말을 가로막았어. 그는 신경도 쓰지 않더군. '그렇습니다. 지금 그는 최고 사업장의 책임자이지만 내년에는 부지배인이 될 것이고, 2년이 더 지나면……. 하지만 아마 당신은 그가 2년 후에 어떤 사람이 될지 아시겠죠. 당신은 새로운 무리, 즉 덕을 갖춘 무리에 속한 분이에요. 커츠 씨를 특별히 보낸 바로 그분들이 또한 당신을 추천한 거니까요. 아, 아니라고는 말하지 마세요. 저에게도 보는 눈이라는 게 있습니다.' 뭔가 어렴풋이 짐작되는 바가 있었어. 친애하는 우리 아주머니의 유력한 지인들이 그 젊은이에게 예기치 않은 영향력을 끼치고 있었던 거지. 나는 하마터면 웃음을 터뜨릴 뻔했네. '당신은 회사의 기밀 서신을 훔쳐보시나보죠?' 내가 물었어. 그는 한마디도 하지 않더군. 정말 재미있었어. '커츠 씨가 총지배인이 되면 더 이상 그럴 기회는 없을 겁니다.' 나는 엄한 목소리로 말을 이었지.

그가 갑자기 양초를 불어 껐고, 우리는 바깥으로 나갔네. 달이 떠 있었지. 검은 형체들이 무기력하게 돌아다니며 불씨 위로 물을 퍼붓자 그곳에서 쉭쉭하는 소리가 났고, 달빛 속에서 김이 피어올랐으며, 어딘가에서 두들겨 맞은 검둥이의 신

음이 들려왔어. '저 짐승 같은 놈이 소란을 피우는군!' 콧수염
을 기른 그 끈질긴 남자가 우리 가까이에서 나타나며 말했지.
'저놈은 당해도 쌉니다. 죄를 지었으면 벌을 받아야죠, 쾅! 인
정사정없이, 무자비하게. 그 방법밖에 없습니다. 그래야 앞으
로 일어날 큰불을 모두 예방할 수 있을 거예요. 지배인한테도
말하려 했습니다만······.' 그는 나의 동행을 알아보고는 갑자
기 의기소침해지더군. '아직 잠자리에 들지 않으셨군요.' 그
가 열심히 굽실거리는 듯한 목소리로 말했어. '몹시도 당연한
일이죠. 하! 위험한 일이 일어났으니까요. 불안하실 거예요.'
그는 사라져버렸어. 나는 강가로 나아갔고, 나의 동행은 나를
따라왔지. 귓가에 신랄한 속삭임이 들려오더군. '저런 얼뜨기
들, 빌어먹을.' 그 순례자들이 삼삼오오 모여서 몸짓을 해가
며 토론하는 모습이 보였어. 몇몇은 아직도 손에 그 막대기를
들고 있었지. 그들은 분명 그 막대기를 잠자리까지 들고 갔을
거야. 울타리 너머 달빛 속에 숲이 유령처럼 서 있었고, 그 어
둑한 흔들림을 지나, 그 구슬픈 마당의 희미한 소리를 지나
대지의 침묵이, 그것의 신비함, 그것의 위대함, 그것의 숨겨
진 삶으로 이뤄진 놀라운 현실이 마음속 더 깊은 곳까지 이
르렀어. 근처 어딘가에서 상처 입은 검둥이가 희미한 신음을
내더니 깊은 한숨을 내쉬었고, 그러자 서둘러 그곳을 벗어나
고 싶어지더군. 그때 겨드랑이 아래로 손 하나가 들어오는 게
느껴졌어. '선생님' 하고 그 친구는 말했어. '저는 오해를 사고

싶진 않은데, 특히 저보다 먼저 커츠 씨를 만나게 되는 기쁨을 누릴 당신에게라면 더더욱 그렇습니다. 저는 커츠 씨가 저의 의향에 대해 잘못된 생각을 품길 바라지 않아요…….'

나는 이 종이 반죽으로 만든 메피스토펠레스● 같은 자가 계속 떠들게 내버려두었는데, 그는 집게손가락으로 쿡 찌르면 푹 들어갈 것만 같았고, 어쩌면 그 안에서 푸석푸석한 먼지 말고는 아무것도 발견할 수 없을 것도 같더군. 자네들이 알아차렸는지 모르겠지만, 그는 현 지배인 아래서 앞으로 부지배인으로 승진할 계획이었는데, 커츠의 등장으로 둘 다 적잖이 당황한 모양이었어. 그는 다급히 말을 이었고, 나는 그런 그를 막으려 하지 않았네. 나는 강에 사는 어떤 커다란 동물의 사체처럼 비탈에 끌어 올려놓은 나의 난파된 증기선에 어깨를 기대고 있었지. 진흙 냄새, 세상에나! 그 원시적인 진흙 냄새가 내 코를 찔렀고, 원시적인 숲의 드높은 고요가 내 눈앞에 펼쳐졌으며, 검고 작은 만 이곳저곳이 빛나고 있었다네. 달이 모든 것 위로 얇은 은빛 막을 덮어놓았어……. 잔뜩 우거진 풀 위로, 진흙 위로, 사원의 벽보다 더 높이 서 있는 빽빽한 초목의 벽 위로, 칙칙한 틈 사이로 반짝반짝 빛을 내며 속삭임도 없이 드넓게 흘러가는 거대한 강 위로. 그 남자가 자신에 대해 지껄여대는 동안에도 이 모든 풍경은 장엄했

● 중세 파우스트 전설에 나오는 악마.

고, 관망하는 듯 아무 말이 없었지. 우리 둘을 지켜보는 그 광대함의 표면에 어린 정적이 우리에게 뭔가 호소하고 있는 것인지, 아니면 우리를 위협하고 있는 것인지 나는 알 수가 없었네. 헤매다가 이곳으로 들어온 우리는 대체 누구일까? 우리가 저 말 못 하는 존재를 다룰 수 있을까, 아니면 그것이 우리를 다루게 될까? 나는 말을 할 줄 모르고 귀도 먹었을 그 존재가 얼마나 거대한지, 얼마나 끔찍하리만치 거대한지 느꼈다네. 그 안에는 뭐가 있었을까? 나는 그곳에서 약간의 상아가 나온다는 사실을 알고 있었고, 커츠 씨가 그곳에 있다는 사실도 들어서 알고 있었지. 그것에 대해서는 이미 충분히 들은 터였어. 정말이야! 그런데도 그와 관련해서 어떤 이미지도 떠오르지 않더군. 마치 그곳에 천사나 악마가 살고 있다는 말을 듣기라도 한 것처럼. 그곳에 대한 나의 믿음은 누군가가 화성에 사람이 산다고 믿을지도 모르는 정도의 믿음과 비슷한 종류였지. 한때 나는 어느 스코틀랜드 출신의 돛 제작자를 알고 있었는데, 그는 틀림없이 화성에 사람이 산다고 확신했다네. 그에게 화성인의 모습과 행동에 대해 물으면, 그는 부끄러워하며 '네 발로 걸어 다니죠' 같은 말을 중얼거리곤 했지. 만일 그 말을 듣고 미소라도 지을라치면 그는, 예순 살의 나이에도 불구하고 싸움을 걸려고 들었어. 나는 커츠를 위해 싸울 정도까지는 아니었지만, 그를 위해 거짓말을 할 용의까지는 있었다네. 자네들도 알다시피 나는 거짓말을 증오하고 혐오해서 견디질 못하는데, 그건 내가 다른 사람보다 더 정직해서가 아니라 단지 거짓말에 소름이 끼치기 때문이야. 거짓말에는 내가 잊고 싶어 하는 죽음의 흔적과 필멸의 맛, 내가 이 세상에서 증오하고 혐오하는 바로 그것이 스며 있어. 썩은 무언가를 깨물었을 때처럼, 그 맛은 나를 비참하고 메스껍게 만든다네. 아마 기질 탓일 거야. 음, 어쨌든 나는 그곳의 그 젊은 바보가 유럽에서의 내 영향력에 대해 멋대로 믿어버리게끔 가만히 내버려둠으로써 거짓말을 한 셈이나 마찬가지야. 순간적으로 나는 마법에 걸린 그 순례자들만큼이나 가식적인 존재가 되고 만 거지. 이는 단지, 당시에는 보지도 못했던 커츠에게 어떤 식으로든 도움이 될까 하는 생각에서 저지른 짓이었다네. 무슨 말인지 이해하겠지. 그는 그저 내게 하나의 단어에 불과했어. 자네들과 마찬가지로 나도 그 이름에서 그 사람을 보지는 못했지. 자네들은 그기 보이는가? 그와 관련된 이야기가 보이는가? 뭐라도 보이는가? 마치 내가 자네들에게 꿈 이야기를 해주려 애쓰기라도 하는 것 같군. 이게 다 헛수고인 듯한 기분이 드는데, 왜냐하면 꿈에 대해 아무리 이야기해봤자 꿈의 감각, 즉 힘겨운 반항의 전율 속에서 뒤죽박죽으로 느끼는 부조리와 놀라움과 어리둥절함, 꿈의 본질이라 할 수 있는 믿을 수 없는 것에 사로잡혔다는 생각 등은 도저히 전달할 수가 없을 테니 말이야……."

그는 한동안 침묵했다.

"……그래, 그것은 불가능해. 한 존재가 어느 특정 시기에 겪은, 삶의 진리와 의미를 만들어내는 삶의 감각, 삶을 관통하는 미묘한 본질을 전달하기란 불가능해. 불가능한 일이고말고. 우리는 마치 꿈꾸듯 살아가지. 저마다 홀로…….."

그는 깊은 생각에 잠기기라도 한 것처럼 다시 입을 다물었다가 말을 이었다.

"물론 이 이야기에서 자네들은 그때의 나보다 더 많은 것을 볼 수 있을 걸세. 자네들은 지금 자네들이 아는 사람인 나를 보고 있으니까…….."

사방이 칠흑같이 어두워져서 이야기를 듣고 있던 우리는 서로를 거의 알아볼 수 없었다. 우리와 떨어져 앉아 있던 그가 우리에게 목소리에 불과한 존재가 된 지도 이미 오래였다. 우리 중 그 누구도 아무 말이 없었다. 다른 사람들은 잠이 들었는지도 모르지만 나는 깨어 있었다. 나는 귀를 기울였다. 인간의 입술 없이 강의 무거운 밤공기 속에서 스스로 생겨난 듯한 이 이야기가 불러온 희미한 불안감을 이해할 단서가 되어줄 문장이나 단어를 예의 주시하며 귀를 기울였다.

"……그래, 나는 그가 계속 떠들게 내버려두었어." 말로가 다시 말을 이었다. "그리고 그가 내 배후 세력에 대해 멋대로 생각하도록 내버려두었지. 그냥 그렇게 내버려두었단 말일세! 하지만 내 배후에는 아무도 없었어. '모든 사람이 성공해야 할 필요성'에 대해 그가 유창하게 떠드는 동안 내가 기대고 있던 형편없이 오래되고 심하게 망가진 증기선 말고는 내 뒤에 아무것도 없었지. '아시다시피 사람들이 달이나 쳐다보려고 이곳에 나오는 것은 아니니까요.' 커츠 씨는 '만능 천재'지만 천재라도 '적당한 도구, 즉 똑똑한 사람들'과 함께 일하는 편이 더 수월할 거라더군. 잘 알고 있었다시피 그는 벽돌을 만들지 않았는데, 뭐, 그것은 물리적으로 불가능한 일이었으니까. 자기가 지배인을 위해 비서 역할을 한다면, '분별 있는 사람이라면 누구도 상관의 신임을 거부할 수 없기' 때문이라고 했어. 내가 그 말을 이해했느냐고? 물론 이해한다고 했지. 내가 뭘 더 원하느냐고? 내가 정말로 원하는 것은 맹세코 대갈못이었어! 대갈못 말일세. 일을 해나가려면. 구멍을 막으려면. 나는 대갈못이 필요했어. 해안에는 대갈못이 상자째로 있었지. 상자째로, 터지고, 갈라진 채 쌓여 있었어. 산비탈에 있는 그곳 사업장 마당에서는 두 발짝 걸을 때마다 나뒹구는 대갈못이 발에 차일 정도였지. 대갈못은 죽음의 수풀 속에도 굴러 들어가 있었어. 허리를 구부리는 수고만 들이면 주머니를 가득 채울 만큼 대갈못을 주울 수 있었지만 정작 대갈못이 필요한 곳에서는 하나도 찾을 수가 없었지. 우리에게는 적당한 철판이 있었지만 그것을 고정할 만한 것은 아무것도 없었어. 그리고 매주 배달원, 그러니까 흑인 한 명이 홀로 어깨에 편지 가방을 메고 손에는 지팡이를 든 채 우리 사업장을 떠나서 해안으로 향했어. 그리고 한 주에도 몇 번씩 해안에서 대상이 교역품, 즉 쳐다보기만 해도 몸서리칠 만큼 지독하게 반들반들한 캘리코, 1리터에 1페니 정도 하는 유리구슬, 혼란스러운 점박이 무늬의 무명 손수건을 싣고 왔지. 하지만 대갈못은 없었어. 짐꾼 세 명이면 그 증기선을 띄우는 데 필요한 대갈못을 모두 가져올 수 있었을 텐데도 말일세.

그는 이제 속내를 터놓고 있었고, 그것에 반응하지 않는 나의 태도에 마침내 격분한 게 분명한데, 왜냐하면 자신이 인간은 물론이고 신이나 악마도 두려워하지 않는다는 사실을 내게 알려야겠다고 생각했으니 말일세. 나는 그 점은 잘 알겠으나 내게 필요한 것은 일정량의 대갈못이라고 말해주었지. 그리고 커츠 씨가 이런 사실을 알았더라면 그가 정말로 필요로 했던 것도 대갈못이었을 거라고도. 그런데 편지가 매주 해안으로 발송되는데도……. '친애하는 선생님' 하고 그가 외쳤어. '저는 불러주는 대로 쓸 뿐입니다.' 나는 대갈못을 요구했네. 방법이 있지 않겠느냐고 말했지. 똑똑한 사람이라면. 그가 태도를 바꾸더군. 아주 차갑게 굴며 갑자기 하마에 대해 이야기하기 시작했어. (나는 밤낮으로 인양한 내 증기선에 붙어 있는데) 내가 그 증기선에서 잘 때 방해받지는 않았는지 궁금해하더군. 밤이면 강기슭으로 올라와서 사업장 구내를 배회하는 나쁜 습관을 지닌 나이 든 하마 한 마리가 있었거든. 순례자들은 떼를 지어 나타나서는 라이플총을 닥치는 대로 집어 들고 녀석을 향해 쏘아대곤 했지. 몇몇은 심지어 녀석을 잡으려고 밤을 새우기도 했어. 하지만 이 모든 노력은 헛수고였지. '그 동물은 불사신인 모양입니다.' 그는 말했어. '하지만 이 나라에서 이런 말은 짐승에게만 할 수 있죠. 이곳에서 불사신인 사람은 아무도, 제 말뜻을 이해하시겠습니까? 아무도 없어요.' 그는 연약한 매부리코를 비스듬히 살짝 기울이고 운모 같은 눈을 깜박이지도 않고 반짝이며 달빛 속에 잠시 서 있었어. 그러고는 퉁명스럽게 잘 자라는 인사를 던지고는 성큼성큼 걸어가버리더군. 그가 불안해하고 상당히 어리둥절해하는 모습을 본 나는 지난 며칠간 그랬던 것보다 더 희망적인 기분을 느꼈지. 그 녀석을 떠나 나의 영향력 있는 친구, 그러니까 낡고 뒤틀리고 파괴된 깡통 같은 증기선으로 돌아가는 것은 내게 큰 위안이었어. 나는 배로 기어 올라갔지. 내 발 아래서 배는 도랑에서 발에 차인 텅 빈 '헌틀리 앤드 파머' 비스킷 깡통 같은 소리를 내더군. 배는 만듦새가 전혀 견고하지 않았고 생김새도 좀 별로였지만, 나는 그 배를 사랑하게 될 만큼 이미 충분한 노력을 쏟아부은 터였어. 그 어떤 영향력 있는 친구도 그 배보다 나에게 더 도움이 되지는 못했을 걸세. 그 배는 내 모습을 조금 드러낼, 내가 무엇을 할 수 있는지 알아낼 기회를 주었네. 아니, 나는 일을 좋아하진 않아. 차라리 게으름을 피우며 할 수 있는 모든 멋진 일에 대해 생각하는 것을 더 좋아하지. 나는 일을 좋아하지 않지만, 그런 사람이 어디 있겠나. 일을 통해 얻을 수 있는 것, 나 자신을 발견할 기회를 얻는 것은 좋아한다네. 다른 사람이 아니라 나 자신을 위한, 다른 사람은 절대 알 수 없는 나 자신의 본질. 그들은 그저 겉모습만 볼 수 있을 뿐, 그것이 실제로 어떤 의미인지는 절대 알지 못하지.

누군가가 선미 쪽 갑판에 앉아서 진흙탕 위로 다리를 달랑거리고 있는 모습을 보고도 나는 놀라지 않았네. 알다시피 나는 그곳 사업장에 있는 몇몇 정비공과 어울리는 것을 차라리 더 좋아했는데, 다른 순례자들은 그들을 자연스레 경멸했지. 아마도 그들의 불완전한 예의범절 때문이었을 거야. 그는 감독이자 훌륭한 일꾼이었는데, 직책은 보일러공이었지. 여위고 앙상한 데다가 얼굴은 노랬지만 눈은 크고 강렬한 친구였어. 표정은 걱정으로 가득했고 머리는 내 손바닥만큼이나 민둥민둥했지. 하지만 머리카락은 떨어지다가 턱에 달라붙어 새로운 터전에서 번영을 누리는 듯했는데, 턱수염이 허리까지 늘어져 있었거든. 그는 어린아이 여섯 명을 둔 홀아비였고 (그곳에 나오기 위해 아이들을 누이에게 맡겼다더군), 그가 삶에서 열정을 쏟는 것은 비둘기 날리기였어. 그는 열성적인 사람이자 전문가였지. 비둘기에 대해 열변을 토하곤 했어. 업무 시간 후 그는 때로 아이들이나 비둘기에 대해 이야기하기 위해 자신의 오두막에서 내 쪽으로 건너오곤 했다네. 일하면서 증기선 밑바닥 아래의 진흙탕을 기어가야 할 때면 그는 일부러 가져온 일종의 흰 냅킨으로 턱수염을 묶곤 했어. 냅킨에는 고리가 달려 있어서 귀에 걸 수 있었지. 저녁이면 강기슭에 쪼그리고 앉아서 그 싸개를 강물로 정성스레 씻고는 덤불 위에 엄숙하게 펼쳐서 말리는 그의 모습이 보였어.

나는 그의 등을 찰싹 때리며 외쳤네. '대갈못이 도착할 거요!' 그는 허둥지둥 일어나며 자기 귀를 의심하기라도 하듯 '말도 안 돼요! 대갈못이라니!' 하고 외치더군. 그러고는 낮은 목소리로 말했어. '아니…… 정말요?' 왜 우리가 미치광이처럼 굴었는지 모르겠네. 나는 콧방울에 손가락을 갖다 대고는 신비롭게 고개를 끄덕였지. '잘됐군요!' 그는 이렇게 외치더니 머리 위에서 손가락을 튕기며 한쪽 발을 들었어. 나는 지그 춤을 선보였지. 우리는 강철 갑판 위에서 춤을 추듯 깡충거렸어. 선체에서 지독하게 달그락거리는 소리가 울려 퍼졌고, 만 반대편 강기슭의 원시림은 잠든 사업장 위로 천둥처럼 울리는 메아리를 되돌려 보냈지. 그 소리 때문에 순례지 몇몇은 분명 오두막에서 일어나 앉은 채 밤잠을 못 이루었을 거야. 어두운 형체 하나가 불이 켜진 지배인의 오두막 문간을 가리더니 사라졌고, 그러고는 일이 초 후 문간 자체도 사라져 버렸지. 우리는 춤을 멈추었고, 그러자 우리의 쿵쾅거리는 발소리에 쫓겨났던 정적이 대지의 구석진 곳에서 다시 밀려들더군. 거대한 초목의 벽, 달빛 속에서 움직이지 않는 나무 몸통과 줄기와 잎과 가지와 꽃 줄이 무성하게 뒤엉킨 덩어리는 소리 없는 생명의 소란스러운 침략 같았고, 높이 쌓여 물마루를 이룬 채 강의 후미 위로 쓰러져 미미한 존재인 우리를 모조리 쓸어버릴 준비가 된 출렁이는 식물의 파도 같았지. 하지만 그것은 움직이지 않았어. 마치 어룡⁕이 몸을 번쩍이며 거대한 강에서 목욕하고 있기라도 하듯, 멀리서 힘차게 첨벙거리는 소리와 거센 콧김 소리가 약하게 불쑥 들려왔지. '결국 따지고 보면 말입니다.' 보일러공이 이성적인 말투로 말했어. '우리가 대갈못을 얻지 못할 이유는 없지 않나요?' 정말 그랬지. 나는 우리가 대갈못을 얻지 못할 이유를 도무지 떠올릴 수 없었어. '대갈못은 삼 주 내로 도착할 거요.' 나는 자신 있게 말했어.

하지만 대갈못은 오지 않았네. 대갈못 대신 침략, 시련, 재앙이 찾아왔지. 그것은 삼 주 동안 여러 무리로 나뉘어서 찾아왔는데, 각 무리는 새 옷과 황갈색 신발 차림의 백인을 태운 당나귀 한 마리가 이끌었고, 그 백인은 당나귀에 탄 채 감탄하는 순례자들을 향해 좌우로 고개 숙여 인사했어. 발이 아파 샐쭉해져서 걸핏하면 싸우려 드는 검둥이 무리가 당나귀 뒤를 바짝 뒤따랐지. 수많은 텐트, 야영용 의자, 양철 상자, 흰색 통, 갈색 더미가 마당에 휙 내려졌고, 혼란스러운 사업장에 맴돌던 신비로운 기운이 조금 더 깊어졌어. 그런 무리가 다섯 차례 찾아왔는데, 무수한 용품 가게와 식료품 가게를 약

● 쥐라기에 번성했던 어룡목의 파충류.

탈한 후 어수선하게 도망친 듯한 우스꽝스러운 분위기를 풍겨서, 누가 보면 가게를 급습한 후 약탈품을 공평하게 나누기 위해 정글로 나르고 있는 거라는 생각이 들 정도였네. 한데 뒤섞인 그 물건들은 그 자체로는 괜찮은 것들이었지만 인간의 어리석음 때문에 도둑질한 약탈품처럼 보였지.

이 헌신적인 무리는 자신들을 엘도라도 탐험대라고 불렀는데, 비밀을 지키기로 맹세한 모양이더군. 하지만 그들이 나누는 대화는 그야말로 추악한 협잡꾼의 대화였어. 배짱도 없이 무모했고, 대담함도 없이 탐욕스러웠으며, 용기도 없이 잔인했지. 전체 무리를 통틀어서 선견지명이나 진지한 의도는 티끌만큼도 찾아볼 수 없었는데, 그들은 이 세상에 어울리는 일을 하려면 이런 것들이 필요하다는 사실조차 모르는 듯했어. 그들이 욕망하는 것은 대지의 저 깊은 내장에서 보물을 뜯어내는 것일 뿐, 금고를 터는 절두범이 그러하듯 그 욕망의 한 구석에는 그 어떤 도덕적 목적도 존재하지 않았지. 그 고귀한 사업 비용을 누가 댔는지는 모르지만, 어쨌든 우리 지배인의 삼촌이 그 무리의 통솔자였어.

그는 겉으로 보기에 가난한 동네의 도살업자 같았고, 졸린 듯 교활한 눈빛을 지니고 있었어. 살찐 배를 짧은 다리에 얹고 으스대며 걸어 다녔고, 그의 패거리가 사업장에서 해충처럼 우글거리는 동안 자기 조카 외에는 누구와도 말하지 않더군. 이 두 사람은 머리를 딱 붙인 채 영원히 대화를 나누며 하루 종일 그곳을 배회하는 모습을 보이곤 했지.

　나는 대갈못 때문에 머리를 썩이는 일도 포기한 터였어. 그런 종류의 바보짓을 감당할 수 있는 능력은 생각보다 훨씬 더 제한적인 법이거든. 나는 빌어먹을! 하고 외치고는 일이 흘러가는 대로 내버려두었지. 생각에 잠길 시간이 넘쳐났기에 이따금 커츠에 대해 조금 생각해보기도 했네. 그에게 큰 관심이 있었던 건 아니야. 그런 건 아니었지. 그럼에도 나는 일종의 도덕적 이념을 갖추고 그곳으로 나온 이 남자가 결국에는 최고의 위치에 오를 것인지, 그리고 그 위치에 오르면 자신의 사업에 어떻게 착수할 것인지 궁금하긴 했어."

제2장

"어느 날 저녁 증기선의 갑판에 누워 있었는데, 사람들의 목소리가 점점 더 가까이 들려오더군. 그러더니 그 조카와 삼촌이 강기슭을 따라 거니는 모습이 보였어. 다시 팔베개를 하고 거의 깜빡 잠에 들었을 때 누군가가 말했지. 마치 귓가에 대고 말하듯이. '저는 아이처럼 순진한 사람이지만 명령을 받는 것을 좋아하진 않습니다. 제가 지배인입니까, 아닙니까? 저는 그자를 그곳으로 보내라는 명령을 받았어요. 믿기 힘든 일이죠.' ……그 두 사람은 증기선 앞쪽의 강기슭에, 바로 내 머리 아래쪽에 나란히 서 있더군. 나는 움직이지 않았어. 움직일 생각이 들지 않았지. 졸렸거든. '**그야말로** 불쾌한 일이지.' 삼촌이 투덜거렸어. '그자가 경영진더러 그곳에 보내달라고 부탁했다더군요.' 상대편이 말했어. '자신이 무엇을 할 수 있는지 보여줄 생각으로 말이죠. 그리고 저는 그렇게 하라는 지시를 받은 것이고요. 그자가 지닌 영향력을 한번 생각해 보세요. 끔찍한 일 아닙니까?' 두 사람은 그것이 끔찍한 일이라는 데 동의하고는 몇몇 기이한 말을 내뱉었어. '비를 내리게 했다가 날이 개게…… 한 사람이…… 이사회를…… 쥐락펴락…….' 터무니없는 문장들의 일부가 내 졸음을 압도했고, 그래서 내가 정신을 거의 다 차렸을 때쯤 삼촌이 이렇게 말하더군. '어쩌면 기후가 너를 위해 이 골칫거리를 처리해줄지도 모르지. 그자는 거기 혼자 있나?' '네.' 지배인이 대답했어. '그자는 조수를 강 아래로 내려보내서 이런 메모를 전했어요. "이 가련한 녀석을 이 나라에서 쫓아버리고, 앞으로 이런 녀석을 보내는 수고는 들일 필요 없소. 당신이 곁에서 없애버리다시피 나에게 보내는 그런 종류의 인간과 함께 있느니 차라리 혼자 있겠소." 1년도 더 된 일이죠. 이런 무례함을 상상이나 하실 수 있겠습니까?' '그 이후로 다른 일은 없었고?' 상대편이 쉰 목소리로 물었어. '상아가 왔죠.' 조카가 내뱉듯이 말했지. '잔뜩, 최상품으로, 잔뜩, 정말 짜증스럽게도 말이에요.' '그것 말고 다른 건?' 상대편이 더없이 나지막하고 굵직한 목소리로 물었어. '청구서요'라는 대답이 불을 뿜기라도 하듯 튀어나왔지. 그러고는 침묵이 이어졌네. 두 사람은 커츠에 대해 이야기하고 있던 것이었어.

이때쯤 나는 완전히 깨어 있었지만, 더할 나위 없이 편하게 누워 있었기에 자세를 바꿀 이유 없이 그냥 가만히 있었

지. '그 상아가 어떻게 여기까지 온 거지?' 몹시 짜증이 난 듯
한 삼촌이 으르렁거리듯 물었어. 상대편이 설명하길, 커츠가
데리고 있던 혼혈인 영국인 서기가 지휘하는 카누 선단에 상
아가 실려 왔으며, 그때쯤 사업장에는 물자와 비품이 다 떨어
져서 커츠도 분명 돌아올 생각이었는데, 480킬로미터쯤 내려
왔을 때 갑자기 돌아가기로 결심하고는 혼혈인이 상아를 싣
고 계속 강을 따라 내려가도록 내버려둔 채 자신은 노꾼 네
명이 움직이는 작은 통나무배로 혼자 돌아가기 시작했다고
하더군. 그 두 친구는 누군가가 그런 일을 시도했다는 사실
에 몹시 놀란 듯했어. 적당한 동기를 떠올릴 수가 없었던 거
지. 하지만 나로서는 커츠라는 사람을 처음으로 보는 듯했네.
언뜻 본 것에 불과했지만 분명한 모습이었지. 통나무배, 노를
젓는 야만인 네 명, 그리고 본부에, 위안거리에, 어쩌면 고향
생각에 갑자기 등을 돌린 채 깊은 오지 쪽으로, 자신의 텅 비
고 황량한 사업장 쪽으로 얼굴을 향하는 고독한 백인의 모습.
그 동기는 나도 알 수 없었어. 어쩌면 그는 그저 자기 일에 충
실한 괜찮은 친구인지도 몰랐지. 그의 이름은, 알겠나, 한 번
도 입 밖에 나오질 않았어. 그는 '그자'였지. 내가 보기에 대
단한 신중함과 용기로 힘겨운 여정을 지휘한 그 혼혈인은 언
제나 '그 악당'으로 불렸지. 그 '악당'이 보고하길, '그자'는 몹
시 아팠었다고, 건강이 아직 덜 회복되었다고 하더군…… 그
때 내 아래에 있던 두 사람이 몇 발짝 물러서더니 약간의 거

리를 둔 채 이리저리 움직였어. 이런 말들이 들려왔지. '군주둔지…… 의사…… 320킬로미터…… 이제는 완전히 혼자…… 지체는 불가피하고…… 아홉 달…… 아무 소식도 없이…… 이상한 소문들.' 두 사람이 다시 다가오는가 싶더니 지배인이 입을 열었어. '제가 알기로는 떠돌이 무역상에 불과한 자예요. 원주민에게서 상아를 낚아채는 해로운 녀석이죠.' 저들은 지금 누구 이야기를 하는 것이었을까? 이런저런 내용을 종합해본 결과, 이 사람은 커츠의 구역에 있는 누군가로, 지배인이 좋게 생각하지 않는 자인 듯했지. '이 녀석들 중 한 명이 본보기로 교수형을 당하기 전까지 우리는 부당한 경쟁에서 벗어나지 못할 겁니다.' 그는 말했어. '물론이지.' 상대편이 으르렁거리듯 말했어. '녀석을 교수형에 처해버려! 안 될 게 뭔가? 이 나라에서는 뭐든 가능하니까. 뭐든. 내 의견은 그래. 여기서는 누구도, 알겠나, **여기서는** 누구도 너의 지위를 위태롭게 만들 수 없어. 왜? 너는 기후를 견뎌내니까, 너는 그 누구보다도 오래 버티니까. 위험 요소가 유럽에 있긴 하지만, 내가 그곳을 떠나기 전에 손을 써두었으니…….' 두 사람은 떠나기 시작하며 속삭이더니 다시 목소리가 커졌어. '일이 터무니없이 연달아 지체된 것은 제 잘못이 아닙니다. 저는 최선을 다했어요.' 뚱뚱한 남자가 한숨을 쉬며 말했지. '정말 애석한 일이로군.' '그리고 그의 말은 해롭고 어처구니없었어요.' 상대편이 말을 이어나갔어. '그는 여기 있을 때도 저를

심하게 괴롭혔죠. '각 사업장은 더 나은 세상으로 향하는 길 위의 횃불 같아야 하고, 당연히 무역을 위한 중심지가 되어야 할 뿐만 아니라 교화와 개선과 교육을 위한 중심지도 되어야 하오.' 한번 생각해보세요. 그 멍청이가 말이에요! 그리고 그는 지배인이 되길 바라죠! 아니, 그건……' 이 대목에서 그는 지나치게 분개한 나머지 말을 잇지 못했고, 나는 고개를 아주 조금 들었어. 두 사람이 얼마나 가까이 있는지 알고는 깜짝 놀랐지. 바로 내 아래에 있더군. 그들의 모자 위에 침을 뱉을 수도 있었어. 그들은 생각에 잠긴 채 땅을 쳐다보고 있었지. 지배인은 가는 잔가지로 자기 다리를 때렸고, 그의 현명한 삼촌은 고개를 들었어. '이번에 이곳에 나온 이후로 몸은 건강했던 거지?' 그는 물었어. 상대편은 놀라서 움찔하더군. '누구요? 저 말입니까? ……아! 신통할 만큼 건강하죠. 신통할 만큼 건강해요. 하지만 나머지는……. 맙소사, 다들 병 들었죠. 너무 빨리 죽어버려서 이 나라 밖으로 내보낼 시간도 없을 지경이에요. 도저히 믿을 수가 없습니다!' '흠, 그렇군.' 삼촌은 투덜거렸어. '아, 조카야, 이걸 믿어. 이걸 믿으란 말이다.' 나는 그가 짧은 지느러미발 같은 한쪽 팔을 뻗어 숲과 만과 진흙과 강을 받아들이는 제스처를 취하는 것을 보았네. 햇빛이 비치는 대지의 면전에서 모욕적이고 과장된 동작으로, 잠복해 있는 죽음과 숨어 있는 악과 대지의 심장부에 도사린 깊은 어둠을 향해 기만적인 호소의 손짓을 해 보이는 듯했지.

그것은 너무나도 놀라운 광경이어서 나는 벌떡 일어나 숲의 가장자리를 돌아보았어. 그 음흉한 신뢰의 표현에 대한 일종의 대답을 기대하기라도 했다는 듯이 말일세. 자네들도 알다시피 때로 우리에게는 바보 같은 생각이 떠오르기도 하는 법이니까. 높이 솟은 적막이 불길한 인내심을 발휘하며 이 두 인물과 마주한 채 그 기상천외한 침입 행위가 끝나길 기다리고 있더군.

두 사람은 아마도 순전한 두려움 때문에 함께 큰 소리로 욕을 퍼붓고는 내 존재는 전혀 모르는 체하며 사업장으로 돌아갔어. 태양이 낮게 떠 있었지. 그들은 나란히 몸을 앞으로 숙인 채 서로 다른 길이의 우스꽝스러운 두 그림자를 이끌고 고통스레 언덕을 오르는 듯했고, 그들 뒤로 끌려가는 두 그림자는 풀잎 하나 휘게 하지 않고서 키가 큰 풀 위를 천천히 지나갔어.

며칠이 지나 엘도라도 원정대는 인내심 있는 오지로 들어갔는데, 잠수부가 바다에 삼켜지듯 오지에 삼켜지고 말았다네. 한참 후에 당나귀가 모두 죽었다는 소식이 들려오더군. 당나귀보다 덜 소중한 그자들의 운명에 대해서는 나도 아는 바가 없어. 분명 나머지 우리처럼 마땅한 대가를 치렀겠지. 나는 알아보지도 않았네. 그때 나는 곧 커츠를 만나게 될 거라는 기대에 조금 들떠 있었거든. 물론 여기서 '곧'이라는 것은 상대적인 의미에서 그렇다는 말일세. 우리가 커츠의 사업장 아래쪽 강기슭에 도착한 것은 만을 떠난 지 딱 두 달이 되었을 때였거든.

그 강을 거슬러 올라가는 일은 대지에 초목이 만발하고 커다란 나무들이 왕이나 다름없던 태초의 세상으로 돌아가는 여행과도 같았어. 공허한 강물, 거대한 침묵, 뚫고 들어갈 수 없는 숲. 공기는 뜨끈하고 빽빽하고 묵직하고 둔탁했어. 햇빛의 광휘에도 기쁨은 없었지. 길게 뻗은 수로는 지나는 배 한 척 없이 이어지다가 그림자가 드리운 먼 곳의 어둠 속으로 사라졌네. 은빛 모래톱에서는 하마들과 악어들이 나란히 일광욕을 즐겼어. 폭이 점점 넓어지던 강은 나무가 우거진 여러 섬 사이로 흘러갔지. 그 강에서 우리는 사막에서 그러듯 길을 잃은 채 항로를 찾으려 애쓰다가 하루 종일 얕은 곳에 부딪혔고, 그러다보면 결국 자신이 마법에 걸려 한때, 어딘가 먼 곳, 어쩌면 또 다른 세상에서 알았던 모든 것과 단절되어있다는 생각이 들곤 하더군. 자신을 위해 잠깐의 시간도 낼 수 없을 때 가끔 그러듯, 과거가 떠오르는 순간들도 있었지. 그런데 그 과거는 불안하고 시끄러운 꿈의 형태로 찾아왔고, 식물과 물과 침묵으로 이루어진 이 기이한 세상의 압도적인 현실 속에서 놀라움으로 기억되었네. 그리고 이 생명의 정적은 평화와는 조금도 닮은 구석이 없었어. 그것은 불가해한 의도를 품은 확고한 힘의 정적이었네. 그것은 복수심에 불타는 모습으로 우리를 쳐다보았어. 나중에는 나도 그것에 익숙해졌지.

더는 그것이 눈에 들어오지 않았어. 그럴 시간이 없었거든. 나는 계속 항로를 추측해야 했어. 대체로 영감에 의지해서 숨겨진 모래톱의 징후를 파악해야 했지. 물속에 잠긴 암초를 잘 살펴야 했어. 깡통 같은 증기선을 찢고서 순례자들을 모두 익사시킬 수도 있었을 악독하고 교활한 오래된 암초를 운 좋게 스쳐 지나갈 때면, 심장이 터지기 전에 이를 악무는 법부터 배우기도 했지. 또한 다음 날 증기기관을 위해 사용할 수 있도록 밤에 잘라둘 죽은 나무를 찾기 위해 경계를 늦추지 말아야 했어. 그런 종류의 일, 그러니까 단순하고 표면적인 일에 주의를 기울이면 실체는, 진정한 본질로서의 실체는 희미해지는 법일세. 내적 진실은 숨겨져 있지. 다행히도, 정말 다행히도. 하지만 나는 여전히 그 진실을 느꼈어. 그 진실의 신비로운 정적이 내가 쓰는 속임수를 지켜보고 있다는 느낌이 종종 들었지. 마치 자네들이 각자 선보이는 줄타기 재주를 지켜보듯이 말일세. 그게 뭐더라? 공중제비를 한 번 넘을 때마다 반 크라운을 받는……."

"예의를 좀 갖추게나, 말로." 누군가가 으르렁거리듯 말하는 소리가 들려왔고, 그래서 나는 나 말고도 적어도 한 명은 깨어서 그 이야기를 듣고 있음을 알았다.

"미안하네. 자네들이 받는 대가에 포함되는 심적 고통을 잊고 있었군. 그런데 재주만 성공적으로 부린다면 그 대가야 어떻든 무슨 상관이겠나? 자네들은 재주를 썩 잘 부리는 편이지. 그리고 내가 부린 재주도 그리 나쁘지 않았는데, 나의 첫 항해에서 그 증기선을 용케 가라앉히지 않았으니 말일세. 내게는 아직도 그 일이 놀랍게 느껴져. 눈가리개를 하고 형편없는 도로에서 짐마차를 몰게 된 사람을 한번 상상해보게나. 나는 그 일을 하느라 땀도 많이 흘리고 몸도 많이 떨었지. 정말이네. 어쨌거나 늘 떠 있도록 신경 써야 하는 배의 바닥을 긁히게 하는 것은 선원으로서 용서받을 수 없는 죄이니 말일세. 다른 사람은 아무도 모르겠지만, 선원은 그 쿵 하는 소리를 절대 잊지 못하지. 안 그런가? 심장을 정통으로 가격당하는 듯한 충격이니까. 우리는 여러 해가 지난 후에도 그것을 기억하고, 꿈꾸고, 밤에 깨어나 그것에 대해 생각해. 그러고는 몸이 완전히 뜨거워졌다가 차갑게 식지. 그 증기선이 늘 떠 있었다고 말하진 않겠네. 식인종 스무 명이 첨벙거리며 밀어야 배기 겨우 조금 나아갔던 적이 한 차례 이상은 되었으니까. 이 녀석들 중 몇몇은 우리가 도중에 승무원으로 모집한 자들이었어. 자신의 위치에서는 훌륭한, 식인종인, 친구들이었지. 그들은 함께 일할 수 있는 부류였고, 나는 그들에게 감사하고 있어. 어쨌거나 내 면전에서 서로 잡아먹진 않았으니까. 그들은 식량으로 하마 고기를 가져왔는데, 그게 썩는 바람에 신비로운 야생의 악취가 내 코를 찌르긴 했지. 휴! 지금도 어디선가 그 냄새가 나는 듯하군. 배에는 지배인과 장대를 든 순례자 네 명이 타고 있었어. 더할 나위 없이 완벽했지. 때로 우리는 강기슭 가까이에서 미지의 땅 언저리에 매달려 있는 사업장과 우연히 마주치기도 했는데, 기쁨과 놀라움과 환영의 몸짓을 크게 해 보이며 금방이라도 쓰러질 듯한 오두막에서 뛰쳐나오는 백인들은 정말이지 이상해 보였고, 마치 주문에 걸려 그곳에 사로잡히기라도 한 듯한 모습이었어. '상아'라는 단어가 잠시 허공에 울려 퍼지곤 했지. 그리고 우리는 계속해서 텅 빈 유역을 따라서, 적막한 강굽이를 돌아서, 구불구불한 수로 양편의 높은 벽 사이로 다시 나아가며 침묵 속으로 향했고, 선미 외륜이 내는 육중한 소리는 공허한 파열음과 함께 허공에 울려 퍼졌어. 나무들, 나무들, 셀 수 없이 수많은 나무만 거대하고 엄청나게 솟아올라 있었고, 작은 때투성이 증기선은 나무들 발치에서 물살에 맞서느라 강기슭을 끌어안다시피 하며 기어갔는데, 그 모습이 꼭 우뚝한 주랑 현관의 바닥을 느릿느릿 기어가는 딱정벌레 같았지. 그러고 있자니 몹시 초라하고 길 잃은 듯한 기분이 들었는데, 그럼에도 전적으로 우울하기만 한 것은 아니었네. 초라한 기분이 들든 말든 그 더러운 딱정벌레는 어쨌든 계속 기어갔고, 그게 바로 우리가 그것에게 바랐던 것이니까. 순례자들이 그것이 어디로 기어가고 있다고 생각했는지는 나도 모르겠네. 분명 뭔가를 얻을 수 있는 어떤 곳으로 기어가고 있다고 생각했겠지! 내 입장에서 그것은, 전적으로 커츠를 향해 기어가고 있었는데, 증기관이 새기 시작하자 기어가는 속도가 몹시 느려지고 말았어. 직선 유역은 우리 앞에서 열렸다가 뒤에서 닫혀버렸는데, 마치 우리가 돌아가는 길을 막으려고 숲이 유유히 강을 가로 지르며 걸어간 것만 같더군. 우리는 어둠의 심장부 속으로 점점 더 깊이 들어갔어. 그곳은 아주 고요했지. 밤이면 때로 나무들의 장막 뒤에서 둥둥 울리는 북소리가 강까지 밀려와 우리의 머리 위 높은 허공을 맴돌기라도 하듯 동이 틀 때까지 희미하게 이어졌어. 그것이 의미하는 게 전쟁인지 평화인지 기도인지 우리로서는 알 길이 없었지. 냉랭한 정적이 내리며 새벽이 왔음을 알려주었어. 벌목꾼들은 잠들었고, 그들이 피워놓은 불은 힘없이 타올랐네. 잔가지가 탁 하고 튀는 소리가 우리를 놀라게 하곤 했지. 우리는 선사시대의 대지, 미지의 행성 같은 모습의 대지를 헤매는 방랑자였어. 우리는 우리 자신이 저주받은 유산을 손에 넣었다가 심각한 고뇌와 과도한 노역을 그 대가로 치르게 된 최초의 인간 같다는 생각이 들기도 했네. 하지만 우리가 힘겹게 강굽이를 돌았을 때, 갑자기 무겁게 축 늘어진 채 조금도 움직이지 않는 나뭇잎 아래로 골풀 담장, 뾰족한 초가지붕, 터져 나오는 고함, 어지러운 검은 팔다리들, 손뼉 치는 수많은 손, 쿵쿵 구르는 발들, 흔드는 몸들, 굴러가는 눈알들이 언뜻 모습을 드러냈어. 그 검고 불가해한 광란의 가장자리를 따라 증기선은 힘들게 느릿느릿 나아갔지. 그 선사시대의 인간들이 우리를 저주하는지, 우리를 위해 기도하는지, 우리를 환영하는지, 그걸 누가 알 수 있었겠나? 우리는 우리를 둘러싼 광경을 전혀 이해할 수 없었어. 정신이 온전한 자들이 정신병원에서 일어나는 열광적인 난리를 볼 때면 그러하듯, 우리는 궁금하면서도 은밀히 겁에 질린 채 유령처럼 그 앞을 미끄러지듯 지나갔지. 우리가 그것을 이해할 수 없었던 까닭은, 우리가 시간적으로 너무 멀리 떨어져서 기억도 할 수 없고, 거의 흔적도, 아무 기억도 남기지 않은 채 사라져버린 시대, 그 최초의 시대의 밤을 여행하고 있었기 때문이야.

그곳의 대지는 이 세상에 속한 것 같지 않았네. 우리는 정복된 괴물이 족쇄를 차고 있는 모습에는 익숙했지만, 그곳, 그곳에서는 괴물 같은 존재가 자유로이 풀려 있는 모습을 볼 수 있었어. 그곳은 이 세상에 속한 것 같지 않았고, 그곳의 인간들은…… 그래, 그들은 비인간적인 존재가 아니었어. 글쎄, 그게 가장 곤혹스러운 일이었지. 그들이 비인간적인 존재가 아닐지도 모른다는 의심 말이야. 그 의심은 천천히 찾아왔어. 그들은 울부짖고 뛰어오르고 빙빙 돌며 무시무시한 표정을 지었는데, 우리를 전율케 한 것은 그들이, 우리처럼, 인간성을 지니고 있을 거라는 생각, 이 사납고 격정적인 소란이 우리와 먼 친척 관계일지도 모른다는 생각이었네. 추악했지. 그래, 정말로 추악한 생각이었어. 하지만 우리가 사내대장부라면, 그 끔찍하게 노골적인 소음을 듣고 우리 마음속에서 아주 미약하게나마 반응이 일어났음을, 그 소음에 우리가, 태초의 밤에서 아주 멀리 떨어진 우리가 이해할 수 있는 어떤 의미가 담겨 있다는 의심이 어렴풋이 들었음을 인정해야 할 걸세. 인정하지 못할 게 뭐가 있겠나? 인간의 마음이란 무엇이든 가능한 영역이야. 왜냐하면 그 안에는 모든 게, 모든 미래뿐만 아니라 모든 과거도 들어 있으니까. 그 소음 안에 든 것은 결국 무엇이었을까? 기쁨, 두려움, 슬픔, 헌신, 용기, 분노……. 누가 알겠나? 그러나 무엇보다도 진실, 시간이라는 외투를 벗어버린 진실. 바보들이야 입을 떡 벌리고 몸서리치겠지. 사나이는 그 진실을 알아보고는 눈 한번 깜박하지 않고 쳐다볼 수 있어. 하지만 그러려면 그는 적어도 그 강기슭의 남자들만큼은 남자다워야만 해. 그는 자신만의 진정한 능력으로, 자신만의 타고난 힘으로 그 진실과 대면해야만 하지. 원칙들? 원칙들은 소용없어. 습득한 것들, 옷들, 예쁜 누더기들…… 제대로 흔들면 단번에 날아가버릴 누더기들. 아니, 우리에게 필요한 것은 심사숙고한 신념이야. 그 사악한 소란이 내 마음에 호소하는 바가 있었느냐고? 좋아. 그래, 인정하네. 하지만 내게도 발언권이 있고, 좋든 나쁘든 나의 이 말은 침묵시킬 수 없는 종류의 것이야. 물론 바보는 순전히 두려움과 예민한 감정 때문에 늘 안전한 법이지. 지금 누가 중얼중얼 불평하는 거지? 내가 상륙해서 울부짖고 춤을 추진 않았는지 궁금하기라도 한 건가? 음, 아니야, 나는 그러지 않았네. 예민한 감정이라고 했나? 예민한 감정 따위는 개나 줘버리라지! 나는 시

간이 없었어. 새는 증기관을 막기 위해 백연과 모직 담요 조
각을 들고 날아야 했거든. 정말이야. 조타수 노릇을 해야 했
고, 암초를 피해 가야 했고, 무슨 수를 써서라도 그 깡통 같은
배를 몰고 가야 했어. 이런 일들에는 나보다 더 지혜로운 사
람을 구원하기 충분할 만큼의 표면적 진리가 숨어 있었지. 그
리고 짬짬이 틈을 내서 화부였던 야만인도 돌봐야 했어. 그는
교화된 원주민의 표본으로, 수직형 보일러에 불을 지필 줄 알
았다네. 그는 바로 내 아래쪽에 있었는데, 그를 쳐다보는 것
은 맹세코 반바지에 깃털 모자 차림을 하고서 뒷다리로 걷는
우스꽝스러운 개를 보는 것만큼이나 교화적인 일이었지. 몇
달간의 훈련이 썩 괜찮은 친구인 그에게는 충분히 도움이 됐
어. 그는 분명 대담하게 굴려고 애쓰며 증기압력계와 양수계
를 곁눈질했지. 그리고 그 불쌍한 녀석의 이는 줄로 갈려 있
었고, 정수리의 양털 같은 머리는 기이한 무늬로 깎여 있었으
며, 양쪽 뺨에는 장식용 상처가 세 개씩 나 있었어. 그는 강기
슭에서 손뼉을 치며 발을 구르고 있어야 마땅했지만, 그러는
대신 교화의 지식을 잔뜩 갖춘 채 이상한 마법의 노예가 되어
열심히 일했던 거야. 그는 가르침을 받았기에 유용했는데, 그
가 아는 것은 이런 사실이었어. 그 투명한 물건 안에서 물이
사라지면 보일러 안의 악령이 너무 심한 갈증을 느낀 나머지
화를 내며 끔찍한 복수를 행한다는 것. 그래서 그는 (누더기로
즉석에서 만든 부적을 팔에 묶고, 시계만큼 크고 윤이 나는 뼛조각 하

나를 아랫입술에 평평하게 꽂은 채) 땀 흘리며 불을 때면서 유리 양수계를 두려운 눈으로 지켜보았고, 그동안 나무가 우거진 강기슭은 미끄러지듯 우리를 천천히 지나갔고, 짧은 소음을 뒤로한 채 끝없는 침묵이 계속해서 이어졌지. 그리고 우리는 계속 기어갔어. 커츠를 향해서. 하지만 쓰러진 나무들은 빽빽했고, 강물은 기만적이고 얕았으며, 보일러 안에는 정말로 골난 악마가 들어 있는 듯해서, 화부나 나나 우리의 으스스한 생각을 자세히 곱씹어볼 시간이 전혀 없었어.

내륙 사업장에 80킬로미터 정도 못 미친 곳에서 우리는 갈대로 지은 오두막 한 채와, 원래 어떤 종류의 깃발이었는지 알 수 없는 누더기를 휘날리고 있는 기울어진 구슬픈 장대, 깔끔하게 쌓인 장작더미와 우연히 마주쳤어. 뜻밖의 일이었어. 강기슭으로 가보니 장작더미 위에 놓인 평평한 널빤지에 연필로 쓴 글씨가 흐릿하게 남아 있더군. 판독해보니 이런 내용이었어. '당신을 위한 장작이오. 서두르시오. 조심해서 접근하시길.' 서명이 있었지만 판독할 수 없었는데, 커츠의 서명은 아니었어. 그보다 훨씬 더 긴 이름이었으니까. 서두르라니! 어디로? 강 상류로? '조심해서 접근하시길'이라니. 우리는 그때까지 그러지 않았는데 말이야. 하지만 그 경고가 접근한 후에야 찾을 수 있는 장소에 대한 것일 리는 없었어. 상류 쪽에서 무언가 문제가 생겼던 거지. 하지만 어떤, 그리고 얼마나 큰 문제였을까? 그것은 알 수 없었어. 우리는 전보 형식으로 쓰인 그 글의 어리석음을 탓했지. 우리 주변의 덤불은 아무 말이 없었고, 우리가 더 멀리 내다보도록 허락하지도 않았어. 오두막 문간에 걸린 붉은 능직 커튼이 찢어진 채 우리 얼굴을 향해 슬프게 펄럭였지. 그 오두막은 비품이 모두 치워져 있었지만, 우리는 얼마 전까지만 해도 그곳에 백인 한 명이 살았다는 것을 알 수 있었네. 그곳에는 기둥 두 개에 널빤지 하나를 올려 대충 만든 테이블이 남아 있었고, 어두운 구석에는 쓰레기가 쌓여 있었는데, 문간에 책이 한 권 있길래 나는 그것을 집어 들었어. 커버는 온데간데없고 책장은 손때를 타서 몹시 더럽고 하늘하늘해진 상태였지만, 책등은 아직 깨끗해 보이는 흰색 무명실로 정성스레 새로이 꿰매놓았더군. 그것은 놀라운 발견이었어. 책 제목은 '선박 조종술의 몇몇 요점에 관한 연구'로, 영국 해군 항해장인 타우저 혹은 타우슨, 뭐 그런 이름을 가진 사람이 쓴 것이었지. 읽기에 몹시 따분해 보이는 내용에 실례가 되는 도해와 지긋지긋한 수치가 표로 삽입된, 출간된 지 60년이 지난 책이었어. 나는 그 놀라운 골동품이 손에서 부서지지 않도록 최대한 부드럽게 다루었네. 그 책에는 타우슨인지 타우저인지 하는 사람이 진지하게 연구한 배의 닻사슬과 도르래 장치의 파괴 변형도 따위의 내용이 담겨 있었어. 마음을 크게 사로잡는 책은 아니었지. 하지만 언뜻 보기에도 일관된 목적의식과 제대로 된 일처리에 대한 진솔한 관심을 느낄 수 있어서, 아주 오래전에 생각해서 써낸 이 보잘것없는 책장들은 그저 전문적인 지성의 빛 이상으로 반짝이고 있었어. 닻사슬과 도르래에 대한 이 순박하고 늙은 선원의 이야기 덕분에 나는 틀림없이 실재하는 무언가와 마주쳤다는 몹시 기분 좋은 감각에 빠진 나머지 정글과 순례자에 대해서는 잊고 말았다네. 그런 책이 그곳에 있다는 사실만으로도 충분히 놀라웠는데, 더욱 믿기 어려운 것은 책의 여백에 연필로 적은, 분명히 본문과 관련된 메모였어. 내 두 눈을 믿을 수가 없었지! 메모는 암호로 되어 있었거든! 그래, 그건 암호처럼 보였어. 그런 종류의 책을 그 미지의 장소로 들고 와서 연구한, 암호로 메모까지 남긴 남자를 한번 상상해보게나! 그것은 엄청난 수수께끼였어.

나는 한동안 성가신 소음이 들려오는 것을 어렴풋이 느끼고 있었는데, 책장에서 눈을 들자 장작더미가 사라져 있었고 지배인이 순례자 전원과 함께 강가에서 나를 향해 소리치고 있는 모습이 보였지. 나는 책을 호주머니에 슬며시 집어넣었어. 분명히 말하건대 독서를 중단하자니 오래되고 굳건한 우정을 나눈 피신처를 급히 떠나는 듯한 기분이 들더군.

나는 앞쪽에 달린 변변찮은 엔진의 시동을 걸었어. '분명 그 비열한 무역상, 그 불청객일 거예요.' 우리가 떠나온 곳을 악의에 차서 돌아보며 지배인이 외쳤어. '영국인이 틀림없습니다.' 나는 말했지. '조심하지 않으면 그놈은 문제에 휘말리게 될 겁니다.' 지배인은 험악한 목소리로 중얼거렸어. 나는 천진함을 가장한 채 이 세상에서 문제에 휘말리는 데서 자유로울 사람은 아무도 없을 거라고 말했지.

　이제 물살은 더 빨라져서 증기선은 숨이 넘어갈 듯했고, 선미 외륜은 느릿느릿하게 퍼덕거렸으며, 나는 외륜의 퍼덕거리는 소리가 더는 들려오지 않을 순간을 기다리며 귀를 기울이고 있었는데, 실은 그 가련한 고물이 언제든 멈춰버릴 거라고 생각했기 때문일세. 그것은 생명의 마지막 불꽃을 쳐다보고 있는 것과도 같았어. 하지만 그래도 우리는 계속 기어갔지. 때로 나는 조금 앞에 있는 나무 한 그루를 눈으로 찍고는 우리가 커츠에게 얼마나 가까이 다가갔는지 가늠해보려 했지만, 그 나무와 나란해지기도 전에 늘 그것을 놓쳐버리곤 했어. 한 대상을 그렇게 오래 주시하는 것은 인간의 인내심으로는 너무 벅찬 일이었지. 지배인은 깨끗이 체념한 모습이더군. 나는 안절부절못하며 커츠와 터놓고 이야기를 나누어야 할지 말지 혼자서 고심했는데, 어떤 결론에 이르기도 전에 든 생각은, 내가 말하든 침묵을 지키든, 실로 어떤 행동을 하든 다 부질없는 일일 거라는 것이었어. 누가 알건 무시하건 그게 무슨 상관이었겠나? 누가 지배인이든 그게 무슨 상관이었겠나? 우리는 때로 그런 섬광처럼 번쩍이는 통찰력을 얻기도 하는 법이지. 이 사건의 본질은 표면 아래 깊은 곳, 내 손이 닿지 않는 곳, 내가 감히 끼어들 수도 없는 곳에 자리하고 있었어.

이튿날 저녁 무렵 우리는 커츠의 사업장에서 13킬로미터 정도 떨어진 곳에 이르렀다고 판단했네. 나는 계속 나아가고 싶었지. 하지만 지배인은 심각한 표정을 짓더니 거기서 더 올라가는 것은 너무 위험하고, 이미 해도 거의 다 졌으니 이튿날 아침까지 그 자리에서 기다리는 게 바람직하겠다고 말했어. 게다가 조심해서 접근하라는 경고를 따른다면, 낮에 접근해야만 한다는 사실 또한 지적하더군. 땅거미 질 때나 어두울 때가 아니라. 충분히 이치에 맞는 말이었어. 13킬로미터는 증기선으로 세 시간 가까이 가야 하는 거리였고, 상류 끝자락에 수상쩍은 잔물결이 이는 모습도 보이더군. 그럼에도 나는 지체하는 것에 대해 이루 말할 수 없이 짜증이 났지만, 사실 더없이 터무니없는 짜증이기도 했는데, 그토록 여러 달을 지체한 마당에 하룻밤 더 지체한다고 해서 무슨 큰 차이가 생기는 것은 아니었으니 말이야. 장작은 충분했고 주심하라는 말도 들었기에 우리는 강 한가운데에 정박했어. 그곳 유역은 좁고 곧은 데다가 양쪽 강기슭은 높아서, 꼭 철도를 위해 깎아 낸 가운데 부분 같더군. 해가 지기 훨씬 전부터 황혼이 그 안으로 미끄러져 들어왔어. 물살은 잔잔하고 재빨리 흘렀지만, 양쪽 강기슭은 침묵하며 부동자세를 지키고 있었지. 덩굴식물과 풀숲의 모든 살아 있는 덤불이 휘감긴 살아 있는 나무들은 심지어 가장 가느다란 잔가지와 가장 가벼운 이파리조차도 돌로 변해버린 듯했네. 잠든 것은 아니었지. 최면 상태에 빠진 것처럼 부자연스러워 보였어. 그 어떤 종류의 소리도 들려오지 않더군. 우리는 놀란 채 쳐다보며 귀가 먼 것은 아닌지 의심하기 시작했는데, 그러다 갑자기 밤이 찾아오자 눈까지 멀고 말았네. 새벽 3시쯤 어떤 커다란 물고기가 뛰어올라 크게 첨벙 소리를 냈고, 나는 총이라도 발사된 줄 알고 벌떡 일어났지. 해가 떴을 때는 아주 뜨끈하고 축축한 안개가 하얗게 깔려 있어서 밤보다 앞이 더 안 보이더군. 안개는 이동하거나 밀려가지 않았어. 그냥 거기 있으면서 무슨 고체처럼 우리를 온통 둘러싸고 서 있었지. 아마 8시나 9시쯤 되었을 때 덧문이 올라가듯 안개가 걷히더군. 어마어마하게 텁수룩한 정글에 우뚝 솟은 수많은 나무가 언뜻 눈에 들어왔고, 그곳, 아주 완벽하게 고요한 정글 위로는 불타오르는 작은 공 같은 태양이 떠 있었는데, 그러고는 마치 기름칠한 홈을 타고 미끄러지듯 하얀 덧문이 다시 내려왔네. 나는 감아올리기 시작한 닻사슬을 다시 풀라는 명령을 내렸지. 닻사슬이 내려가며 들리는 둔탁하게 덜컹거리는 소리가 멈추기도 전에 어떤 외침이, 무한한 황량함이 내지른 듯한 아주 커다란 외침이 우중충한 공기 속으로 천천히 솟구쳤어. 그러고는 멎었지. 야만적인 불협화음의 음조로 크게 항의하는 듯한 소리가 우리의 귀를 가득 채웠어. 전혀 예상치 못한 소리였기에 모자 아래의 머리카락이 곤두설 지경이더군. 다른 사람들은 어땠는지 모르지만, 나에게 그 소리는 안개 자체가 너무 갑자기 내지른 비명처럼 들렸고, 이 떠들썩하고 애절한 으르렁거림은 사방에서 한꺼번에 울려 퍼진 게 분명했어. 그것은 거의 참을 수 없이 과도한 울부짖음으로 돌연 절정에 이르더니 갑자기 뚝 멈추었고, 우리는 취하고 있던 온갖 멍청한 자세 그대로 경직된 채 그 소리만큼이나 소름 끼치고 과도한 침묵에 고집스레 귀를 기울였지. '세상에나! 저게 대체 무슨……?' 순례자 한 명이 바로 내 옆에서 말을 더듬었는데, 엷은 갈색 머리와 붉은 구레나룻에 사이드 스프링 부츠•를 신고 분홍색 잠옷의 끝자락을 양말 안에 쑤셔 넣은 작고 뚱뚱한 남자였어. 다른 두 명은 한동안 입이 떡 벌어진 채 가만히 있더니 작은 선실로 황급히 달려갔다가 즉시 뛰쳐나와 손에 든 윈체스터 라이플총으로 '사격 자세'를 취하고 겁먹은 시선을 던지며 서 있었지. 우리 눈에 보이는 것이라고는 금방이라도 녹아 없어질 듯이 윤곽이 흐릿해진 우리의 증기선과 그것을 둘러싼 강물, 그러니까 폭이 60센티미터 정도 되는 안개 낀 강물의 일부가 전부였네. 우리의 눈과 귀로 보고 듣는 한 나머지 세상은 어디에도 없었어. 아무 데도 없었지. 뒤에 속삭임이나 그림자 하나 남기지 않은 채 없어지고, 사라지고, 쓸려 가버린 거야.

나는 앞쪽으로 가서, 필요하면 즉시 닻을 올리고 증기선을 움직일 수 있게끔 닻사슬을 짧게 당겨두라고 명령했네. '저들

• 측면에 무늬가 있는 부츠.

이 공격해올까?' 두려움에 사로잡힌 속삭임이 들려왔어. '우리는 이 안개 속에서 모두 학살당하고 말 거야.' 또 다른 속삭임이 들려왔지. 그들의 얼굴은 중압감에 씰룩거렸고, 손은 살짝 떨렸으며, 눈은 깜박거리길 망각할 지경이었어. 우리 선원 중 백인들과 흑인 녀석들이 짓는 표정의 차이를 지켜보는 것은 무척 흥미로운 일이었는데, 강의 그쪽 지역이 낯설기는 흑인들도 우리와 마찬가지였지만, 그래도 그들의 집은 그곳에서 겨우 1300킬로미터 정도밖에는 떨어져 있지 않았지. 당연히 몹시 당황한 백인들은 그런 터무니없는 소동에 고통스러운 충격을 받은 듯한 흥미로운 표정을 짓고 있었어. 흑인들은 경계하는 눈초리로 당연히 관심을 보이는 표정을 지었지만, 그들의 얼굴은 본질적으로 침착했고, 심지어 닻사슬을 당기며 히죽거리던 흑인 한두 명도 마찬가지더군. 몇몇이 짧게 투덜대는 말을 주고받았는데, 그것으로 문제는 만족스럽게 해결된 듯 보였어. 가슴통이 넓은 젊은 우두머리 흑인이 내 옆에 서 있었는데, 술 장식이 달린 검푸른 옷을 간소하게 두르고, 콧구멍은 사납게 벌름거리며, 머리카락은 번지르르한 작은 고리 모양으로 솜씨 좋게 땋은 모습이었지. '아하!' 나는 그저 좋은 유대 관계를 위해 고개를 끄덕이며 이렇게 말했네. '저놈 잡아요.' 핏발이 선 눈을 크게 뜨고 날카로운 이를 번쩍이며 그가 딱딱거리더군. '저놈 잡아요. 우리 줘요.' '너희한테, 응?' 내가 물었지. '잡아서 주면 어쩌려고?' '먹어요!' 그는 퉁명스럽게 말하고는 난간에 팔꿈치를 기댄 채 깊은 생각에 빠진 듯한 위엄 있는 태도로 안개 속을 내다보았어. 그와 그의 친구들이 무척 배가 고플 거라는, 적어도 지난 한 달 동안 점점 더 배가 고파졌을 거라는 생각이 떠오르지 않았다면 분명 나는 제대로 겁에 질리고 말았을 거야. 그들은 6개월 동안 고용되었는데(무수한 세월 끝에 시간 개념을 지니게 된 우리와는 달리, 그들 중 단 한 명도 시간에 대한 분명한 개념을 지니고 있었다고는 생각지 않네. 그들은 여전히 태초의 시간에 속해 있었어. 이를테면 가르침을 얻을 만한 상속받은 경험이 없었던 거지), 물론 강 하류에서 만들어진 익살맞은 법에 따라 작성된 서류가 있는 한, 그 누구도 그들이 무엇을 먹고살지에 대한 염려는 하지 않았어. 분명 그들은 약간의 썩은 하마 고기를 가져오긴 했는데, 설령 순례자들이 깜짝 놀라 소란을 피우며 그것의 상당량을 배 밖으로 던져버리는 일이 없었다 하더라도 어차피 그리 오래가지 못했을 거야. 하마 고기를 버린 것이 고압적인 행동으로 보이겠지만, 사실은 정당한 자기방어 행위였다네. 걷고 잠자고 먹는 동안 줄곧 죽은 하마 냄새를 맡으면서 동시에 자신의 존재를 계속 위태로이 유지하는 것은 불가능한 노릇이니 말일세. 게다가 그들은 매주 약 23센티미터 길이의 황동 철사를 세 개씩 받았는데, 그들이 그 화폐 대용물로 강가 마을에서 식량을 구입할 것이라는 게 우리의 생각이었어. **그게** 얼마나 도움이 되었을지는 자네들도 쉽게 짐작하겠지. 그곳에는 마을이 없었을뿐더러 사람들도 적대적이었고, 우리와 마찬가지로 통조림 음식을 먹고 가끔 숫염소 고기를 곁들여 먹던 지배인은 그런 다소 막연한 이유로 증기선을 멈추고 싶어 하지 않았어. 그러니 그들이 그 철사를 꿀꺽 삼키거나 그것으로 고리를 만들어서 물고기를 잡지 않는 한, 그 과한 급여가 그들에게 무슨 소용이 있었을지 나는 모르겠네. 크고 명예로운 무역회사의 이름에 걸맞게 급여가 정기적으로 지급되었다는 말은 꼭 해두어야겠군. 그 밖에 그들이 소유한 것 중에서 유일하게 먹을 것이라고는, 물론 전혀 먹기에 적합해 보이지 않았지만, 더러운 연보라색의 설익은 밀가루 반죽 몇 덩이뿐이었고, 그들은 그것을 잎으로 싸두었다가 이따금 조금씩 떼서 삼켰는데, 양이 너무 적어서 정말로 연명하기 위해 먹는다기보다는 보여주기식으로 먹는 것에 더 가까워 보이더군. 왜 서른 명 대 다섯 명으로, 수적으로도 우세했던 그들이 굶주림이라는 고통스러운 악마의 이름으로 우리를 공격해서 한번 제대로 배불리 먹지 않았는지, 지금 생각해보면 정말이지 놀라운 일이야. 그들은 결과 예측 능력이 떨어지는데다가 피부의 윤기도 잃고 근육도 더 이상 단단하지 않았지만, 그럼에도 용기와 힘을 지닌 덩치 크고 건장한 남자들이었으니 말일세. 그런데 나는 개연성을 비껴가는 인간의 비밀 중 하나인 어떤 자제력이 그들에게 작용하고 있다는 것을 알게 되었지. 나는 급작스레 큰 관심을 느끼며 그들을 쳐다보았네.

내가 그들에게 조만간 잡아먹힐지도 모른다는 생각이 들어
서 그런 건 아니었는데, 물론 내가 그때 말하자면 새로운 시
각으로 상황을 바라보았다는 것은 인정하는 바이네. 순례자
들은 정말이지 몸에 해로워 보였어. 그리고 나는 바랐지. 그
래, 내 모습이 정말, 뭐라고 해야 좋을까, 정말 맛없어 보이길
분명히 바랐어. 당시 내 하루하루에 만연해 있던 꿈 같은 감
각에 잘 어울리는 환상적인 허영심이 살짝 부추긴 결과이기
도 했지. 어쩌면 나는 열병을 조금 앓았는지도 몰라. 사람이
늘 자신의 맥박을 짚으며 살 수는 없는 노릇 아니겠나. 내게
는 종종 '미열'이나 다른 미약한 증상이 있었어. 앞발로 살짝
때리는 야생의 장난, 적절한 시기에 찾아올 더 심각한 맹습이
있기 전에 이루어지는 사소한 예비 행위였지. 그래, 자네들이
여느 인간을 바라볼 때 그러하듯, 나는 그들이 육체적 필요성
이라는 냉혹한 시험대에 올랐을 때 보인 충동과 자극과 능력
과 나약함에 호기심을 지닌 채 그들을 바라보았어. 자제력이
라니! 대체 어떤 이유로 자제력을 보일 수 있었을까? 미신 때
문이었을까, 혐오감 때문이었을까, 인내심 때문이었을까, 두
려움 때문이었을까, 아니면 일종의 원시적인 명예 때문이었
을까? 어떤 두려움도 굶주림에 맞설 수 없고, 어떤 인내심도
굶주림을 쓰러뜨릴 수 없으며, 혐오감은 굶주림과는 공존할
수조차 없어. 그리고 미신이나 신념 혹은 우리가 소위 원칙이
라고 부르는 것들은 산들바람에 날려가는 왕겨보다 더 가볍

지. 계속되는 굶주림의 극악무도함, 사람을 안달하게 하는 그고너, 그 사악한 생각, 그 침울하고 음울한 흉포함을 자네들은 모르나? 음, 나는 알지. 굶주림과 제대로 싸우려면 젖 먹던힘이 다 드는 법이네. 차라리 사별이나 불명예나 영혼의 파멸이 더 상대하기 쉬울 거야. 이런 종류의 장기적인 굶주림을상대하는 것에 비하면. 슬프지만 사실이지. 그리고 이 녀석들이 어떤 양심의 가책을 느낄 이유 또한 전혀 없었어. 자제력이라니! 차라리 전쟁터의 시체 사이를 어슬렁거리는 하이에나에게 자제력을 기대하는 편이 더 나았겠지. 하지만 그것은내가 직면한 엄연한 사실이었어. 깊은 바닷속 물거품처럼, 불가해한 수수께끼에 이는 잔물결처럼 보는 이의 눈을 부시게하는 그 사실은, 당시 내가 생각했을 때 시야를 가리는 하얀안개 너머의 강기슭에서 우리를 휩쓸고 간, 그 야만적인 울부짖음에 섞인 지독한 슬픔의 흥미롭고도 설명할 수 없는 음조보다 훨씬 더 큰 수수께끼였다네.

울부짖음이 어느 쪽 강기슭에서 들려온 것인지를 두고 순례자 두 명이 허둥대는 목소리로 속삭이며 다투고 있었어. '왼쪽이야.' '아니, 아니야. 어떻게 그렇게 생각할 수 있지? 오른쪽이야, 당연히 오른쪽이지.' '상황이 아주 심각해요.' 내 뒤에서 지배인의 목소리가 들려오더군. '우리가 도착하기 전에커츠 씨에게 무슨 일이라도 생기면 저는 정말 우울해지고 말겁니다.' 나는 그를 쳐다보았는데 그 말이 진심이라는 것에

추호의 의심도 들지 않더군. 그는 체면을 지키길 바라는 그런 부류의 남자였어. 그런 바람이 그의 자제력이었지. 하지만 그가 당장 출발하자는 식으로 뭐라고 중얼거렸을 때 나는 애써 대답하지도 않았어. 그것이 불가능한 일임은 나도 알고 그도 알고 있었지. 바닥을 꽉 붙들고 있던 닻을 떼면 우리는 완전히 허공에, 우주 공간 속에 뜨게 될 것이었으니 말이야. 우리는 우리가 어디로 가는지, 상류로 가는지, 하류로 가는지, 혹은 강을 가로지르고 있는지 알 수 없게 될 것이었고, 그러다가 한쪽 강기슭에 닿게 될 것이었는데, 처음에는 그곳이 어느 쪽 강기슭인지도 알지 못할 터였어. 당연히 나는 어떤 동작도 취하지 않았네. 배를 박살 낼 마음은 없었거든. 난파되기에 그곳보다 더 치명적인 곳은 생각해내기 어려울 거야. 곧장 익사하든 아니든 어떤 식으로든 재빨리 비명횡사하게 될 것만은 분명했지. '어떤 위험이든 감수할 수 있는 권한을 당신께 드리겠습니다.' 짧은 침묵이 흐른 후 그가 말했어. '저는 어떤 위험도 감수하지 않겠습니다.' 나는 퉁명스럽게 말했고, 그것은 딱 그가 기대한 대답이었는데, 그럼에도 내 말투에 놀란 것 같긴 하더군. '음, 그렇다면 당신의 판단을 따르겠습니다. 선장은 당신이니까요.' 유난히 정중한 목소리로 그가 말했어. 나는 감사의 표시로 어깨를 그의 쪽으로 돌린 채 안개 속을 들여다보았지. 안개가 얼마나 오래 지속될까? 그것은 더없이 절망적인 바라봄이었어. 이 비참한 오지에서 열심히 상아를

찾는 커츠에게 접근하는 것은 마치 동화 속 성에서 마법에
걸려 잠든 공주에게 다가가는 것만큼이나 수많은 위험이 따
르는 일이었지. '그들이 공격해올 거라고 생각합니까?' 지배
인이 은밀한 목소리로 물었어.

　나는 몇 가지 분명한 이유로 그들이 공격해올 거라고 생각
지 않았네. 우선 안개가 너무 짙었어. 만일 그들이 카누를 타
고 강기슭을 나선다면, 우리가 움직이려 했다가는 그렇게 될
것과 마찬가지로, 안개 속에서 길을 잃고 말 것이었지. 게다
가 나는 양쪽 강기슭의 정글이 뚫고 지나가기 어려운 수준이
라고 판단하고 있기도 했어. 물론 그 정글 속에는 눈이, 우리
를 봤던 눈이 있었지만. 강변의 덤불은 분명 꽤 빽빽했지만,
그 뒤쪽의 관목은 분명 뚫고 지나갈 만한 수준이었지. 하지만
안개가 잠깐 걷혔을 때 나는 그 유역 어디에서도 카누를 보
지 못했다네. 분명 증기선과 뱃머리를 나란히 한 카누는 없었
어. 하지만 공격은 있을 수 없다는 생각이 든 것은 그 소음의,
우리가 들은 외침의 성격 때문이었네. 그것에는 당장 적대적
인 의도를 드러내려는 사나움이 담겨 있지 않았거든. 비록 예
상 밖의 거칠고 난폭한 외침이긴 했지만, 그것은 내게 거부할
수 없는 슬픔의 인상을 안겨주었어. 어떤 이유에서인지 증기
선을 언뜻 본 그 야만인들의 마음은 억제되지 않은 슬픔으로
가득 차올랐던 거야. 만약 어떤 위험이 존재한다면, 우리가
엄청난 인간의 격정이 큰 소리로 내뱉어진 곳 근처에 있다는

바로 그 사실 자체일 거라고 나는 이해했네. 심지어 극단적인 슬픔도 결국에는 폭력으로 발산되곤 하지. 하지만 보다 일반적으로는 무관심의 형태를 취하게 마련이야.

순례자들이 응시하는 모습을 자네들이 봤어야 했는데! 그들은 히죽거리거나 나를 헐뜯을 용기조차 없었지만, 내가, 어쩌면 두려움 때문에 미쳐버렸다고 생각한 게 분명했지. 나는 늘 하던 설교를 늘어놓았어. 여러분, 신경 써봤자 아무 소용도 없었습니다. 방심하지 말고 경계하자고요? 음, 쥐가 고양이를 지켜보듯 제가 안개가 걷힐 기미가 보이는지 지켜봤다는 것은 여러분도 아마 아실 겁니다. 하지만 우리의 눈은, 마치 우리가 솜뭉치 속 몇 킬로미터 아래 파묻혀 있기라도 한 것처럼 우리에게 아무 쓸모도 없었잖아요. 안개는 솜뭉치처럼 느껴지기도 했지. 숨 막히고 뜨끈하고 답답했어. 게다가 내가 한 말은 과장되게 들리긴 했지만 모두 틀림없는 사실이었네. 우리가 나중에 공격이라고 넌지시 말한 것은 실은 우리를 쫓아내려는 시도였어. 그 행동은 공격적인 것과는 거리가 아주 멀었고, 심지어 일반적인 의미에서 방어적이라고 할 만한 것도 아니었지. 절망의 압박 속에서 행해진 것이었고, 본질적으로는 순수한 보호 행위였어.

그 행위는 안개가 걷히고 두 시간이 지났을 때 서서히 두각을 드러냈다고 말할 수 있을 텐데, 그것이 시작된 지점은 대략 커츠의 사업장에서 2.4킬로미터 아래쪽이었네. 배가 허우

적거리고 퍼덕거리며 강굽이를 막 돌았을 때, 강 한가운데에 아주 작은 섬 하나, 그러니까 밝은 녹색 풀로 뒤덮인 작은 흙무더기가 보이더군. 그런 흙무더기는 그것이 유일했는데, 그곳 유역에 더 들어가면서 나는 그것이 긴 모래톱의 어귀이거나 강 한가운데를 따라 뻗어나가는 일련의 얕은 땅의 어귀임을 알게 되었지. 물에 뒤덮여 변색되어 있었는데, 인간의 등뼈가 등 한가운데를 따라 이어지는 게 피부 아래로 보이는 것과 마찬가지로 땅 전체가 물 아래로 보이더군. 내가 보기에 이제 나는 그곳의 오른쪽이나 왼쪽으로 가야 했어. 물론 양쪽 다 모르는 길이었지. 양쪽 강기슭은 무척 닮았고 깊이도 비슷해 보였지만, 사업장이 서쪽에 있다는 말을 들었기에 나는 자연히 서쪽 수로로 향했어.

그곳으로 들어선 지 오래지 않아 수로가 생각했던 것보다 훨씬 더 좁다는 걸 알게 되었지. 우리 왼쪽으로는 긴 모래톱이 연속으로 이어져 있었고, 오른쪽으로는 관목이 무성히 자라난 높고 가파른 강기슭이 있었어. 관목 위로는 나무들이 빽빽이 늘어서 있더군. 흐르는 물 위로 잔가지들이 촘촘히 드리워져 있었고, 간간이 나무들의 커다란 나뭇가지가 강물 위로 뻣뻣이 튀어나와 있었어. 오후도 꽤 지났을 무렵이어서 숲은 음울한 얼굴을 하고 있었고, 강물에는 이미 긴 그림자가 넓게 드리워져 있었지. 자네들이 상상하는 대로, 이 그림자 속에서 우리 배는 나아갔다네. 아주 천천히. 측심봉으로 깊이를 재어

보니 강기슭 근처의 물이 가장 깊었기에, 나는 배의 방향을 그쪽으로 돌렸어.

굶주렸지만 참을성 있는 나의 친구 중 한 명이 바로 내 아래쪽 뱃머리에서 수심을 재고 있더군. 그 증기선은 갑판이 달린 바지선 같은 모양이었어. 갑판에는 문과 창문이 달린 작은 티크 목재로 된 선실이 두 개 있었지. 보일러는 뱃머리 맨 끝에 있었고, 기계 부품들은 완전히 선미 쪽에 있었어. 기둥으로 받친 가벼운 지붕이 그 전체를 덮고 있었지. 그 지붕을 뚫고 굴뚝이 튀어나왔고, 굴뚝 앞에는 가벼운 널빤지로 만든 작은 선실이 있었는데, 그곳이 바로 조타실이었어. 그 안에는 침상 한 개, 야영용 의자 두 개, 한쪽 구석에 기대어놓은 장전된 마티니헨리 소총 한 자루, 작은 테이블 하나, 그리고 조타륜이 있었네. 조타실 앞쪽에는 넓은 문이 있고 양쪽으로는 넓은 덧문이 있었어. 물론 이 모든 문은 늘 활짝 열려 있었지. 나는 지붕의 앞쪽 끝에 자리한 그 조타실의 문 앞에 앉아 하루하루를 보냈어. 밤에는 침상에서 잠을 자거나 그러려고 애썼지. 내 가련한 전임자가 교육한, 어느 해안 부족 출신의 건장한 흑인 친구가 나의 조타수였어. 황동 귀고리를 자랑스레 달고 허리에서 발목까지 파란색 천을 휘감아 두른 그는 자신에 대한 자부심이 대단했지. 그는 내가 본 사람 중에서 가장 미덥지 못한 바보였다네. 곁에 사람이 있으면 끝없이 으스대며 키를 잡았지만, 곁에 아무도 보이지 않으면 즉시 비굴한

겁쟁이로 전락해서 그 불구자 같은 증기선이 당장 제멋대로 나아가게 만들고 말았어.

측심봉을 내려다보던 나는 수심을 잴 때마다 측심봉이 수면 위로 좀 더 올라오는 모습에 매우 언짢아하고 있었는데, 그때 측심봉을 들고 있던 녀석이 갑자기 하던 일을 멈추고는 측심봉을 거두어들일 생각도 하지 않은 채 갑판에 납작 엎드리더군. 그런데 녀석이 놓아버리진 않아서 측심봉은 강물 속에서 배를 따라 끌려오고 있었지. 동시에 역시 내 아래쪽에 있던 화부가 보일러 앞에서 갑자기 쪼그리고 앉더니 머리를 숙였어. 나는 대단히 놀랐네. 그러고서 나는 항로에 보이는 암초 때문에 재빨리 강 쪽을 쳐다봐야 했어. 막대기들, 가는 막대기들이 빼곡히 날아다니고 있더군. 그것들은 내 코앞으로 핑 날아갔고, 내 아래쪽으로 툭 떨어졌으며, 내 뒤쪽 조타실에 부딪히기도 했어. 그러는 동안 강과 강기슭과 숲은 줄곧 아주 고요했지. 완전히 고요했어. 들리는 소리라고는 선미 외륜이 물을 때리는 묵직한 소리와 작대기들이 후드득 떨어지는 소리뿐이었지. 우리는 꼴사납게 암초를 피했어. 그건 화살이었다네, 세상에나! 그들은 우리에게 화살을 쏘고 있던 거야! 나는 육지 쪽으로 난 덧문을 닫으려고 급히 조타실 안으로 들어갔어. 그 바보 같은 조타수는 양손을 타륜 손잡이에 올린 채 고삐를 맨 말처럼 무릎을 높이 치켜들고 발을 동동 구르면서 이를 갈고 있더군. 망할 자식! 그때 우리는 강기

숲에서 3미터도 떨어지지 않은 곳을 비틀비틀 나아가고 있었는데 말이야. 나는 무거운 덧문을 닫으려고 몸을 밖으로 내밀어야 했는데, 그때 나와 같은 높이에 있는 나뭇잎 사이에서 아주 사납고 한결같은 시선으로 나를 쳐다보는 한 얼굴이 보였네. 그러고는 갑자기, 내 눈을 가리고 있던 베일이 벗겨지기라도 한 것처럼, 뒤얽힌 어둠의 깊은 곳에서 벌거벗은 가슴과 팔과 다리와 이글거리는 눈이 보이기 시작했어. 덤불은 구릿빛으로 번쩍이며 움직이는 인간의 팔다리로 득시글거렸지. 잔가지들이 떨리고 흔들리며 바스락거렸고 그 사이로 화살들이 날아왔는데, 그때 덧문이 닫혔어. '배를 똑바로 몰아.' 나는 조타수에게 말했네. 그는 고개를 뻣뻣하게 들고 정면을 바라보았지만, 눈알을 굴려대며 다리를 계속 슬며시 들었다 놓았고 입에는 거품까지 살짝 물고 있더군. '가만히 좀 있어!' 나는 격노하며 말했지. 차라리 나무더러 바람에 흔들리지 말라고 명령하는 편이 나았을 거야. 나는 밖으로 뛰쳐나갔지. 내 아래쪽 강철 갑판 위로 시끄럽게 발을 질질 끄는 소리와 혼란스러운 외침이 들려왔어. 누군가가 '배를 돌릴 수는 없나?' 하고 외치더군. 전방에 브이 자형 잔물결이 언뜻 보였어. 뭐지? 또 암초인가! 갑자기 내 발 아래쪽에서 일제히 사격을 퍼붓는 소리가 들려왔어. 순례자들이 윈체스터 라이플총을 발포하며 그 덤불 속으로 탄환을 마구 퍼붓고 있었던 거지. 지독한 연기가 엄청나게 솟아오르며 천천히 앞쪽으로 퍼졌어. 나는 그것을 보고 욕을 퍼부었네. 이제 잔물결도 암초도 볼 수 없게 되어버렸으니 말이야. 문간에 서서 자세히 쳐다보고 있는데 화살이 새까맣게 날아오더군. 독화살일지도 몰랐지만 고양이 한 마리도 죽이지 못할 것처럼 보였어. 덤불이 울부짖기 시작했지. 우리 쪽 벌목꾼들은 호전적인 함성을 내질렀고, 내 바로 뒤에서 들려오는 라이플총의 총성은 내 귀를 먹먹하게 했어. 나는 어깨 너머를 힐끗 돌아보았고, 조타륜을 향해 급히 달려가서 보니 조타실은 여전히 소음과 연기로 가득하더군. 그 바보 같은 검둥이는 하던 일을 다 집어치우고는 덧문을 활짝 열고 마티니헨리 소총을 쏘아대고 있었어. 그는 눈을 부릅뜬 채 활짝 열린 덧문 앞에 서 있었고, 나는 그에게 돌아오라고 외치면서 갑작스럽게 전환한 증기선의 방향을 바로잡았지. 설령 그러길 원하더라도 배를 돌릴 공간은 없었고, 지독한 연기로 뒤덮인 전방 아주 가까운 어딘가에 암초가 있었기에 낭비할 시간도 없었던 나는 배를 그냥 강기슭으로, 수심이 깊다는 걸 알고 있던 강기슭으로 바짝 밀어붙였네.

우리는 강 위로 드리워진 관목을 따라서 계속 이어지는 부러진 잔가지와 휘날리는 나뭇잎을 뚫고 느린 속도로 맹렬히 나아갔어. 탄환이 떨어지면 그렇게 될 거라고 예상했던 대로 아래쪽에서는 사격이 갑자기 멈추었지. 그때 반짝이는 무언가가 조타실을 가로지르며 핑 날아가는 소리에 나는 고개를 뒤로 젖혔는데, 한쪽 덧문 구멍으로 들어온 그것은 다른 쪽

구멍으로 나가버리더군. 탄환이 없는 라이플총을 흔들며 강기슭 쪽을 향해 소리치고 있는 그 미친 조타수의 모습 너머로 어렴풋한 사람의 형체들이 상체를 잔뜩 구부린 채 달리고, 뛰어오르고, 미끄러지는 모습이 또렷이 보이다가 흐릿해지더니 홀연히 사라져버렸지. 무언가 커다란 것이 덧문 앞 허공에 나타났고, 조타수는 라이플총을 배 밖으로 떨어뜨리고 재빨리 뒤로 물러서더니 비범하고도 심오하고 친숙한 표정을 한 채 어깨 너머로 나를 쳐다보고는 내 발 위로 쓰러져버렸어. 그의 옆머리가 조타륜에 두 번 부딪혔고, 긴 막대기처럼 보이는 무언가의 끝이 달그락거리며 작은 야영용 의자를 쓰러뜨렸지. 마치 강기슭의 누군가에게서 그 막대기를 홱 비틀어 빼앗느라 균형을 잃고 쓰러진 것처럼 보였어. 옅은 연기는 모두 바람에 날려갔고 암초도 사라졌으며, 전방을 보니 90미터 정도만 더 가면 강기슭에서 떨어져 자유로이 방향을 틀 수 있을 것 같았는데, 발이 너무 뜨뜻하고 축축했기에 나는 아래를 내려다봐야 했지. 조타수가 몸을 돌리고 누워 나를 똑바로 올려다보고 있더군. 양손으로 막대기를 움켜잡은 채였어. 그 막대기는 누군가가 구멍 사이로 던졌거나 푹 찔러 그의 갈비뼈 바로 아래 옆구리에 박혀버린 창의 자루였지. 끔찍한 상처를 낸 칼날은 깊이 박혀서 보이지 않았고, 내 신발은 피로 흥건했으며, 조타륜 아래에는 피 웅덩이가 검붉은 빛을 내며 아주 고요히 고여 있었고, 그의 눈은 놀라운 광채를 발하며 빛나고 있었네. 다시 한번 요란한 일제사격이 시작되었지. 그는 그 창을 무슨 귀중한 물건이라도 되는 양 꽉 붙잡고는 내게 빼앗길까봐 두렵기라도 한 듯한 분위기를 풍기며 불안한 표정으로 나를 쳐다봤어. 나는 그의 시선을 애써 외면하며 배를 조종해야만 했네. 나는 한 손으로 머리 위를 더듬어 기적의 손잡이 줄을 찾아 급히 당기며 날카로운 기적 소리를 연거푸 빽빽 울렸어. 성난 떠들썩함과 호전적인 외침이 즉시 중단되더니, 지상에서의 마지막 희망이 사라진 뒤에나 들을 수 있을 법한 애절한 공포와 완전한 절망의 흐느낌이 숲속 깊은 곳에서 떨리며 길게 울려 퍼졌네. 덤불 속에서는 큰 동요가 일었고, 소나기처럼 쏟아지던 화살은 멈추었으며, 화살 몇 개만 날카로운 소리를 내다 떨어졌지……. 그러고는 정적이 찾아왔고, 그런 가운데 내 귀에는 선미 외륜이 내는 나른하고 규칙적인 소리만 선명히 들려왔어. 내가 배를 힘차게 우현으로 돌리는 순간, 분홍색 잠옷 차림의 순례자가 크게 흥분하고 불안해하는 모습으로 문간에 나타났어. '지배인이 보내서 왔습니다…….' 그는 사무적인 말투로 이야기를 시작하다가 급히 입을 다물더군. '하느님, 맙소사!' 눈을 부릅뜬 채 부상당한 녀석을 쳐다보며 그가 말했어.

우리 두 백인이 그를 내려다보며 서 있는 동안 무언가를 묻는 듯한 그의 번쩍이는 시선이 우리를 감쌌지. 분명히 말하건대 그는 우리가 이해할 수 있는 언어로 우리에게 곧 몇 가지

질문을 던질 것처럼 보였는데, 말 한마디 하지 못하고, 팔다리 한 번 움직이지 못하고, 근육 하나 씰룩거리지 못하고 죽어버리더군. 다만 최후의 순간에, 그는 마치 우리가 볼 수 없는 어떤 신호나 우리가 들을 수 없는 어떤 속삭임에 응답하기라도 하듯 얼굴을 심하게 찡그렸는데, 그 찡그림은 그 검은 주검의 얼굴에 상상도 할 수 없을 만큼 침울하고 음울하고 위협적인 인상을 안겨주었지. 무언가를 묻는 듯한 시선의 광채는 재빨리 그 빛을 잃고 공허한 무표정으로 변해버렸어. '조타수 노릇을 해줄 수 있겠소?' 나는 그 중개상에게 간절한 목소리로 물었네. 그는 크게 반신반의하는 표정을 지었어. 하지만 내가 그의 팔을 움켜쥐자, 그는 자신이 할 수 있든 없든 내가 그에게 조타수 역할을 맡길 것임을 단번에 이해했지. 사실을 말하자면 나는 신발과 양말을 갈아 신고 싶어서 미쳐버릴 지경이었다네. '녀석이 죽었군요.' 몹시 깊은 인상을 받은 그 친구가 중얼거렸어. '의심의 여지가 없는 사실이죠.' 미친 듯이 신발 끈을 잡아당기며 나는 말했어. '그나저나 커츠 씨도 지금쯤이면 벌써 죽었겠군요.'

당장은 그것이 내 머릿속을 지배하는 생각이었어. 마치 내가 그동안 전적으로 실체 없는 무언가를 얻으려고 노력했다는 사실을 깨닫기라도 한 것처럼 극도의 실망감이 들더군. 오직 커츠 씨와 이야기를 나눌 목적으로 그 먼 길을 왔다고 하더라도 그보다 더 넌더리가 나진 않았을 거야. 커츠 씨와 이야기를 나눌 목적으로……. 나는 신발 한 짝을 배 밖으로 던지고는 그게 바로 내가 기대하던 것임을 깨달았지. 커츠 씨와 이야기를 나누는 것 말일세. 나는 그를 행동하는 존재로 생각한 적이 한 번도 없었고, 대신 말하는 존재로 생각해왔다는 이상한 사실을 깨닫게 되었어. '이제 그를 절대 만나지 못하게 될 거야' 혹은 '이제 그와 절대 악수를 나누지 못하게 될 거야'라고 생각하는 대신 '이제 절대 그의 말을 듣지 못하게 될 거야'라고 생각했던 거지. 그 남자는 목소리로 출현했어. 물론 내가 그를 어떤 종류의 행동과 연관 지어 생각하지 않았던 것은 아닐세. 그가 다른 모든 중개상의 상아를 합친 것보다 더 많은 상아를 모으고, 교환하고, 사취하거나 훔쳤다고 사람들이 온갖 시기와 감탄을 담아 말한 것을 듣지 않았겠나? 요점은 그게 아니었어. 요점은 그가 재능 있는 존재라는 사실, 그리고 그의 모든 재능 가운데 가장 두드러지며 진정한 실재감을 지닌 것은 바로 그의 이야기 능력, 즉 그의 말…… 표현의 재능, 상대를 당혹스럽게 하거나 이해시키는, 더없이 고상하고 더없이 비열한 빛의 활기 넘치는 흐름, 혹은 불가해한 어둠의 심장부에서 흘러나오는 기만적인 흐름이라는 사실이었지.

다른 신발 한 짝도 그 강의 악마 같은 신에게 던져버렸네. 나는 생각했지. '세상에! 다 끝났구나. 너무 늦어버렸어. 창이나 화살이나 곤봉 때문에 그는 사라져버렸고, 그의 재능도 사라져버렸어. 결국 나는 그 친구가 말하는 것을 절대 듣지 못하겠구나…….' 그때 내가 느낀 슬픔은 깜짝 놀랄 만큼 과장되어 있었는데, 심지어 덤불 속 야만인들의 슬픈 울부짖음에서 느낀 것과 비슷한 정도였지. 나의 신념을 박탈당하거나 내 인생의 운명을 놓쳐버렸다 하더라도 그보다 더 외롭고 처량하진 않았을 걸세……. 거기 자네, 왜 그렇게 고약한 한숨을 내쉬는 거지? 터무니없다고? 그래, 터무니없지. 하느님, 맙소사! 인간이라면 모름지기…… 자, 내게 담배 좀 주게…….”

잠시 깊은 정적과 함께 이야기가 중단되었고, 그러고는 성냥불이 확 타오르며 말로의 야윈 얼굴이 드러났는데, 몹시 지쳐 보이고 움푹 꺼졌으며, 주름과 눈꺼풀은 아래로 처진, 정신을 집중해 주의를 기울인 모습이었다. 그리고 그가 파이프 담배를 격렬히 빠는 동안 그의 얼굴은 작은 불꽃이 규칙적으로 깜박거리는 가운데 밤의 어둠 속으로 멀어졌다가 다시 다가오는 듯했다. 성냥불이 꺼졌다.

“터무니없다니!” 그가 외쳤다.

“이런 게 이야기를 들려줄 때 가장 힘든 점이야……. 이곳의 자네들은 각자 두 개의 닻을 내린 폐선처럼 두 개의 좋은 주소지를 지닌 채 정박해 있고, 한쪽 모퉁이에는 정육점 주인이 있고 다른 쪽 모퉁이에는 경찰관이 있는 데다가, 자네들은 식성도 아주 좋고 체온도 정상이지. 알겠나, 1년 내내 정상이란 말이야. 그런데도 터무니없다고 말하다니! 터무니없다는 말은 집어치우게! 터무니없다니! 여보게, 너무 긴장해서 새 신발 한 켤레를 방금 배 밖으로 던져버린 사람한테 뭘 기대할 수 있겠나. 지금 생각하면 내가 눈물을 흘리지 않은 게 놀라울 지경이라네. 의연하게 대처한 나 자신이 대체로 자랑스럽게 느껴져. 재능 있는 커츠의 말을 들을 수 있는 더없이 귀한 특혜를 잃어버렸다는 생각에 큰 마음의 상처를 입기는 했지. 물론 내 생각은 틀린 것이었어. 그 특혜는 나를 기다리고 있었으니까. 아, 그래, 오히려 나는 그의 말을 너무 많이 들었어. 그리고 내 생각이 옳았더군. 목소리. 그는 거의 목소리에 지나지 않는 존재였어. 그리고 나는 들었네. 그의 말을, 그것을, 그 목소리를, 다른 목소리들을. 그들 모두는 거의 목소리에 불과한 존재들이었어. 당시의 기억은 내 주위를 맴돌고 있네. 미묘하게, 어리석고 잔혹하고 추악하고 야만적인, 혹은 그 어떤 의미도 없이 그저 비열하기만 한 거대한 재잘거림의 사라져가는 떨림처럼. 목소리들, 목소리들, 심지어 그 여자도, 이제는……."

그는 오랫동안 침묵했다.

"나는 거짓말의 도움으로 마침내 그의 재능들에 대한 걱정을 내려놓았지." 갑자기 그가 말을 이었다. "여자라니! 뭐라고? 내가 여자라고 말했던가? 오, 그녀는 그 일과는 상관이 없어, 전혀. 그들, 그러니까 그 여자들은 그 일과는 아무 상관이 없네. 상관이 있어서도 안 되고. 우리의 세상이 더 나빠지지 않도록, 우리는 그 여자들이 자신만의 아름다운 세상에 머물게 도와주어야만 해. 오, 그녀는 그 일과는 아무 상관이 없어야만 했어. 무덤에서 발굴된 커츠 씨가 '나의 약혼녀'라고 말하는 것을 자네들도 들었어야 했는데. 그랬다면 그녀가 그 일과 아무 상관도 없다는 것을 바로 알 수 있었을 걸세. 그런데 커츠 씨의 이마뼈는 어쩌나 우뚝하던지! 사람들 말로는 죽은 후에도 때로 머리카락이 자란다는데, 이 사람의 경우는, 아아! 인상적일 만큼 머리가 벗어져 있더군. 야생이 그의 머리를 쓰다듬은 것이었고, 이보게, 그것은 공, 상아로 만든 공 같았다네. 야생이 그를 애무한 것이었고, 그래서, 하! 그는 시들어버렸던 거지. 야생은 그를 붙잡아 사랑하고 껴안았고, 그의 핏줄 속으로 흘러들어 그의 육신을 먹어치웠으며, 상상조차 할 수 없는 어떤 악마적 입회식을 통해 그의 영혼을 자기 것으로 봉인해버린 것이었이. 그는 야생이 가장 귀여워하는 버릇없는 응석받이였지. 상아! 아마 그 때문이었을 거야. 상아가 무더기로 잔뜩 쌓여 있더군. 오래된 진흙 집이 상아로 터질 듯했어. 온 나라의 땅 위와 아래를 통틀어 남아 있는 코끼리 엄니는 단 한 개도 없을 거라는 생각이 들 정도였지. '대부분은 화석입니다.' 지배인은 폄훼하며 말했어. 내가 화석이 아니듯 그것도 화석이 아니었건만, 그들은 땅에서 파낸 상아를 화석이라고 부른다네. 그 검둥이들은 때로 상아를 땅에 파묻기도 하는 모양인데, 하지만 아무래도 재능 있는 커츠 씨를 그의 운명에서 구해낼 수 있을 만큼 깊게 파묻진 못한 것 같아. 우리는 증기선을 상아로 가득 채우고, 갑판에도 상아를 잔뜩 쌓아야만 했지. 그래서 그는 자신이 볼 수 있는 한 그것을 보며 즐길 수 있었는데, 마지막까지 이런 호의에 감사하는 마음을 보였기 때문이네. 그가 '나의 상아'라고 말하는 것을 자네들도 들었어야 했는데. 오, 그래, 나는 그가 그렇게 말하는 것을 들었지. '나의 약혼녀, 나의 상아, 나의 사업장, 나의 강, 나의…….' 모든 게 그의 것이었어. 야생이 고정된 별들을 제자리에서 흔들어놓을 만큼 엄청난 폭소를 터뜨릴 거라는 기대감에 나는 숨을 죽이고 있었지. 모든 게 그의 것이었어. 하지만 그건 사소한 문제였네. 중요한 것은 그가 무엇에 속해 있는지, 그를 자기 것이라고 주장하는 어둠의 세력이 얼마나 많은지를 아는 것이었어. 그런 생각을 하자니 온몸이 오싹하더군. 그것은 상상조차 불가능한 것이었고, 상상해봤자 좋을 것도 없었어. 그는 그 땅의 악마들 가운데 상석을 차지하고 있었다네. 비유가 아니라, 말 그대로 말일세. 이해가 안 된다고? 자네들이 어찌 이해할 수 있겠나? 발아래 단단한 보도가 있고, 주변에는 자네들을 응원하거나 자네들과 마주칠 준비가 된 친절한 이웃들이 있는, 추문과 교수대와 정신병원을 몹시 두려워하며 정육점 주인과 경찰관 사이를 고상하게 걸어다니는 자네들인데 말일세. 한 사람의 속박받지 않는 발길이 고독, 주변에 경찰관 한 명 없는 철저한 고독의 방식과 침묵,

타인의 의견을 속삭여줄 친절한 이웃 한 명의 경고성 목소리도 들려오지 않는 철저한 침묵의 방식으로 그를 태초의 어떤 특별한 지역으로 인도하게 될지 자네들이 어떻게 상상할 수 있겠나. 이런 사소한 것들이 커다란 차이를 낳는 법이지. 그것들이 사라지고 나면 우리는 자신의 타고난 힘에, 자신의 충실할 수 있는 능력에 의지해야만 하네. 물론 우리는 잘못되기에는 너무 멍청할 수도 있어. 자신이 어둠의 세력에 공격당하고 있다는 사실조차 모를 만큼 둔할 수도 있지. 자신의 영혼을 두고 악마와 거래하려 한 바보는 그동안 없었을 걸세. 바보가 너무 멍청해서 그런 건지, 아니면 악마가 너무 사악해서 그런 건지, 그건 나도 모르겠지만. 혹은 우리는 천상의 광경과 소리 외에는 보지도 듣지도 않을 만큼 대단히 고귀한 존재일 수도 있겠지. 그럴 때 지상은 우리에게 그저 서 있는 장소일 뿐이야. 그렇게 되는 게 우리에게 손해인지 이득인지는 감히 주제넘게 말하지 않겠네. 하지만 우리 대부분은 그렇게 멍청하지도, 그렇게 고귀하지도 않아. 우리에게 이 땅은 살아가야 할 곳, 그러니까 보이는 광경과 들리는 소리, 그리고 냄새까지도! 참고 견뎌야만 하는 곳이지. 말하자면 죽은 하마 냄새를 들이마시면서도 더럽혀지진 말아야 하는 곳이란 말일세. 그리고 바로 그때가, 알겠나, 우리의 힘이 필요해지는 순간이고, 썩은 것을 파묻기 위한 수수한 구덩이를 팔 수 있는 자기 능력에 대한 믿음이 필요해지는 순간일세. 자기 자신이 아니라 이해하기 힘들고 허리를 휘게 하는 일을 위해 헌신할 수 있는 바로 그런 힘 말일세. 그리고 그것은 무척 어려운 일이지. 분명히 말하지만 나는 변명하려 하거나 심지어 해명하려 하는 게 아니라네. 나는 나 자신에게 설명해 보이려는 것뿐이야. 커츠 씨의 존재에 대해, 커츠 씨의 그늘진 부분에 대해. 미지의 땅 외진 곳에서 악마적 입회식을 치른 이 유령은 완전히 사라져버리기 전에 내게 자신의 놀라운 신뢰를 보이는 영광을 베풀었다네. 그것은 그 유령이 내게 영어로 말할 수 있었기 때문이지. 변하기 전의 커츠는 부분적으로 영국에서 교육을 받았고, 본인이 흔쾌히 말한 바에 따르면 자신은 제대로 된 공감 능력도 갖추고 있다고 했어. 그의 어머니는 영국인 혼혈이었고, 아버지는 프랑스인 혼혈이었지. 커츠를 만들기 위해 온 유럽이 기여한 셈인데, 머지않아 나는 '국제 야만 풍습 억제 협회'에서 더없이 적절하게도 그에게 앞날의 지침으로 삼을 보고서의 작성 업무를 맡겼다는 사실을 알게 되었네. 그리고 그는 그것을 썼지. 나는 그것을 보았어. 읽어보기도 했네. 유창한 말재주가 울려 퍼지는 감동적인 글이었지만 너무 흥분된 어조로 쓰여 있었어. 그는 용케도 열일곱 페이지나 되는 빽빽한 글을 쓸 시간을 냈던 거지! 하지만 그때는 그의 정신이, 뭐랄까, 이상해져서 그가 차마 입에 담지 못할 의식으로 끝나는 어떤 한밤중의 춤을 주재하기 전이었던 게 분명한데, 그 의식은, 내가 여러 경우에 들은 것을 마지못해 종합해 추측해본 결과, 그에게, 이해하겠나, 그러니까 커츠 씨 자신에게 바쳐진 것이었다네. 어쨌거나 아름다운 글이었어. 하지만 나중에 알게 된 사실에 비추어 보면, 그 첫 문단은 지금도 불길하게 느껴져. 우리 '백인은 우리가 이룬 발전의 관점에서 볼 때 그들(야만인들)에게 반드시 초자연적 존재로 보여야만 한다. 우리는 신의 위력을 지닌 존재로서 그들에게 다가간다' 등등의 주장으로 그는 그 글을 시작했지. '단순히 의지를 발휘하는 것만으로도 우리는 실질적으로 무한한 선을 위한 힘을 행사할 수 있다' 등등. 바로 그 부분부터 그의 글은 솟구치면서 나를 사로잡았다네. 물론 지금은 기억하기 어렵지만 장황한 연설의 결론은 웅장했어. 어떤 존엄하고 자애로운 존재가 다스리는 이국적이고 광대무변한 땅을 떠올리게 하는 결론이었지. 나는 솟아오르는 열정을 주체할 수 없었어. 그것은 웅변, 말, 불타오르는 고귀한 말이 지닌 무한한 힘이었다네. 분명 훨씬 나중에 마지막 페이지 아래에 휘갈겨 썼을 일종의 메모를 방법론에 대한 주석으로 보지 않는 한, 그 구절들의 마법적인 흐름을 가로막을 실질적인 암시는 전혀 없었어. 메모는 무척 간단했는데, 모든 이타적 감정에 감동적으로 호소한 끝에 등장한 '짐승 같은 놈들을 전멸시켜라!'라는 메모는 고요한 하늘에 치는 번개처럼 무섭게 번쩍이며 내 눈을 부시게 했지. 흥미로운 점은, 보아하니 그가 자신이 덧붙인 이 소중한 추신을 까맣게 잊고 있었다는 사실인데, 나중에 어느 정도 제정신으로 돌아왔을 때 그가 장래에 자기 경력에 좋은 영향을 끼치게 될 게 분명하다며 '나의 소논문'(그가 그렇게 부르더군)을 잘 보관해달라고 거듭 간청했기 때문이야. 나는 이 모든 일에 대해 상세히 알고 있었는데, 나중에 알고 보니 나는 그의 사후 명성까지 챙겨야 했던 걸세. 나는 그의 명예를 위해 충분히 애썼으니, 이제는 그것을 비유적인 의미에서 문명의 모든 죽은 고양이*와 모든 쓰레기 틈에 있는 진보의 쓰레기통에 집어넣어 영원히 잠재울 명백한 권리가 있어. 하지만 자네들도 알다시피 나는 그럴 수가 없지. 그는 잊히지 않을 거야. 정체가 무엇이었든 그는 평범한 사람이 아니었어. 그는 원시적인 존재들을 매혹하거나 겁먹게 해서 그에게 바쳐지는 악질적인 마녀의 춤을 추게 할 힘이 있었고, 또한 순례자들의 하찮은 영혼을 격렬한 불안으로 가득 채울 수도 있었지. 그에게는 적어도 헌신적인 친구가 한 명은 있었던 셈이니, 그는 이 세상에서 야만적이지 않고 이기심으로 더렵혀지지도 않은 한 영혼을 정복했던 걸세. 그에게 이르는 게 조타수 녀석의 목숨을 바칠 만한 가치가 있는 일이었다고는 아직 단언할 수 없지만, 그래, 나는 그를 잊을 수 없어. 나는 고인이 된 나의 조타수가 몹시 그리웠다네. 심

---

* 진지한 주제에서 대중의 관심을 돌리기 위해 행해지는 논쟁의 여지가 있는 말이나 행동을 뜻하는 비유적 표현.

지어 그의 시신이 조타실에 여전히 누워 있는 동안에도 그가 그리웠어. 검은 사하라 사막의 모래 한 알 정도밖에 가치가 없는 야만인에 대한 이 애도를 어쩌면 자네들은 좀 이상하게 여길지도 모르겠군. 글쎄, 자네들은 모르겠는가, 그는 무언가를 했어. 조타수 노릇을 했지. 그는 몇 달 동안 내 뒤에서 수단, 즉 도움이 되어주었어. 우리는 일종의 동업자였다네. 그는 나를 위해 조타수 노릇을 해주었어. 나는 그를 돌봐주어야 했고, 그의 결핍된 부분을 염려해주었으며, 그러면서 미묘한 유대감이 생겨났던 것인데, 나는 그 유대감이 갑자기 끊어지고서야 뒤늦게 알아차리게 되었던 거지. 그리고 그가 상처를 입었을 때 내게 던진 친밀하고도 심오한 시선은 오늘날까지도 내 기억에 남아 있네. 마치 가장 중요한 순간에 먼 친척 관계라는 주장이 확인되기라도 했던 것처럼 말일세.

가련한 바보 같으니라고! 덧문만 가만히 내버려두었더라면. 그에게는 자제력이 없었어. 커츠가 그랬던 것처럼, 바람에 흔들리는 나무처럼 자제력이 없었던 거야. 마른 슬리퍼로 갈아 신자마자 나는 우선 그의 옆구리에서 창을 홱 뽑은 후 그를 바깥으로 끌어냈는데, 고백하자면 눈을 꼭 감고 그 작업을 해냈지. 그의 발꿈치가 작은 문간 위로 튀어 올랐고, 어깨는 내 가슴에 딱 붙어 있었네. 나는 그를 뒤에서 필사적으로 껴안고 있었지. 아! 그는 정말로 무거웠어. 지구상의 그 어떤 사람보다도 무거웠던 것 같아. 그러고서 나는 순조로이 그를 배 밖으로 밀어버렸어. 마치 그가 작은 풀 한 다발이라도 되는 것처럼 물살이 그를 낚아챘고, 그의 몸이 두 번 구르더니 나의 시선에서 영영 사라져버렸다. 그때 순례자 전원과 지배인이 조타실 근처의 차양 갑판 위에 모여 흥분한 까치 떼처럼 서로 재잘거리고 있었는데, 나의 비정하고도 신속한 조치에 분개하는 중얼거림이 들려오더군. 왜 그들이 그 시체를 계속 배에 두고 싶어 했는지는 나도 모르겠어. 방부 처리라도 하려고 했나보지. 그런데 아래쪽 갑판에서 또 다른 아주 불길한 중얼거림이 들려왔어. 나의 친구인 벌목꾼들이 마찬가지로 분개하고 있었는데, 더 그럴듯한 이유로 그러긴 했지. 물론 그 이유 자체는 꽤나 용납할 수 없는 것이긴 했지만. 오, 물론이고말고! 고인이 된 나의 조타수가 먹혀야 한다면 오직 물고기에게만 먹혀야 한다고 나는 결정을 내린 터였어. 그는 살아서는 아주 열등한 이급 조타수였지만, 이제는 죽었으니 일급 유혹물이 되어서 어떤 깜짝 놀랄 만한 문제를 일으킬 가능성이 있었거든. 게다가 분홍색 잠옷 차림의 남자가 조타수 일에 영 가망이 없는 얼간이임이 밝혀졌기에, 나는 조타륜을 잡을 생각이 간절한 상황이었지.

간소한 장례식이 끝나자마자 나는 그 일을 맡았네. 배는 중간 속도로 강 한가운데를 나아갔고, 나는 사람들이 나에 대해 하는 말을 들었지. 그들은 커츠도 사업장도 포기했다더군. 커츠는 죽었고 사업장은 불타버렸다는 등의 이야기를 계속해

댔어. 그 붉은 머리 순례자는 적어도 가련한 커츠의 복수는 제대로 해주었다는 생각에 제정신이 아니었지. '야! 우리는 덤불 속의 놈들을 멋지게 학살해버린 게 틀림없습니다. 안 그래요? 어떻게 생각해요? 네?' 그 피에 굶주린 조그맣고 불그스레한 녀석은 그야말로 춤을 추더군. 상처 입은 조타수를 보고서 거의 기절할 뻔했던 주제에! '어쨌거나 당신들이 연기를 잔뜩 만들긴 했죠' 하고 말해주지 않을 수 없었어. 덤불 맨 윗부분이 바스락거리며 날아간 것으로 봐서 총알 대부분은 너무 높이 날아간 게 분명했지. 총을 어깨에 견착한 채 조준하고 쏘지 않으면 아무것도 맞힐 수 없는 법인데, 이 친구들은 눈을 감은 채 엉덩이 쪽에서 총을 쏘더군. 야만인들이 후퇴한 것은 증기선의 날카로운 기적 소리 때문이었다고 나는 주장했어. 그리고 내 말이 옳았지. 그 말을 듣자 그들은 커츠는 까맣게 잊은 채 분개하며 내게 항의의 표시로 으르렁거리기 시작했어.

지배인은 조타륜 옆에 서서 어쨌거나 어두워지기 전에 멀리 하류로 떠나야 한다고 은밀히 속삭였는데, 그때 멀리서 강변의 빈터와 건물처럼 보이는 어떤 것의 윤곽이 보이더군. '저게 뭐죠?' 나는 물었네. 그는 놀라서 박수를 쳤어. '사업장이로군!' 그가 외쳤지. 나는 여전히 중간 속도를 유지하며 즉시 배를 조금씩 움직였네.

쌍안경으로 보니 나무가 드문드문 있고 관목은 전혀 없는 언덕의 경사면이 나타나더군. 언덕 꼭대기에는 황폐해진 긴 건물 한 채가 키 큰 풀 속에 반쯤 파묻혀 있었고, 뾰족한 지붕에 난 커다란 구멍들은 멀리서도 검은 입을 쩍 벌리고 있었으며, 정글과 숲은 그 배경을 이루고 있었지. 그 어떤 울타리나 담도 없었지만 예전에는 그런 것이 있었던 게 분명한데, 왜냐하면 집 근처에 대충 다듬고 위쪽 끝을 둥글게 깎은 공으로 장식해놓은 가는 말뚝 여섯 개가 일렬로 남아 있었거든. 그것들 사이에 있었을, 이를테면 가로장 같은 것은 사라지고 없었어. 물론 그 모든 것은 숲에 둘러싸여 있었지. 강기슭은 훤히 뚫려 있었고, 강가에서는 수레바퀴 모양의 모자를 쓴 한 백인이 팔을 크게 흔들며 끈질기게 손짓하고 있더군. 숲 가장자리를 위아래로 살펴보고서 나는 어떤 움직임을 봤다고 거의 확신했어. 인간의 형체들이 여기저기서 미끄러지듯 움직이고 있었거든. 나는 신중하게 그곳을 지나치고는 엔진을 끄고 배가 표류하도록 내버려두었어. 강기슭의 남자는 우리에게 상륙하라고 재촉하며 소리치기 시작했지. '우리는 공격을 받았소.' 지배인이 외쳤어. '저도 압니다. 저도 알아요. 괜찮아요.' 상대방이 더없이 쾌활하게 외치며 대답하더군. '어서 오세요. 괜찮아요. 오셔서 기쁩니다.'

그의 모습은 예전에 본 적이 있는 무언가, 어딘가에서 본 적이 있는 우스운 무언가를 떠올리게 했어. 배를 조심조심 움직여 옆으로 대면서 나는 이렇게 자문했네. '이 친구가 무엇을 닮은 거지?' 문득 답이 떠올랐어. 그는 어릿광대를 닮았던 거야. 옷은 갈색 네덜란드 천● 같은 옷감으로 만든 듯했는데, 파란색과 빨간색과 노란색 같은 밝은색 헝겊 조각으로 온통 덮여 있었어. 등에도 헝겊 조각이 있고, 앞쪽에도 헝겊 조각이 있고, 팔꿈치에도 헝겊 조각이 있고 무릎에도 있었지. 윗옷에는 색깔이 있는 가장자리 장식이 덧대어져 있고, 바짓단에는 진홍색 테두리가 둘러싸여 있었어. 햇빛은 그를 몹시 화사한 동시에 놀라울 만큼 깔끔하게 보이게 했는데, 햇빛 덕분에 이 모든 헝겊 조각이 얼마나 아름답게 덧대어져 있는지가 드러났거든. 수염 없이 앳되고 아주 흰 얼굴은 이렇다 할 특징이 없었고, 코는 벗겨지고 눈은 작고 파랬으며, 그 흰한 표정 위로는 미소와 찡그림이 바람 부는 평원의 햇빛과 그림자처럼 서로를 뒤쫓으며 번갈아 나타났지. '조심하세요, 선장님!' 그는 외쳤어. '지난밤에 여기 암초가 하나 걸려 있었어요.' 뭐라고! 또 암초야? 고백하건대 나는 부끄럽게도 욕을 내뱉고 말았다네. 나는 불구자 같은 나의 배에 거의 구멍을 낼 뻔했고, 그 멋진 여행을 끝내버릴 뻔했던 거야. 강기슭의 그 어릿광대는 자신의 작은 들창코를 내 쪽으로 들어 올렸어. '영국인이십니까?' 그가 싱글벙글 웃으며 묻더군. '당신도?' 나는 조타륜을 잡은 채 외쳤어. 미소는 사라졌고, 그는 나를

● 표백하지 않은 일종의 삼베.

실망시켜 미안하기라도 한 듯 고개를 저었지. 그러고는 다시 생기를 되찾았어. '신경 쓰실 거 없습니다!' 그가 격려하듯 외쳤네. '우리가 늦지 않게 도착한 건가요?' 나는 물었지. '그분은 저 위에 계십니다.' 그는 이렇게 대답하며 언덕 위로 고갯짓을 했는데, 그러더니 갑자기 침울해졌어. 그의 얼굴은 한순간 흐려졌다 또 한순간 환해지는 가을 하늘 같았지.

지배인이 한 사람도 빠짐없이 완전무장을 갖춘 순례자들의 호위를 받으며 건물 쪽으로 떠나자, 이 친구는 배에 올랐어. '솔직히 말해서 마음에 드는 상황은 아니로군요. 원주민들이 덤불 속에 있잖습니까.' 나는 말했네. 그는 다 괜찮다며 나를 열심히 안심시켰지. '저들은 단순한 인간이에요.' 그가 덧붙였어. '어쨌거나 이렇게 와주셔서 기쁩니다. 녀석들을 쫓아내느라 시간을 전부 허비했지 뭡니까.' '하지만 방금 다 괜찮다고 말하지 않았던가요.' 나는 소리쳤어. '아, 그들에게 해칠 의도가 있었던 것은 아닙니다.' 그가 말하다가, 내가 빤히 쳐다보자 이렇게 정정하더군. '꼭 그런 건 아니었을 거예요.' 그러고는 명랑하게 말했어. '아이고, 조타실 청소를 좀 해야겠는걸요!' 그러고는 곧장 유사시에 대비해 기적을 울릴 수 있게 보일러에 증기를 충분히 채워두라고 조언하더군. '기적을 한번 제대로 울리는 게 라이플총을 전부 쏘는 것보다 더 효과적일 겁니다. 저들은 단순한 인간이니까요.' 그가 아까 했던 말을 반복했지. 어찌나 거침없이 지껄여대는지 압도당할 지경이었네. 그는 그동안의 긴 침묵을 벌충하려고 애쓰는 듯했는데, 웃음을 터뜨려 실제로 그렇다는 것을 넌지시 알려주었지. '커츠 씨와 이야기를 나누지 않나요?' 나는 물었어. '그분과는 이야기를 나누지 않습니다. 우리는 그분의 이야기에 귀를 기울일 따름이죠.' 그가 극도로 기뻐하며 외치더군. '하지만 이제는……' 그는 한쪽 팔을 흔들더니 눈 깜짝할 사이에 더없이 깊은 실의에 빠져버렸어. 순식간에 다시 활기를 되찾은 그는 내 양손을 붙잡고 계속 흔들며 지껄여댔지. '동료 선원을 만나…… 영광입니다……. 기쁘고…… 즐거워요……. 제 소개를 하자면…… 러시아인이고…… 수석 사제의 아들로…… 탐보프● 행정구에서…… 뭐라고요! 담배라고요! 영국산 담배, 그 훌륭한 영국산 담배를! 정말 다정하시군요. 담배를 피우냐고요? 담배를 안 피우는 선원이 어디 있습니까!'

파이프 담배는 그를 진정시켰고, 나는 차츰 그가 학교에서 도망쳐 러시아 배를 타고 바다로 갔다는 것, 거기서 다시 도망쳐 얼마간 영국 배를 타다가 지금은 수석 사제인 아버지와 화해했다는 것을 알게 되었어. 그는 화해했다는 사실을 강조했지. '하지만 젊을 때는 이런저런 것을 보고 들으며 경험과 견해를 쌓아 정신세계를 넓혀야죠.' '여기서 말인가요!' 내가 그의 말을 가로막았어. '사람 일은 모르는 겁니다! 여기서 저

● 러시아 탐보프주의 주도.

는 커츠 씨를 만났잖아요.' 그는 젊은이 특유의 진지하고 책 망하는 듯한 목소리로 말했지. 그러고는 나도 입을 다물었어. 보아하니 그는 해안의 한 네덜란드 교역소를 설득해서 물자 와 비품을 싣고는, 아기처럼 자신에게 무슨 일이 일어날지에 대해서는 아무 생각 없이 가벼운 마음으로 오지를 향해 떠 났던 모양이야. 모든 사람 및 모든 세상일과 단절된 채 거의 2년 동안 혼자서 그 강을 방랑했던 거지. '저는 보기만큼 젊 지 않습니다. 스물다섯 살이에요.' 그는 말했어. '처음에는 판 스하위턴 영감이 저리 썩 꺼지라더군요.' 몹시 즐거워하며 그 는 이야기를 꺼냈네. '하지만 저는 그에게 들러붙어서 쉴 새 없이 말했고, 마침내 자신이 아끼는 개한테도 제가 계속 말을 걸까봐 두려워진 영감이 저에게 몇몇 싸구려 물건과 총 몇 자루를 주더니 다시는 제 얼굴을 보지 않게 되길 바란다고 하더군요. 판 스하위턴 영감은 참 좋은 사람이었어요. 1년 전 에는 영감에게 상아를 조금 보내기도 했는데, 그래야 돌아갔 을 때 옹졸한 도둑놈 소리를 듣지 않을 테니 말이에요. 영감 이 상아를 잘 받았길 바라고 있습니다. 그 일을 제외하면 다 른 건 아무래도 좋아요. 선장님을 위해 장작을 좀 쌓아두었었 죠. 그곳은 제가 예전에 살던 집이에요. 보셨나요?'

나는 그에게 타우슨의 책을 건네주었어. 그는 나에게 입 이라도 맞출 것처럼 굴더니 곧 자제하더군. '저에게 남은 유 일한 책인데, 잃어버렸다고 생각했어요.' 그가 황홀한 얼굴로 그 책을 보며 말했지. '아시다시피 혼자 다니는 사람에게는 정말 많은 사건이 일어나는 법입니다. 때로는 카누가 전복되기도 하고, 때로는 원주민들이 성을 내면 불시에 떠나야 하기도 하죠.' 그는 책장을 넘겼어. '러시아어로 메모를 남긴 건가요?' 나는 물었지. 그는 고개를 끄덕였어. '저는 그게 암호인 줄 알았습니다.' 나는 말했어. 그가 소리 내어 웃더니 다시 진지해졌지. '그 사람들을 쫓아내느라 고생을 정말 많이 했습니다.' 그는 말했어. '그들이 당신을 죽이려 했나요?' 나는 물었네. '오, 아닙니다!' 그는 이렇게 외치더니 곧 하고 싶은 말을 억눌렀어. '그들이 왜 우리를 공격한 거죠?' 나는 계속 물었지. 그는 망설이다가 부끄러워하며 말했어. '그들은 그분이 떠나길 원치 않거든요.' '그래요?' 나는 궁금한 듯 물었어. 그는 신비와 지혜로 가득한 분위기를 풍기며 고개를 끄덕였지. '감히 말씀드리건대.' 그는 외쳤어. '그분은 저의 정신세계를 넓혀주셨습니다.' 그러고는 두 팔을 활짝 펼치며 완전히 둥근 작고 푸른 눈으로 나를 응시했네."

제3장

"나는 깜짝 놀라서 어쩔 줄 모른 채 그를 쳐다보았어. 무언
극 극단에서 무단이탈한 듯 얼룩덜룩한 옷차림에 열정적이
고 거짓말 같은 모습으로 그는 내 앞에 서 있었지. 그의 존재
자체가 개연성이 없었고, 설명을 거부했으며, 완전히 당황스
러웠어. 그는 풀 수 없는 수수께끼였네. 그가 어떻게 생존했
는지, 어떻게 그렇게 먼 곳까지 올 수 있었는지, 어떻게 그곳
에 남을 수 있었는지, 왜 곧장 사라지지 않았는지, 나는 상상
도 할 수 없었지. '저는 좀 더 깊이 들어왔어요.' 그는 말했어.
'그러고는 거기서 조금 더 들어왔죠. 너무 멀리 와서 더는 돌
아갈 방법을 알지 못하게 될 때까지 말이에요. 신경 쓰실 거
없습니다. 시간은 많으니까요. 저는 어떻게든 헤쳐나갈 수 있
습니다. 당신은 커츠 씨나 데리고 얼른, 얼른 떠나세요. 정말
입니다.' 그의 다채로운 누더기, 그의 궁핍, 그의 고독, 그의

헛된 방황의 본질적 처량함을 젊음의 매혹이 감싸주고 있었어. 몇 달 동안, 몇 년 동안 그의 인생은 하루도 버티기 힘든 성격을 지녔지만, 그는 순전히 젊은 나이와 무분별한 대담성 덕분에 어느 모로 보나 파괴될 수 없는 모습으로 용감하고도 무모하게 생존해 있었지. 나는 존경 비슷한, 부러움 비슷한 감정에 빠져들었네. 매혹이 그를 격려해주었고, 매혹이 그를 상처 입지 않게 해주었던 거야. 숨 쉬며 밀고 나갈 수 있는 공간 말고 그가 야생에게 원한 것은 분명 아무것도 없었어. 그에게 필요한 것은 생존하는 것, 최대한 궁핍한 상황에서 최대한 위험한 상태로 계속 나아가는 것뿐이었지. 만일 절대적으로 순수하고 비타산적이며 비실용적인 모험 정신에 인간이 지배당한 적이 있다면, 그 인간은 바로 이 덧댄 옷을 입은 젊은이였을 거야. 나는 이처럼 겸손하고도 또렷한 정열의 불꽃을 소유한 그가 거의 부러울 지경이었지. 그 정열이 불꽃이 그의 자의식을 아주 완전히 불태워버려서, 심지어 그가 이야기를 들려주는 동안에도 그 모든 일을 겪은 사람이 바로 그, 눈앞에 있는 그 남자라는 사실을 잊고 말 정도였어. 그래도 커츠에 대한 그의 헌신까지 부럽지는 않더군. 그는 그 문제에 대해서는 생각해본 적도 없었어. 그 헌신은 자연스럽게 생겨났고, 그는 그것을 일종의 운명처럼 열렬히 받아들였던 거지. 내 눈에는 어느 모로 보나 그가 그동안 맞닥뜨린 위험 가운데 그것이 가장 큰 위험처럼 보였다네.

바람이 없어 서로 가까이서 멈추었다가 마침내 옆구리를 비비게 된 두 척의 배처럼, 그 둘은 불가피하게 함께하게 된 거였지. 커츠는 청중이 필요했던 것 같은데, 숲에서 야영할 때 밤새도록 이야기한 적도 있었다고 하니 말이야. 물론 이야기한 사람은 커츠 혼자였겠지만. '우리는 모든 것에 대해 이야기했습니다.' 과거를 떠올리며 거의 무아지경에 빠진 그가 말했어. '저는 잠이라는 게 있다는 사실조차 잊고 말았어요. 밤이 한 시간도 지속되지 않는 것 같더군요. 모든 것! 모든 것에 대해 이야기했습니다! ……사랑에 대해서도.' '아, 그가 당신에게 사랑에 대해서 이야기했군요!' 무척 즐거워하며 내가 말했지. '선장님이 생각하시는 그런 사랑 이야기는 아니었습니다.' 거의 격정적인 목소리로 그가 외쳤어. '일반적인 사랑에 대한 이야기였죠. 그분 덕분에 저는 세상을 보는 눈을 얻게 되었습니다. 세상을 보는 눈을……'

그는 양팔을 위로 번쩍 쳐들었어. 그때 우리는 갑판 위에 있었는데, 우리 벌목꾼 우두머리가 근처에서 어슬렁거리다가 그를 향해 무겁고 빛나는 시선을 던지더군. 나는 주위를 둘러보았는데, 이유는 모르겠으나 그 땅과 그 강과 그 정글과 그 아치 모양으로 타오르는 하늘이 그토록 절망적으로 어둡게, 그토록 인간의 사고로 헤아릴 수 없고 인간의 약점에 냉혹하게 보인 적은 맹세코 한 번도, 한 번도 없었다네. '그러면 그 후로 당연히 그와 함께 지내셨겠군요?' 나는 물었어.

상황은 정반대였더군. 둘의 왕래는 다양한 원인으로 거의 끊기다시피 했던 모양이야. 그가 자랑스레 알려준 바에 따르면, 그는 커츠가 아팠을 때 두 차례 간호해주긴 했지만(그는 그것이 마치 위험한 묘기를 부리는 일이라도 되는 것처럼 이야기하더군) 커츠는 대체로 혼자서 숲속 깊은 곳을 돌아다녔다고 했어. '저는 이 사업장에 자주 왔지만, 그분이 나타나는 걸 보려면 여러 날을 기다려야 했습니다.' 그는 말했네. '아! 그것은 기다릴 만한 가치가 있는 일이었어요. 때로는.' '그는 뭘 하고 있었던 거죠? 탐험이라도 했던 건가요?' 나는 물었어. 아! 그래. 커츠는 물론 여러 마을을 발견했고 호수도 하나 발견했지. 러시아인은 그곳이 정확히 어느 방향인지는 몰랐는데, 너무 많이 묻는 것은 위험하다고 했어. 그의 탐험은 대부분 상아를 찾기 위한 것이었다더군. '하지만 그 무렵에는 거래할 물건이 남아 있지 않았을 텐데요.' 나는 이의를 제기했어. '아직 탄약통은 많이 남아 있었습니다.' 그가 고개를 돌리며 대답했지. '한마디로 말해 그는 이 땅을 침략했던 것이로군요.' 나는 말했어. 그는 고개를 끄덕였지. '물론 혼자 그러진 않았겠죠!' 그는 호수 근처의 마을들에 대해 뭐라고 중얼거렸어. '커츠는 부족들이 자신을 따르게 했어요. 안 그런가요?' 내가 넌지시 말했지. 그는 살짝 주저하더군. '그들은 그분을 숭배했습니다.' 그가 말했어. 그 말의 어조가 몹시 기이해서 나는 그를 살피듯 쳐다보았지. 커츠에 대해 말하길 열망하는 마음

과 꺼리는 마음이 뒤섞인 모습을 보는 것은 흥미로운 일이었
어. 커츠라는 남자는 그의 삶을 채우고, 그의 생각을 사로잡
고, 그의 감정까지 뒤흔들어놓았더군. '당연한 일 아니겠습니
까?' 그가 버럭 소리를 질렀어. '그분은 천둥과 번개를 들고
그들에게 나타난 셈이고, 그들은 그런 것을 난생처음 보았겠
죠. 아주 무서웠어요. 그분은 때에 따라 아주 무서워질 수 있
었습니다. 보통 사람을 판단하듯 커츠 씨를 판단해서는 안 됩
니다. 아니, 아니, 안 되고말고요! 음, 어떤 식이냐면, 정말로
있었던 일인데, 어느 날 그분은 저를 쏘려 하셨어요. 하지만
저는 그분을 비판하지 않습니다.' '당신을 쏘려 했다니!' 나는
외쳤어. '대체 왜요?' '음, 저에게는 제 집 근처에 있는 마을
의 추장이 준 상아가 조금 있었습니다. 제가 그들을 위해 사
냥을 해주곤 했거든요. 그런데 그분이 그 상아를 원했고, 설
명을 해봐도 말이 통하지 않았습니다. 상아를 주고 떠나지 않
으면 저를 쏘아버리겠다고 단언했는데, 자신은 그럴 수 있는
사람이고 그럴 의향도 있으며, 자신이 아주 기쁜 마음으로 누
군가를 죽이는 걸 막을 수 있는 존재는 지구상에 없기 때문
이라고 하시더군요. 그 말은 사실이기도 했어요. 저는 그분께
상아를 드렸습니다. 그딴 게 무슨 상관이었겠어요! 하지만 떠
나진 않았습니다. 네, 그럼요. 저는 그분을 떠날 수 없었어요.
물론 그분과 다시 친해지기 전까지 한동안 조심해야 했죠. 그
러고서 그분은 두 번째로 앓아누웠습니다. 그 후로 저는 그

분을 피해 다녀야 했지만, 그런 건 아무래도 좋았어요. 그분은 대부분의 시간을 호숫가에 있는 그 마을들에서 보냈죠. 강으로 내려올 때면, 때로는 저를 친근하게 대했고 때로는 제가 조심하는 편이 낫다는 생각이 들게 구셨어요. 그분은 너무 많은 고통을 겪으셨던 거죠. 그분은 이 모든 걸 증오했는데, 왠지 모르겠지만 벗어날 수가 없었던 거예요. 기회가 생겼을 때 저는 그분께 아직 시간이 있을 때 떠나야 한다고 간청했고, 함께 돌아가자고 제안하기도 했어요. 그러면 그분은 알겠다고 하고는 다시 남았고, 또다시 상아 사냥을 떠났고, 몇 주 동안 사라져서는 그 원주민들 사이에서 자신을 잊고 말았어요. 자신을 잊고 말았다고요. 무슨 말인지 아시겠죠.' '아니! 미친 게로군요.' 나는 말했어. 그는 분개하며 항변했지. 커츠 씨는 미쳤을 리가 없다면서. 고작 이틀 전에 그분이 하는 말을 들었다면 그런 생각은 감히 내비치지 않았을 거라면서⋯⋯. 이야기를 나누는 동안 나는 쌍안경을 들고서 강기슭을 바라보며 숲의 양쪽 경계와 집 뒤쪽을 훑었지. 그렇게 조용하고 그렇게 적막한, 언덕 위의 황폐해진 건물처럼 조용하고 적막한 그곳 덤불 속에 사람들이 있다고 생각하니 불안해지더군. 자연의 겉모습에서는 그가 해준 놀라운 이야기의 흔적을 전혀 찾아볼 수 없었는데, 하긴 그 이야기란 내가 들었다기보다는, 결국 어깨를 으쓱하게 되는 우울한 절규와 중단된 말과 깊은 한숨으로 끝나는 암시를 통해 내게 넌지시 알려진 것에 불과

했지. 숲은 가면처럼 움직임이 없었고, 닫힌 감옥 문처럼 육
중했고, 어떤 지식을 숨기고 있는 듯한, 인내하며 무언가를
기다리고 있는 듯한, 감히 접근하기 어려울 정도로 침묵하고
있는 듯한 분위기를 풍겼어. 그 러시아인은 내게 설명하길,
커츠 씨가 그 호수 부족의 전사들을 모두 데리고 강으로 내
려온 것은 겨우 최근 들어 일어난 일이라더군. 그는 몇 달 동
안 모습을 감춘 상태였는데, 아마 숭배를 받고 있었겠지. 어
느 모로 보나 강 건너편이나 하류 쪽을 침략할 의도를 품은
채 예기치 않게 내려왔다고 했어. 보아하니 더 많은 상아를
차지하려는 욕구가, 뭐랄까, 덜 물질적인 열망을 압도한 모양
이었지. 그런데 갑자기 상태가 훨씬 더 악화되고 말았다더군.
'저는 그분이 옴짝달싹 못 하고 누워 있다는 말을 듣고는 그
분께 가보았습니다. 모든 걸 운에 맡기고 말이죠.' 러시아인
은 말했지. '아, 그분은 상태가 안 좋습니다. 아주 안 좋아요.'
나는 쌍안경을 집 쪽으로 향했어. 생명의 흔적이라고는 찾아
볼 수 없었고, 대신 황폐해진 지붕과 풀 위로 살짝 보이는 긴
진흙 벽과 저마다 다른 크기의 작고 네모난 창문 구멍이 세
개 보였는데, 이 모든 게 손만 내밀면 닿을 듯한 거리에 있는
듯 느껴지더군. 그러고서 나는 거칠게 쌍안경을 돌렸는데, 그
러자 울타리가 사라진 자리에 남은 말뚝 하나가 내 시야로
뛰어 들어왔어. 폐허가 된 그곳에서 애써 만들었기에 다소 두
드러져 보이는 어떤 장식을 멀리서 보고 깜짝 놀랐다고 했던

맑을 자네들은 기억할 걸세. 이제 나는 갑자기 그 광경을 좀 더 가까이서 보게 되었는데, 그 첫 번째 반응은 주먹이라도 피하듯 머리를 뒤로 홱 젖히는 것이었어. 그러고서 쌍안경으로 말뚝 하나하나를 유심히 쳐다보고는 내가 오판했음을 깨닫게 되었지. 그 둥근 공 같은 것들은 장식물이 아니라 상징물이었어. 그것들은 무언가를 보여주면서도 혼란을 안겨주었고, 인상적이면서도 충격적이었지……. 깊이 생각할 거리이자, 만일 하늘에서 내려다보는 독수리가 있었다면 먹을거리이기도 했을 텐데, 아무튼 기둥을 오를 만큼 부지런한 개미들에게는 분명 먹을거리였겠지. 그것들, 그러니까 말뚝 위의 그 머리통들은 얼굴을 집 쪽으로 향하고 있지 않았더라면 훨씬 더 인상적이었을 거야. 오직 하나, 내가 처음 알아본 머리통만 내 쪽을 바라보고 있더군. 자네들이 생각하는 것만큼 충격을 받지는 않았어. 내가 깜짝 놀라서 머리를 젖힌 것은 그저 놀라서 한 행동에 불과했지. 알다시피 나는 그곳에서 나무를 깎아 만든 둥근 조각을 볼 거라고 예상하고 있었거든. 나는 처음 봤던 그 머리통을 천천히 다시 쳐다봤어. 그러자 검고 마르고 홀쭉하고 눈꺼풀이 감긴 그것이 눈에 들어오더군. 말뚝 꼭대기에서 잠이 든 듯 그 머리는 말라서 쪼그라든 입술 사이로 좁다랗고 하얀 치열을 드러내며 심지어 미소까지 짓고 있었는데, 그 영원한 잠 속에서 어떤 영원히 익살스러운 꿈을 꾸느라 계속 짓고 있는 듯한 미소였지.

나는 교역과 관련된 어떤 비밀을 폭로하고 있는 게 아닐세. 사실 지배인이 나중에 말하길, 커츠 씨의 방법론이 그 지역을 망쳐놓았다고 하더군. 나로서는 그 점에 대해 아무 의견도 없지만, 그 머리통들이 거기 있다고 해서 더 이득이 될 건 없었다는 점을 자네들도 분명히 알았으면 좋겠네. 그것들은 다만 커츠 씨가 자신의 다양한 욕망을 채우는 데 자제력이 부족했음을, 그에게 무언가, 정작 절박하게 필요할 때 그의 감명 깊고 유창한 말솜씨에서는 발견할 수 없던 사소한 무언가가 결핍되어 있었음을 보여주었을 뿐이야. 그가 자신의 이런 결핍을 알고 있었는지는 나도 모르겠네. 마침내 그가 그 사실을 알게 된 것 같긴 해. 최후의 순간에 이르러서야 말이지. 하지만 야생은 일찌감치 그를 발견해서 그의 기상천외한 침입에 대해 끔찍한 복수를 가한 터였어. 내 생각에 야생은 그에게 그가 모르는 자신에 대한 사실, 그가 그 거대한 고독과 상의하기 전까지는 전혀 알지 못한 사실을 속삭여준 것 같아. 그리고 그 속삭임은 거부할 수 없을 만큼 매력적이었던 거지. 그 속삭임은 그의 내면에서 큰 소리로 울려 퍼졌는데, 왜냐하면 그는 속이 텅 비어 있었거든……. 나는 쌍안경을 내려놓고, 말을 걸 수 있을 만큼 가까이 있는 것 같던 머리통은 그 즉시 내 시야를 벗어나 다가갈 수 없는 먼 거리로 뛰어오른 것처럼 보였어.

커츠 씨의 숭배자는 약간 풀이 죽어 있더군. 그는 급하고 또렷하지 않은 목소리로 자신이 이것들, 그러니까 상징물들을 감히 내려놓을 수 없었다고 단언하기 시작했어. 원주민들이 두려워서 그런 건 아니라고 했지. 어차피 그들은 커츠 씨가 명령을 내리기 전까지는 꼼짝도 하지 않을 테니 말이야. 그의 지배력은 놀라운 것이었어. 원주민들의 야영지가 그의 처소를 둘러싸고 있었고, 추장들은 매일 그를 보러 왔다지. 그들은 기어서 왔다는데…… '저는 그들이 커츠 씨에게 다가갈 때 갖춘 예법에 대해서는 전혀 궁금하지 않습니다.' 내가 외쳤어. 흥미롭기도 하지, 커츠 씨의 창문 아래 말뚝에서 말라가는 머리통들보다 그런 상세한 설명이 더 참을 수 없게 느껴졌다니 말이야. 어쨌거나 그것은 고작 야만적인 광경일 뿐이었고, 또 한편으로 나는 순수하고 단순한 야만 행위가 태양 아래 분명히 존재할 수 있는 권리를 지닌 무엇으로서 긍정적인 안도감을 주는, 어떤 미묘한 공포의 어두운 지역으로 단번에 이동한 듯했지. 그 젊은이는 놀란 얼굴로 나를 쳐다보았어. 커츠 씨가 나의 우상은 아니라는 생각은 해본 적이 없는 모양이더군. 내가 커츠 씨의 그 훌륭한 독백, 그러니까, 뭐였더라? 사랑, 정의, 인생을 살아가는 법 등등에 대한 독백을 하나도 듣지 못했다는 사실을 그는 까맣게 잊고 있었어. 커츠 씨 앞에서 기는 일로 따지자면, 그는 모든 야만인 가운데 가장 야만적인 녀석만큼이나 열심히 기었을 테지. 그는 내가 그곳 상황을 너무 모른다면서, 그 머리통들은 반역자들의 것이라고 말했어. 내가 심하게 웃음을 터뜨리자 충격을 받더군. 반역자라니! 과연 다음에는 어떤 설명을 듣게 될까나? 원주민들을 적이라고 했다가, 범죄자라고 했다가, 일꾼이라고 했다가, 이제 이들은 또, 반역자라고 하다니 말이야. 말뚝 위의 그 반역적인 머리통들은 내게는 아주 고분고분해 보이더군. '그런 삶이 커츠 씨 같은 분에게 얼마나 큰 시련을 선사하는지 선장님은 모르실 겁니다.' 커츠의 마지막 신봉자가 외쳤네. '흐음, 그럼 당신에게는요?' 나는 물었지. '저는! 저는! 저는 단순한 인간입니다. 저에게는 위대한 사상이 없어요. 저는 다른 이들에게 아무것도 바라지 않습니다. 저를 어찌 감히 그런 분과 비교하실 수가⋯⋯?' 그는 감정이 너무 벅차올라서 말을 잇지 못하더니 갑자기 마음을 추슬렀어. '이해할 수가 없습니다.' 그가 신음하듯 말했지. '저는 그분을 살리기 위해 최선을 다해왔고, 저로서는 그거면 충분합니다. 이 모든 일은 저와는 상관이 없어요. 저는 재능도 없고요. 이곳에서는 몇 달째 약 한 방울이나 환자용 음식 한 입도 구경할 수가 없었습니다. 그분은 수치스럽게도 버림받으셨어요. 그분 같은 사람이, 그런 생각을 지닌 사람이 말이죠. 수치스러운 일입니다! 수치스러운 일이에요! 저는, 저는, 지난 열흘 동안 한숨도 자지 못했습니다⋯⋯.'

그의 목소리는 저녁의 고요 속에 사라져버렸네. 우리가 이야기를 나누는 동안 숲의 긴 그림자가 언덕 아래로 미끄러지

듯 내려와서는 황폐해진 오두막과 일렬로 늘어선 말뚝의 상
징물들 저 너머로 멀리 펼쳐져 있었지. 아래쪽에 있는 우리는
아직 햇빛 속에 있었지만, 그 모든 건 어둠에 덮여 있었고, 빈
터와 나란히 뻗은 강줄기가 고요하고 눈부시게 반짝이는 가
운데 위쪽과 아래쪽 강굽이에는 어두컴컴한 그림자가 드리
워져 있었어. 강기슭에는 사람 하나 얼씬하지 않더군. 덤불은
바스락거리는 소리도 내지 않았어.

갑자기 그 집 모퉁이를 돌아 한 무리의 남자들이 땅에서 솟
아오른 듯이 나타나더군. 그들은 촘촘하게 늘어선 채 허리까
지 자란 풀을 헤치며 걸어왔는데, 그들 한가운데에는 임시 대
용으로 만든 들것이 들려 있었네. 그 순간 그 텅 빈 풍경 속
에서 예리한 화살 같은 날카로운 외침이 솟아오르더니 고요
한 대기를 가르며 대지의 심장부까지 곧장 날아갔지. 그러고
는 마치 마법에 걸린 듯한 인간들의 물결, 그러니까 손에 창
과 활과 방패를 든 채 사나운 시선과 야만적인 동작을 보이
는 벌거벗은 인간들의 물결이 검은 얼굴로 깊은 생각에 잠긴
숲 옆의 공터 속으로 쏟아져 들어오더군. 덤불이 흔들리고 풀
이 잠시 흔들리더니 모든 게 동작을 멈춘 채 가만히 귀를 기
울였어.

'이제 저분이 저들에게 무슨 부적절한 말이라도 하시면 우
리는 모두 끝장입니다.' 러시아인이 바로 내 옆에서 말했지.
들것을 든 남자들의 무리도 증기선 쪽으로 반쯤 왔다가 겁에

질린 나머지 돌처럼 굳은 듯 걸음을 멈추었더군. 들것에 누워 있던 남자가 여윈 몸을 똑바로 일으켜 앉아 원주민들의 어깨 위로 팔을 쳐든 모습이 보였어. '일반적인 사랑에 대해 그렇게 이야기를 잘하시는 분께서 이제 우리의 목숨을 살려줄 어떤 특별한 이유를 찾아내시길 기대해봅시다.' 나는 말했네. 나는 우리가 처한 터무니없이 위험한 상황, 그러니까 우리의 목숨이 그 극악무도한 유령의 처분에 달려 있기라도 한 듯한 불명예스럽고 불가피한 상황에 몹시 분개했어. 소리는 전혀 들리지 않았지만, 쌍안경으로 보니 명령하는 쭉 뻗은 가냘픈 팔과, 움직이는 아래턱과, 기괴하게 홱홱 움직이며 끄덕이는 앙상한 머리 깊은 곳에서 어둡게 빛나는 유령의 눈이 시야에 들어오더군. 커츠, 커츠, 독일어로 짧다는 뜻이지.● 안 그런가? 음, 그 이름은 그가 삶을 통해, 그리고 죽음을 통해 보여준 다른 모든 것만큼이나 거짓이 없었어. 그는 키가 적어도 2미터는 돼 보이더군. 그를 덮고 있던 천이 떨어졌고, 그러자 마치 수의가 떨어지기라도 한 것처럼 가련하고 끔찍한 몸이 드러났다네. 흉곽이 모두 움직이고 뼈만 남은 팔이 흔들리는 게 보였어. 마치 오래된 상아를 깎아 만든 죽음의 이미지가 살아 움직이며, 검게 번쩍이는 청동으로 만든 부동자세의 군중을 향해 위협적으로 손을 흔드는 듯한 모습이었지. 그는 입을 활짝

● '커츠(Kurtz)'와 비슷한 독일어 '쿠르츠(kurz)'는 '짧은', '간단한' 등을 의미한다.

벌렸는데, 모든 공기와 대지와 눈앞의 모든 사람을 삼켜버리고 싶기라도 하듯 기이할 정도로 게걸스러운 모습이었어. 깊은 목소리가 희미하게 들려왔지. 그는 소리치고 있었던 게 틀림없어. 갑자기 그가 뒤로 쓰러지더군. 들것을 들고 있던 남자들이 다시 앞으로 휘청이자 들것이 흔들렸고, 그와 거의 동시에 야만인 무리는 그 어떤 후퇴하는 움직임도 알아차릴 수 없이 사라지고 있었는데, 마치 그 존재들을 아주 갑자기 내뿜었던 숲이 길게 숨을 들이마시며 그들을 다시 들이마시고 있는 듯한 광경이었지.

들것 뒤에서는 순례자 몇몇이 그 가련한 유피테르의 벼락인 무기, 그러니까 산탄총 두 자루, 육중한 라이플총 한 자루, 가벼운 회전식 연발 카빈총 한 자루를 나르고 있더군. 지배인은 커츠의 머리 옆을 따라 걸으며 그의 위로 몸을 숙인 채 뭐라고 중얼거리고 있었어. 그들은 그를 한 작은 오두막, 딱 침대 하나와 야영용 의자 한두 개가 들어갈 정도의 공간에 눕혔네. 우리는 그에게 온 뒤늦은 서신을 전달했었고, 그래서 그의 침대에는 찢어진 봉투와 개봉된 편지가 잔뜩 어질러져 있었지. 그의 손은 이 편지들 사이를 힘없이 오갔어. 나는 그의 눈이 내뿜는 불꽃과 그의 표정에서 엿보이는 침착한 무기력에 마음이 끌렸지. 그것은 질병으로 소진된 표정이 아니었어. 그는 고통스러워 보이지도 않더군. 이 그림자 같은 존재는 지금으로서는 모든 감정을 실컷 맛보기라도 했다는 듯 무척 만족스럽고 차분해 보였어.

　그는 편지 중 하나를 바스락거리며 읽다가 내 얼굴을 똑바로 쳐다보고 '반갑소'라고 말했네. 누군가가 그에게 나에 대한 편지를 썼던 모양이야. 이번에도 그 특별한 추천장이 모습을 드러낸 거지. 그가 아무 노력도 없이, 입술을 움직이는 수고도 거의 들이지 않고 내뱉는 말투에 실린 음량은 나를 놀라게 했어. 그 목소리! 목소리! 그 남자는 속삭일 힘도 없어 보였지만, 목소리만은 근엄하고 심오하게 울려 퍼지더군. 그런데 자네들도 곧 듣게 되겠지만, 그에게는 우리 모두를 거의 끝장내버릴 만큼의 충분한 힘이, 아마도 인위적인 힘이었겠지만, 남아 있었다네.

　지배인이 조용히 문간에 모습을 드러내더니 내가 즉시 걸어 나오자 내 뒤로 커튼을 치더군. 그 러시아인은 순례자들의 호기심 어린 눈초리를 받으며 강기슭을 응시하고 있었어. 나는 그의 시선을 따라가보았지.

　어두운 인간의 형체들이 숲의 어둑어둑한 경계를 배경으로 휙휙 움직이는 모습이 멀리서도 희미하게 보였고, 강 근처에는 청동상 같은 인물 두 명이 태양 아래서 얼룩무늬 가죽으로 만든 멋진 머리 장식을 쓰고 긴 창에 기댄 채 용맹한 모습으로 조각상처럼 가만히 서 있었어. 그리고 햇살이 비치는 강기슭을 따라 거칠고 화려한 유령 같은 여자 한 명이 오른쪽에서 왼쪽으로 이동하고 있더군.

그녀는 술 장식이 달린 줄무늬 옷을 걸친 채 야만적인 장신구를 가볍게 짤랑이고 번쩍거리며 자로 잰 듯한 걸음걸이로 위풍당당하게 대지에 발을 내딛고 있었어. 고개를 높이 쳐들고 있었고, 머리는 투구 모양으로 손질되어 있었지. 무릎까지 올라오는 황동 각반을 차고, 팔꿈치까지 올라오는 긴 황동 철사 장갑을 끼고 있었고, 황갈색 뺨에는 진홍색 반점이 찍혀 있었으며, 목에는 셀 수 없이 많은 유리알 목걸이를 걸고 있었어. 몸에 걸친 기이한 것들, 부적들, 주술사의 선물들이 그녀가 발을 내디딜 때마다 번쩍이고 흔들리더군. 그녀가 몸에 걸친 것들은 분명 코끼리 상아 몇 개의 가치는 지니고 있었을 걸세. 그녀는 야만적이고도 당당했고, 눈초리가 험했지만 고상했지. 신중히 걸어 나가는 그녀의 모습에는 무언가 불길하고 위풍당당한 분위기가 있었어. 슬픔에 젖은 땅 전체에 갑자기 내린 성석 속에서 비옥하고 신비로운 생명의 거대한 몸뚱이인 그 거대한 야생이 깊은 생각에 잠긴 채 그녀를 쳐다보고 있는 듯하더군. 마치 자신의 어둡고 열정적인 영혼의 이미지를 쳐다보기라도 하듯이 말일세.

증기선과 나란한 지점까지 온 그녀는 가만히 서서 우리를 마주 보았어. 그녀의 긴 그림자가 물가까지 드리워졌지. 격렬한 슬픔과 말 못 할 고통이 여전히 고심하느라 내리지 못한 어떤 결심에 대한 두려움과 뒤섞여 그녀의 얼굴은 비극적이고도 사납게 보였네. 그녀는 약간의 동요도 없이, 어떤 불가해한 목적에 대해 곰곰이 생각하는 듯한 분위기를 풍기며 자신이 야생 그 자체라도 되는 양 서서 우리를 쳐다보았어. 꼬박 일 분이 지났고, 그러고서 그녀는 앞으로 한 걸음 내디디더군. 가볍게 짤랑거리는 소리가 들려왔고, 노란 금속이 반짝였으며, 술 장식이 달린 옷이 흔들리더니, 심장이라도 멈춘 듯 그녀가 걸음을 멈추었지. 내 옆에 있던 젊은 친구가 으르렁거렸어. 순례자들은 내 뒤에서 뭐라고 중얼거렸지. 그녀는 자기 생명이 자신의 변함없고 한결같은 시선에 달려 있기라도 한 것처럼 우리 모두를 쳐다보았네. 갑자기 그녀가 헐벗은 양팔을 펼치더니 하늘을 만지고 싶은 걷잡을 수 없는 욕망에 사로잡히기라도 한 것처럼 머리 위로 단단히 뻗었고, 그와 동시에 그림자가 땅에서 재빨리 휙 달려 나가 강 위를 휩쓸고는 증기선을 어둠으로 끌어안았지. 그 광경 위로 어마어마한 침묵이 드리워졌어.

그녀는 천천히 돌아서서 강기슭을 따라 걸어가더니 왼쪽 덤불의 일부가 되어버리더군. 사라지기 전에 잡목 숲의 어스름 속에서 우리를 향해 눈을 딱 한 번 반짝였을 뿐이야.

'만일 저 여자가 배에 오르겠다고 말했다면 저는 그녀를 정말 총으로 쏘려 했을 겁니다.' 덧댄 옷을 입은 젊은이가 불안해하며 말했네. '저는 지난 두 주 동안 저 여자가 집으로 들어오지 못하게 막느라 매일 목숨을 걸었습니다. 하루는 그녀가 집으로 들어오더니 제가 제 옷을 수선하려고 창고에서 가져온 초라한 넝마를 가지고 소란을 피우더군요. 제가 옷을 제대로 안 입었다는 거죠. 아마 그런 이유 때문이었을 텐데, 그녀는 이따금 저를 가리키면서 한 시간 동안이나 커츠 씨에게 미친 듯이 떠들어댔거든요. 저는 이 부족의 방언을 알아듣지 못합니다. 다행히도 그날 커츠 씨가 너무 아파서 신경 쓰지 못했기에 망정이지, 안 그랬다면 큰일이 벌어졌을 거예요. 저는 이해할 수가 없습니다……. 네, 저로서는 힘에 겨운 일이에요. 아, 하긴, 이제는 다 끝난 일이지만요.'

그 순간 커튼 뒤에서 커츠의 깊은 목소리가 들려오더군. '나를 구한다고! 상아를 구한다는 말이겠지. 그런 말은 하지도 마시오. **나를** 구한다니! 아니, 내가 당신들을 구해야 했지. 당신들은 지금 내 계획을 방해하고 있소. 아프다니! 아프다니! 당신들이 믿고 싶은 만큼 아프지는 않소. 신경 쓸 거 없소. 그래도 나는 내 생각을 실천에 옮길 거요. 나는 돌아갈 거요. 무엇을 성취할 수 있는지 내가 당신들에게 보여줄 거요. 하찮은 생각이나 하는 당신들, 당신들은 나를 방해하고 있소. 나는 돌아갈 거요. 나는…….'

지배인이 밖으로 나오더군. 그는 황송하게도 내 팔을 붙잡고 나를 옆으로 데려갔어. '커츠 씨는 건강이 몹시 안 좋습니다. 몹시 안 좋아요.' 그는 말했지. 그는 한숨을 쉴 필요성은 느꼈지만, 계속해서 슬퍼하는 모습을 보이진 않았네. '우리가 커츠 씨를 위해 할 수 있는 일은 다 했습니다. 안 그런

가요? 하지만 커츠 씨가 회사에 이익보다는 피해를 주었다는 것은 숨길 수 없는 사실입니다. 커츠 씨는 정력적인 행동을 하기에는 아직 때가 무르익지 않았다는 사실을 깨닫지 못했어요. 조심스럽게, 조심스럽게. 그것이 바로 저의 원칙이죠. 우리는 아직은 조심해야만 해요. 이 지역은 한동안 우리에게 폐쇄됩니다. 개탄스러운 일이죠. 전반적으로 봐서 무역은 손해를 입을 겁니다. 상당한 양의 상아가 있다는 사실은 저도 부정하지 않겠어요. 하지만 그것들은 대부분 화석이죠. 어쨌든 우리는 그것을 구해야만 하는데, 하지만 상황이 얼마나 위태로운지 한번 보세요. 그리고 상황이 왜 그렇게 된 거죠? 방식이 불건전하기 때문입니다.' '지배인님은 그걸⋯⋯.' 내가 강기슭을 쳐다보며 말했지. "불건전한 방식'이라고 부르시는 겁니까?' '물론이죠.' 그가 흥분하며 외쳤어. '그럼 선장님께서는⋯⋯?' '그건 방식도 뭣도 아니지요.' 잠시 후 내가 중얼거렸지. '제 말이 그 말입니다.' 그는 의기양양해하며 말했어. '저는 일이 이렇게 될 줄 알았습니다. 판단력이 완전히 결여되어 있음을 보여주는 처사라고 할 수 있죠. 해당 부서에 그러한 사실을 알리는 것이 저의 의무입니다.' '아.' 나는 말했어. '그 친구, 이름이 뭐였더라? 그 벽돌공이 당신을 위해 읽기 재미난 보고서를 작성해줄 겁니다.' 그는 잠시 어리둥절해하더군. 나는 그렇게 불쾌한 분위기의 공기는 처음 들이마셔본 것 같았고, 그래서 위안을, 확실히 위안을 찾고자 커츠에게로 마음을 돌렸지. '그럼에도 저는 커츠 씨가 비범한 사람이라고 생각합니다.' 나는 힘주어 말했어. 그가 흠칫 놀라며 내게 심각한 시선을 던지더니 아주 조용한 목소리로 **'예전에는** 그랬죠' 하고 말하고는 내게서 등을 돌리더군. 그의 호의를 누리던 시절도 끝나버린 거지. 나는 아직 때가 무르익지 않은 방식의 신봉자로서 커츠와 한패로 몰리고 만 거야. 나는 불건전한 존재였던 걸세. 아, 하지만 그것은 적어도 악몽 가운데 고를 수 있는 것치고는 괜찮은 선택이었어.

사실 나는 커츠 씨가 아니라 야생 쪽으로 돌아섰던 셈인데, 솔직히 말해서 커츠 씨는 죽어서 파묻힌 존재나 다름없었으니 말일세. 그리고 잠시 나 또한 이루 말할 수 없는 비밀로 가득한 거대한 무덤에 파묻힌 것만 같더군. 축축한 대지의 냄새, 승리를 자랑하는 부패라는 보이지 않은 존재, 뚫고 들어갈 수 없는 밤의 어둠이 견딜 수 없는 무게로 나의 가슴을 짓누르는 기분이 들었지……. 그때 그 러시아인이 내 어깨를 툭 쳤어. 그가 말을 더듬으며 '동료 선원으로서…… 숨길 수가 없어서…… 커츠 씨의 명성에 영향을 끼칠 만한 사실을 알고 있는데' 하고 뭐라 뭐라 중얼거리더군. 나는 기다렸어. 아무래도 그에게 커츠 씨는 무덤에 파묻힌 존재가 아닌 모양이었지. 그에게 커츠 씨는 불사신 같은 존재가 아니었을까 싶어. '자.' 마침내 나는 말했네. '한번 말해보세요. 마침 저는, 어떤 의미에서는 커츠 씨의 친구이기도 하니까요.'

그는 우리가 '같은 직종'에 있지 않았더라면 결과야 어찌되든 그 사실을 혼자만 알고 있었을 거라는 말을 상당한 격식을 갖춰 내게 건넸어. 그는 '이곳 백인들이 자신에게 상당한 악감정을 품고 있는 게 아닌가' 하는 생각이 든다더군. '맞습니다.' 엿들었던 어떤 대화를 떠올리며 나는 말했어. '지배인은 당신을 교수형에 처해야 한다고 생각해요.' 그는 이 이야기를 듣고 걱정스러운 내색을 보였는데, 처음에는 그게 재미있더군. '저는 조용히 사라지는 편이 좋겠습니다.' 그가 진지하게 말했어. '저는 이제 커츠 씨를 위해 해줄 일이 없고, 그들은 곧 어떤 구실이든 꾸며낼 겁니다. 저들을 무슨 수로 막겠습니까? 여기서 480킬로미터 떨어진 곳에 군 주둔지가 있어요.' '그래요, 정말이지' 나는 말했어. '인근에 사는 야만인들 가운데 친구가 있다면 떠나는 게 좋을 것 같습니다.' '친구야 많죠.' 그는 말했어. '저들은 단순한 인간이에요. 그리고 아시다시피 저는 바라는 게 아무것도 없습니다.' 그는 입술을 깨물며 일어나더니 말을 이었어. '저는 이곳 백인들이 어떤 해도 입지 않길 바라고, 물론 커츠 씨의 명성도 생각하지 않을 수 없었는데, 하지만 선장님은 동료 선원이시고, 게다가……' '좋습니다.' 잠시 후 나는 말했지. '커츠 씨의 명성에 대해서는 저를 믿고 안심하셔도 좋습니다.' 그때 나는 내 말이 얼마나 진실된 것인지 알지 못했어.

그는 목소리를 낮추더니, 증기선을 공격하라는 명령을 내린 게 커츠였다고 내게 전했네. '그분은 때로 사람들이 자신을 데려갈 거라는 생각에 질색했는데, 그러고는 또……. 하지만 저는 이런 일들을 이해하지 못합니다. 저는 단순한 인간이에요. 그분은 그러면 당신들이 겁을 먹고 도망갈 거라고 생각했죠. 자신이 죽은 줄 알고 포기할 거라고 생각했어요. 저는 그분을 막을 수 없었습니다. 아, 지난달은 그 일로 정말 고생이 심했죠.' '알겠습니다.' 나는 말했어. '그는 이제 안전해요.' '그렇군요오오.' 보아하니 잘 못 믿겠다는 투로 그가 중얼거리더군. '고마워요. 눈을 계속 뜨고 잘 살펴야겠군요.' 나는 말했어. '하지만 입은 다물고 계시겠죠, 네?' 그가 불안해하며 나를 다그쳤어. '만약 이곳의 누군가가 알게 되기라도 하는 날이면 그분의 명성에 끔찍한…….' 나는 신중에 신중을 기하겠노라고 아주 진지하게 약속했네. '그리 멀지 않은 곳에서 흑인 친구 세 명이 키누 한 척을 대기시킨 채 저를 기다리고 있습니다. 저는 이제 떠나렵니다. 마티니헨리 소총 탄약통 몇 개만 주실 수 있을까요?' 그것은 가능한 일이었고, 그래서 나는 철저히 비밀리에 그의 부탁을 들어주었지. 그는 내게 윙크하며 내 담배 한 줌도 마음대로 집어 가더군. '같은 선원끼리니까요, 안 그렇습니까. 훌륭한 영국산 담배로군요.' 조타실 문간에서 그가 돌아섰어. '저, 혹시 남는 신발 한 켤레 있을까요?' 그가 한쪽 다리를 들어 올렸어. '보세요.' 신발 밑창을 매듭진 끈으로 맨발바닥에 묶어서 샌들처럼 만들어놓았더군. 나는 낡은 신발 한 켤레를 찾아냈고, 그는 그것을 감탄하며 쳐다보다가 왼쪽 겨드랑이에 끼워 넣었어. 그의 (선홍색) 주머니는 탄약통으로 불룩했고, 다른 쪽 (남색) 주머니에서는 타우슨의 《선박 조종술의 몇몇 요점에 관한 연구》 등등이 살짝 튀어나와 있었지. 그는 자신이 야생과 새로이 마주칠 채비를 아주 훌륭히 갖추었다고 생각하는 듯했어. '아! 그런 분은 다시는 절대, 절대 만날 수 없을 겁니다. 그분이 시를 낭독하는 걸 들으셨어야 하는데, 게다가 그분이 직접 쓴 시라고 하시더군요. 시 말이에요!' 그는 그때의 기쁨을 회상하며 눈을 굴렸어. '아, 그분은 저의 정신세계를 넓혀주셨습니다!' '안녕히 가십시오.' 나는 말했지. 그는 나와 악수를 나눈 후 밤 속으로 사라져버렸어. 때로 나는 내가 정말로 그를 본 것이 맞는지 자문하곤 한다네. 그런 경이로운 사람을 만나는 게 가능하기나 한 일이었는지 말일세……!

자정이 조금 지나 잠에서 깼을 때 그의 경고가 떠올랐는데, 별이 총총한 어둠 속에서 그것이 암시하는 위험이 너무 실감나게 다가오는 바람에 일어나 주위를 둘러볼 수밖에 없었지. 언덕 위로 커다란 모닥불이 타오르면서 사업장 건물의 굽은 모퉁이를 단속적으로 비추고 있었어. 중개상 한 명이 무장한 흑인 파수병 몇 명과 함께 상아를 지키고 있더군. 하지만 숲 속 깊은 곳에서는 땅에서 솟았다 꺼졌다 하는 듯한 붉은 불빛이 혼란스러워하는 새까만 기둥 모양의 형체들 사이에서 흔들리며, 커츠 씨의 숭배자들이 불안하게 밤샘 간호 중인 야영지의 위치를 정확히 알려주고 있었어. 단조로운 큰북 소리가 둔탁한 충격음과 여운을 남기는 진동음으로 대기를 가득 채웠지. 벌집에서 벌들이 윙윙거리는 소리처럼 여러 사람이 제각기 기이한 주문을 외우며 웅웅거리는 소리가 검고 평평한 벽 같은 숲에서 꾸준히 흘러나오며 비몽사몽인 나의 감각에 이상한 최면을 거는 듯했어. 나는 내가 난간에 기대어 졸고 있는 줄 알았는데, 그러다가 억눌려 있던 신비한 광란이 압도적으로 폭발하기라도 하듯 갑자기 여러 고함이 터져 나왔고, 잠에서 깬 나는 놀라서 어리둥절했지. 고함은 모두 동시에 갑자기 멎었고, 낮은 웅웅거림은 귀에 들리는 침묵으로 듣는 이의 마음을 달래주며 계속 이어지고 있었어. 나는 무심코 작은 오두막 안을 획 들여다보았네. 안에는 불이 밝혀져 있었지만 커츠 씨는 그곳에 없더군.

만일 내 눈을 그대로 믿었다면 나는 고함을 지르고 말았을걸세. 하지만 처음에는 내 눈을 믿지 않았지. 그것은 너무나도 불가능한 일처럼 보였으니까. 사실을 말하자면, 나는 완전히 불안해진 상태였네. 구체적인 물리적 위험과는 아무 상관이 없는 순전히 공허한 두려움, 완전히 추상적인 공포. 이 감정을 그토록 강렬하게 만든 것은, 어떻게 설명하면 좋을까, 내가 받은 정신적 충격이었는데, 그것은 마치 완전히 기괴하고 생각만 해도 견딜 수 없으며 영혼에 역겨움을 유발하는 무언가를 예기치 않게 불쑥 떠안게 된 것만 같은 기분이었지. 이러한 감정은 물론 고작 몇 분의 일 초밖에 지속되지 않았고, 그러고는 갑작스러운 맹습과 대학살 등이 임박했을 가능성, 즉 무서운 위험에 대한 평범하고도 흔한 감각이 분명 반갑게 찾아와 마음을 진정시켜주더군. 실은 그 감각이 내 마음을 얼마나 크게 달래주었던지 나는 위급함을 알리지도 않았어.

나에게서 1미터도 떨어지지 않은 곳에 한 중개상이 얼스터 외투를 입고 단추를 모두 채운 채 갑판 위 의자에 앉아 잠들어 있더군. 고함에도 잠에서 깨지 않은 그는 가볍게 코를 골고 있었지. 나는 그가 자도록 내버려둔 채 강기슭으로 뛰어내렸어. 나는 커츠 씨를 배반하지 않았네. 나는 그를 절대 배반하지 말라는 명을 받았어. 내가 선택한 악몽에 충성을 다해야 할 운명이었지. 나는 이 그림자 같은 경험을 혼자서만 감당하길 바랐어. 오늘날까지도 왜 내가 그 기이한 어둠 같은 경험을 누군가와 나누기를 그토록 조심했던 건지 모르겠군.

강기슭에 올라서자마자 누군가가 지나간 흔적이 보였어. 풀 사이로 지나간 널찍한 흔적이었지. 기뻐서 어쩔 줄 모르며 '그는 못 걷는구나. 두 손과 무릎으로 기어가고 있어. 이제 잡았군' 하고 혼자 중얼거렸던 일이 떠오르네. 풀은 이슬에 젖어 있었어. 나는 주먹을 꽉 쥔 채 빠르게 성큼성큼 걸었지. 그에게 덤벼들어 몽둥이로 세게 때려줄까 하는 막연한 생각을 했던 것 같아. 모르겠군. 그때 나는 아주 어리석은 생각들을 했었지. 고양이를 데리고 뜨개질하던 나이 든 여인이야말로 이런 사건의 동석자로 삼기에 가장 부적절한 사람이라는 생각도 났어. 윈체스터 라이플총을 엉덩이 쪽에 붙이고 허공에 탄환을 퍼붓던 순례자 무리도 떠오르더군. 증기선으로 절대 돌아가지 않겠다고 생각해보기도 하고, 무기도 없이 숲에서 늙을 때까지 혼자 사는 내 모습을 상상해보기도 했네. 있잖나, 그런 바보 같은 생각들을 해보았던 거지. 북소리와 내 심장이 뛰는 소리를 혼동하고는 그것의 규칙적이고 차분한 소리에 만족감을 느꼈던 일도 기억나는군.

그래도 계속 길을 따라가긴 했지. 그러다가 걸음을 멈추고는 귀를 기울였네. 아주 청명한 밤이었어. 이슬과 별빛으로 반짝이는 검푸른 공간 속에 검은 형체들이 꼼짝도 하지 않고 서 있더군. 내 앞에서 어떤 움직임이 보이는 것 같았어. 이상하게도 그날 밤은 모든 일에 자신만만한 기분이었지. 나는 실제로 길을 벗어나 넓은 반원을 그리며 달리면서(분명 그때 나는 혼자서 낄낄거렸을 거야) 내가 본, 정말로 내가 무언가를 본 게 맞다면, 그 뒤척임 혹은 움직임을 앞지르려 했어. 나는 아이들이 하는 놀이처럼 커츠를 둘러 가고 있었던 걸세.

나는 그와 우연히 마주쳤는데, 만일 내가 다가가는 소리를 그가 듣지 못했다면 그에게 걸려 넘어지고 말았겠지만, 그는 제때 일어났다. 대지가 뿜어낸 수증기처럼 불안정하고 길고 흐릿하고 희미하게 일어난 그는 내 앞에서 조용한 안개처럼 살짝 흔들렸고, 그러는 동안 내 뒤의 나무들 사이로 불빛이 어렴풋이 나타나더니 숲에서 여러 사람의 중얼거림이 들려왔어. 나는 그를 교묘하게 가로막고 있었지만, 실제로 그와 맞서고서야 비로소 정신이 드는 듯했네. 나는 내가 얼마나 큰 위험에 처했는지를 깨달았지. 위험은 결코 끝난 게 아니었어. 만약 그가 고함이라도 지른다면? 그는 제대로 서 있지도 못했지만, 그의 목소리는 여전히 활력이 넘쳤지. '저리 가. 숨으라고.' 그가 예의 그 깊은 음성으로 말했어. 정말 무시무시하더군. 나는 뒤를 힐끗 돌아보았네. 우리는 가장 가까운 모닥불에서 27미터도 떨어져 있지 않았지. 한 검은 형체가 일어나더니 길고 검은 팔을 흔들고 길고 검은 다리를 성큼성큼 내디디며 불빛을 가로질러 갔어. 머리에는 아마도 영양의 것인 듯한 뿔이 달려 있더군. 마법사나 주술사가 분명했는데, 딱 악마처럼 보였지. '당신이 지금 무슨 짓을 하고 있는지 알고나 있습니까?' 나는 속삭였어. '물론이오.' 그는 그 한마디를 하기 위해 목소리를 높이며 대답했어. 멀리서 들려오는 듯하면서도 커다란 그 목소리는 확성기를 통하는 외침 같더군. 만일 그가 소동이라도 일으키면 우리는 모두 끝장이라는 생각이 들었어. 그 그림자 같은 존재, 고통받으며 떠도는 존재를 때리려니 드는 당연한 반감은 차치하고라도, 이것은 분명 주먹다짐으로 해결할 일이 아니었지. '당신은 파멸하고 말 겁니다.' 나는 말했어. '완전히 파멸하고 말 거라고요.' 왜, 때로 번뜩이는 영감 같은 게 찾아올 때가 있잖나. 나는 옳은 말을 했던 셈인데, 물론 그 시점에, 우리의, 앞으로 지속될, 심지어 끝까지 지속될, 끝나고 나서도 지속될 친밀함의 주춧돌이 놓이던 바로 그때 그는 이미 더는 되돌릴 수 없는 상태가 되어 있긴 했지만 말일세.

'내게는 원대한 계획이 있었소.' 그가 우유부단하게 중얼거리더군. '압니다.' 나는 말했어. '하지만 당신이 고함이라도 지르려 하면 당신의 머리를 이걸로……' 주변에는 막대기나 돌멩이 하나 없더군. '당신의 목을 졸라 죽여버릴 겁니다.' 나는 말을 정정했지. '이제 막 위대한 일을 이루려던 찰나였는데.' 내 피가 싸늘히 식는 듯한 기분이 들게 하는 아쉬움과 갈망이 담긴 목소리로 그가 호소했어. '그런데 그 멍청한 악당 녀석 때문에……' '유럽에서 당신의 성공은 어쨌든 보장되어 있습니다.' 나는 침착하게 단언했지. 자네들도 알다시피 나는 그의 목을 조르고 싶지 않았네. 그래봤자 사실상 거의 아무런 소득도 얻지 못했을 테고. 나는 그 마력을 깨뜨려보려 애썼어. 망각된 난폭한 본능을 일깨우고 충족된 괴물 같은 열정의 기억을 되살림으로써 그를 그 냉혹한 가슴으로 끌어들이는 듯한 그 마력을 말일세. 그를 숲의 가장자리로, 덤불로, 어슴푸레 빛나는 모닥불로, 고동치는 북소리로, 기이한 주문의 웅얼거림으로 내몬 것은 오직 그 마력이었다고 나는 확신했지. 그의 불법적인 영혼을 구슬려 허용된 꿈의 경계를 넘어서게

한 것이 바로 그 마력이었다고 말이야. 그리고 내가 처한 상황이 공포스러웠던 것은 머리를 맞고 죽을지도 몰라서가 아니라, 물론 그런 위험도 아주 생생히 느끼긴 했지만, 내가 이 세상 그 어떤 고귀한 혹은 저급한 존재의 이름으로도 호소할 수 없었던 대상을 상대해야 했기 때문이라네, 알겠나. 나도 그 검둥이들처럼 그에게, 그 자신에게 그의 고귀하고도 터무니없는 타락을 환기시켜야만 했어. 그에게는 자신의 위아래로 아무것도 없었지. 그리고 나는 그렇다는 걸 알고 있었네. 그는 세상을 걷어차고 스스로 자유의 몸이 되었던 거야. 망할 인간 같으니라고! 그는 세상을 걷어차서 산산조각 내버렸던 거지. 그는 혼자였네. 그리고 그의 앞에서 나는 나 자신이 땅에 서 있는지 허공에 떠 있는지조차 알 수 없었어. 나는 자네들에게 우리가 한 말을, 우리가 입 밖에 낸 표현을 반복하며 들려주고 있지만, 그래봤자 무슨 소용이겠나? 그것은 흔하고 일상적인 말이었어. 우리가 매일 깨어 있는 동안 나누는 익숙하고 모호한 소리였지. 하지만 그게 무슨 소용이란 말인가? 내 생각에 그 말의 이면에는 꿈속에서 들리는 말과 악몽 속에서 말해진 표현 특유의 끔찍한 암시가 숨어 있었어. 영혼! 만일 이 세상에서 영혼과 싸워본 사람이 있다고 한다면, 내가 바로 그 사람일세. 그리고 나는 미치광이와 다툰 것도 아니었지. 믿거나 말거나지만 그의 지성은 완전히 또렷했어. 사실 끔찍할 만큼 자신에게만 고도로 집중되어 있긴 했지만, 그

래도 또렷했고, 나에게는 그 사실만이 유일하게 기댈 구석이
었지. 물론 그때 그 자리에서 그를 죽이는 것을 제외하면 그
랬다는 것인데, 그러면 시끄러운 소리를 피할 수 없었을 테니
그리 좋은 방법이 아니었지. 하지만 그의 영혼은 미쳐 있었다
네. 야생 속에 혼자 있다보니 그 영혼은 자기 내면만을 바라
보았고, 세상에! 결국 미쳐버리고 말았던 거야. 나도, 내가 지
은 죄 때문이겠지만, 그 영혼을 들여다보는 시련을 겪어야만
했지. 그 어떤 웅변도 그가 마지막으로 내뱉은 진실된 외침처
럼 인류에 대한 우리의 신념을 시들게 하지는 못했을 걸세.
그도 자기 자신과 싸웠지. 나는 그것을 보았어. 듣기도 했고.
자제력도, 믿음도, 두려움도 모르면서 자신과 무턱대고 싸우
는 영혼의 믿을 수 없는 신비를 나는 보았네. 나는 용케도 냉
정을 잃지 않았지만, 마침내 그를 침상에 눕히고 이마에 흐르
는 땀을 닦았을 때는 등에 반 토짜리 짐을 지고 언덕을 내려
오기라도 한 것처럼 두 다리가 후들거리더군. 하지만 사실 나
는 앙상한 팔로 내 목을 꽉 껴안은 그를 부축했을 뿐이었지.
그리고 그는 아이처럼 가벼웠다네.

　이튿날 정오에 우리가 떠날 때, 내가 줄곧 몹시 의식하고
있던 나무들의 장막 뒤의 무리가 다시 숲 밖으로 흘러나와
빈터를 메우더니, 벌거벗은 채 숨 쉬면서 가볍게 몸을 떠는
청동빛 육신들이 경사면을 뒤덮었지. 상류 쪽으로 조금 올라
가다가 방향을 틀어 하류 쪽으로 내려가자, 끔찍한 꼬리로 물

을 때리고 검은 연기를 공중으로 뿜어내며 첨벙거리고 쿵쿵거리는 사나운 강의 악마를 이천 개나 되는 눈이 좇더군. 강을 따라 늘어선 첫 열 맨 앞에서는 머리끝에서 발끝까지 선홍색 흙을 바른 세 남자가 가만히 있지 못하고 이리저리 활보하고 있었어. 우리와 그들이 다시 나란해지자, 그들은 강을 향한 채 발을 구르고 뿔 달린 머리를 끄덕이며 진홍색 몸을 흔들어댔지. 그들은 사나운 강의 악마를 향해 검은 깃털 한 뭉치와 꼬리가 매달린 지저분한 동물 가죽, 그러니까 말린 조롱박처럼 보이는 무엇을 흔들어댔고, 인간의 언어에 속한 소리를 전혀 닮지 않은 일련의 놀라운 말을 주기적으로 외쳐댔는데, 그때마다 갑자기 중단된 무리의 깊은 중얼거림은 어떤 악마적 호칭기도에 대한 응창● 같더군.

우리는 커츠를 조타실로 옮겼어. 그곳이 통풍이 더 잘됐으니까. 침상에 누운 커츠는 열린 덧문을 통해 바깥을 응시했네. 모여 있는 몸뚱이들 사이에서 소용돌이가 일더니, 투구 모양 머리에 황갈색 뺨을 한 여자가 흐르는 물 가장자리까지 뛰쳐나오더군. 그녀가 양손을 내밀며 뭐라고 외치자 사나운 군중 전체가 그 외침을 받아 분명하고 재빠르고 숨 가쁘게 말을 뱉어내며 아우성치듯 합창했어.

'저 말이 무슨 뜻인지 아십니까?' 나는 물었지.

● 사제가 부르는 노래에 응해서 성가대나 신자들이 부르는 노래.

그는 아쉬움과 증오가 뒤섞인 표정을 지으며 간절히 불타오르는 듯한 눈으로 내 너머를 내다보았네. 그는 아무런 대답도 하지 않았지만, 몹시 창백한 그의 입술에 미소가, 뭐라 설명할 수 없는 의미를 담은 미소가 떠오르는 것이 보였고, 잠시 후 그 입술은 발작적으로 씰룩거리더군. '모를 리 있겠소?' 그는 헐떡거리며 천천히 대답했는데, 마치 초자연적 힘이 그에게서 잡아 찢어 내놓은 듯한 대답이었지.

나는 기적의 손잡이 줄을 당겼는데, 그렇게 한 까닭은 갑판 위의 순례자들이 즐거운 장난을 쳐보고 싶어 하는 듯한 분위기를 풍기며 라이플총을 꺼냈기 때문이야. 갑자기 날카로운 기적이 울리자 빽빽이 모여 있는 몸뚱이들 사이에서 절망적인 공포로 인한 동요가 일더군. '안 돼요! 겁을 주어 쫓아버리지 마세요.' 갑판 위의 누군가가 서글픈 목소리로 외쳤어. 나는 손잡이 줄을 연거푸 당겼지. 그들은 흩어지며 도망쳤고, 펄쩍 뛰었고, 쭈그리고 앉았으며, 날아오는 소리의 공포로부터 몸을 홱 피했어. 몸을 붉게 칠한 세 녀석은 총에 맞아 죽기라도 한 것처럼 강기슭에서 앞으로 엎어져 있더군. 오직 그 야만적이고도 당당한 여자만이 전혀 움찔하지 않은 채 침울하게 반짝이는 강 위로 헐벗은 양팔을 비극적으로 뻗어 우리를 잡으려 했지.

그러고는 아래쪽 갑판에 있던 그 저능한 무리가 재미로 총질을 시작했고, 연기 때문에 더 이상 아무것도 보이지 않았네.

어둠의 심장부에서 재빨리 흘러나오는 갈색 강물은 상류로 올라왔을 때의 두 배나 되는 속도로 우리를 바다로 데려갔지. 커츠의 생명도 그의 심장에서 재빨리 빠져나와 거침없는 시간의 바닷속으로 흘러가고 있었어. 지배인은 몹시 차분하더군. 이제 심각한 걱정거리가 사라졌으니 말일세. 그는 포용적이고 만족스러운 시선으로 우리 둘을 쳐다보았어. 그 '일'이 더할 나위 없이 잘 마무리되었던 것이지. 나는 '불건전한 방식'을 따르는 패거리 중 혼자 남겨지게 될 때가 다가오고 있음을 느꼈어. 순례자들은 내게 탐탁지 않은 시선을 보냈지. 말하자면 나는 죽은 거나 다름없는 사람이었던 걸세. 이 비열하고 탐욕스러운 환영들이 침략한 어두운 땅에서 내게 강요된 이 악몽의 선택을, 이 뜻밖의 동반자 관계를 내가 어쩌다 받아들이게 된 것인지, 정말 이상한 일이야.

커츠가 연설을 펼치더군. 그 목소리! 목소리! 그것은 최후의 순간까지 깊이 울려 퍼졌어. 그 목소리는 커츠의 마음속에 간직된 황량한 어둠을 그 말재주의 장려한 주름 속에 숨길 수 있게 힘을 아끼고 있었던 거야. 아, 그는 몸부림치고 또 몸부림쳤어. 그의 피로한 두뇌의 황무지에는 이제 그림자 같은 이미지들, 그의 꺼지지 않는 고귀하고 고결한 표현력 주위를 아부하듯 도는 부와 명예의 이미지들만 출몰했지. 나의 약혼자, 나의 사업장, 나의 경력, 나의 생각…… 이런 것들이 그가 이따금 감정이 고조될 때 이야기한 주제였어. 변하기 전

커츠의 그림자가 원시적인 대지의 부식토에 곧 파묻힐 운명인 공허한 가짜의 침대 머리맡을 종종 방문했던 거지. 하지만 그 그림자가 뚫고 들어간 신비의 악마적인 사랑과 비현실적인 증오, 이 둘은 원시적 감정을 만끽하고 거짓된 명성과 가짜 탁월함과 죄다 겉치레에 불과한 성공과 권력에 탐닉한 그 영혼을 차지하려고 싸움을 벌였다네.

가끔 그는 경멸스러울 만큼 유치하게 굴었어. 자신이 위대한 일을 완수하러 떠난 어느 무시무시한 미지의 장소에서 귀환할 때 왕들이 자신을 마중하러 기차역으로 나오길 바라더군. '당신에게 정말로 이익이 될 만한 무언가가 있음을 그들에게 보여주시오. 그러면 당신의 능력은 무한히 인정받게 될 거요' 하고 그는 말하곤 했어. '물론 동기에도 신경을 써야만 하오. 그것은 늘 옳은 동기여야만 하지.' 서로 엇비슷한 긴 직선 수로와 서로 완전히 똑같은 단조로운 강굽이가 증기선과 수많은 고목을 미끄러지듯 지나갔는데, 그 고목들은 또 다른 세상에서 온 그 더러운 파편, 그러니까 변화와 정복과 무역과 학살과 축복의 선구자를 끈기 있게 눈으로 좇고 있더군. 나는 전방을 바라보았지. 배를 조종하면서. '덧문을 닫아주시오.' 어느 날 갑자기 커츠가 말했어. '이것들을 차마 봐줄 수가 없군.' 나는 그렇게 해주었어. 침묵이 흘렀지. '아, 하지만 내가 너의 가슴을 찢어놓고야 말리라!' 그가 보이지 않는 야생을 향해 외쳤어.

배는 예상했던 대로 고장 났고, 그래서 우리는 수리를 위해 섬 어귀에 정박해야 했네. 이러한 지체 때문에 커츠의 자신감은 처음으로 흔들리고 말았지. 어느 날 아침 그는 서류와 사진 꾸러미, 신발 끈으로 묶어놓은 뭉치를 내게 건네더군. '나를 위해 이걸 좀 보관해주시오.' 그는 말했어. '저 고약한 멍청이가(지배인을 두고 하는 말이었어) 내가 안 보는 사이에 내 상자를 뒤져볼 수도 있으니까.' 그날 오후에 나는 그를 보았네. 그가 똑바로 누워서 눈을 감고 있기에 조용히 선실을 빠져나왔는데, 그가 '올바르게 살다 죽어라, 죽어라……' 하고 중얼거리는 소리가 들려왔어. 나는 귀를 기울였지. 더 이상 아무 말도 들려오지 않더군. 잠결에 어떤 연설의 예행연습을 하고 있었던 걸까, 아니면 어떤 신문 기사에 실린 구절의 일부였던 걸까? 그는 신문에 기고한 적이 있었고 다시 그럴 작정이었는데, 그 이유는 '나의 사상을 퍼뜨리기 위해서, 그것은 하나의 의무'이기 때문이었지.

그의 어둠은 뚫고 들어갈 수 없는 종류의 것이었어. 나는 햇빛이 절대로 들지 않는 낭떠러지 바닥에 누워 있는 사람을 유심히 내려다보듯 그를 바라보았네. 하지만 그에게 쏟을 시간이 그리 많지는 않았는데, 기관사를 도와서 구멍이 난 실린더를 분해하고 구부러진 연결봉을 펴는 등의 잡무를 처리해야 했거든. 나는 녹, 줄밥, 너트, 볼트, 스패너, 망치, 톱니 나사 송곳…… 말하자면 도저히 친하게 지낼 수 없어 아주 질색인 것들이 난무하는 지옥 같은 곳에서 살고 있었어. 나는 운 좋게 배에 설치한 작은 대장간을 맡았고, 그래서 형편없는 고철더미 속에서, 서 있기 힘들 만큼 몸이 떨리지 않는 한 힘들게 일했지.

어느 날 저녁 나는 초를 들고 들어가다 그가 살짝 떨리는 목소리로 '나는 여기 어둠 속에 누워 죽음을 기다리고 있다'라고 말하는 걸 듣고는 깜짝 놀랐네. 촛불은 그의 눈에서 30센티미터도 떨어져 있지 않았지. 나는 억지로 '아, 말도 안 되는 소리 마세요!' 하고 중얼거리고는 그의 옆에 얼어붙은 듯이 서서 그를 지켜보았어.

그의 얼굴에 나타난 변화에 필적할 만한 것을 나는 이전에 한 번도 본 적이 없었고, 앞으로도 다시는 보지 않게 되길 바라네. 아, 나는 감동을 받은 게 아니었어. 매료되었지. 마치 베일이 찢겨 나간 것만 같더군. 나는 그 상아 같은 얼굴에 나타난 침울한 자부심과 무자비한 힘과 비겁한 두려움, 즉 강렬하고 끔찍한 절망을 보았어. 완전한 깨달음에 이른 그 지고의 순간에 그는 자신이 경험한 욕망과 유혹과 굴복의 모든 순간을 다시 경험하고 있었던 걸까? 그는 어떤 이미지, 어떤 환영을 향해 속삭이듯 외쳤어. 두 번 외쳤는데, 숨결 정도에 지나지 않는 외침이었지.

'끔찍하구나! 끔찍해!'

나는 촛불을 불어 끄고 선실에서 나왔어. 순례자들은 식당에서 식사 중이었고, 내가 지배인 맞은편에 앉자 그는 눈을 치켜뜨며 캐묻는 듯한 시선을 던졌는데, 나는 그것을 용케 무시했지. 그는 자신의 드러내지 않는 깊은 비열함을 봉인하는 듯한 특유의 미소를 지으며 평온히 몸을 뒤로 기대더군. 작은 파리 떼가 램프 위로, 식탁보 위로, 우리의 손과 얼굴 위로 끊임없이 쏟아지듯 날아들었어. 갑자기 지배인의 사환이 무례한 검은 머리를 문간에서 들이밀더니 신랄한 경멸이 담긴 어조로 말했지.

'미스터 커츠, 죽었어요.'

순례자들은 모두 그 광경을 보러 밖으로 뛰쳐나갔어. 나는 자리에 남아 식사를 계속했지. 아마 다들 나를 인정사정없는 냉혈한으로 여겼을 거야. 하지만 나는 별로 많이 먹지도 않았다네. 그곳에는 램프가 하나 있었고, 불빛이 있었단 말일세. 바깥은 아주 끔찍할 만큼, 지독할 만큼 어두웠지. 이 지상에서 자신의 영혼이 감행한 모험에 판결을 내린 그 비범한 남자의 곁에 나는 더 이상 가까이 가지 않았어. 목소리는 사라졌네. 그것 말고 뭐가 있기나 했던가? 물론 이튿날 순례자들이 진흙 구덩이에 무언가를 파묻긴 했다는 것은 나도 알지만 말일세.

그러고서 그들은 거의 나까지 파묻어버릴 뻔했지.

하지만 보다시피 나는 그때 그곳에서 커츠와 운명을 같이하지는 않았어. 그러지 않았지. 나는 살아남아서 끝까지 그 악몽을 꾸고, 다시 한번 커츠에 대한 나의 충성을 보이고 있어. 운명이지. 내 운명이야! 인생이란 얼마나 우스꽝스러운 것인지. 그것은 하찮은 목적을 위해 무정한 논리를 불가사의하게 배열해놓은 것일 뿐. 인생에서 우리가 기껏 바랄 수 있는 것이라고는 자신에 대한, 너무 늦게 얻게 되는, 얼마간의 지식과 지울 수 없는 일련의 후회뿐이라네. 나는 죽음과 씨름했어. 그것은 더없이 따분한 시합이지. 발아래와 주변에 아무것도 없이, 관중이나 환호성이나 영광도 없이, 승리에 대한 커다란 욕망이나 패배에 대한 커다란 두려움도 없이, 미지근한 회의주의적 분위기 속에서 자기 자신의 권리에 대한 믿음도 별로 없고 대적자의 권리에 대한 믿음은 더더욱 없이, 실체가 없는 잿빛 지대에서 치러지는 시합이야. 만일 궁극적 지혜가 그런 형태로 찾아오는 것이라면, 인생은 우리 중 몇몇이 생각하는 것보다 훨씬 더 큰 수수께끼인 셈이지. 나는 하마터면 판결을 내릴 마지막 기회를 얻을 뻔했지만, 어쩌면 내게 아무런 할 말도 없을지 모른다는 사실을 깨닫고는 굴욕감을 느꼈네. 커츠가 비범한 사람이었다고 내가 단언하는 것은 바로 이 때문일세. 그에게는 무언가 할 말이 있었거든. 그는 그것을 말했네. 내 스스로 삶의 가장자리 너머를 슬쩍 들여다본 이후로, 촛불의 불꽃은 볼 수 없어도 온 우주를 아우를 만큼 광대하고 어둠 속에서 뛰는 모든 심장을 꿰뚫어 볼 수 있을 만큼 날카로운 그의 시선이 지닌 의미를 나는 더 잘 이해할 수 있게 되었어. 그는 한마디로 요약했지. 판결을 내렸어. '끔찍하구나!' 그는 비범한 사람이었네. 어쨌든 그것은 어떤 신념의 표현이었지. 그것에는 솔직함과 확신이 담겨 있었고, 그 속삭임에는 떨리는 반항적 어조가 담겨 있었으며, 그것은 언뜻 보이는 진리의 무시무시한, 욕망과 증오가 기이하게 뒤섞인 얼굴을 하고 있었어. 그리고 내 기억에 가장 남는 것이 나 자신의 극한 상황은 아니었는데, 그것은 그야말로 육체적 고통과, 심지어 그 고통 자체를 포함한 모든 것의 덧없음에 대한 경솔한 경멸로 가득한 무형의 잿빛 환영일 뿐이었으니까. 그래, 내가 겪은 것은 그의 극한 상황이었던 것 같네. 맞아, 그는 마지막으로 성큼성큼 걸어 삶의 가장자리를 넘어간 한편, 나는 주저하다가 뒷걸음칠 기회를 얻고 말았던 거지. 그리고 어쩌면 여기서 모든 차이가 생겨났는지도 몰라. 어쩌면 우리가 보이지 않는 세계의 문턱을 넘어서는 그 감시할 수 없는 순간에 모든 지혜와 모든 진실과 모든 진심이 집약되어 있는지도 모르지. 어쩌면. 내가 했을지도 모를 요약이 경솔한 경멸의 말은 아니었을 거라고 믿고 싶어. 그보다는 그의 외침이 낫지. 훨씬 낫고말고. 그것은 긍정의 외침이자 무수한 패배와 지독한 두려움과 지독한 만족을 대가로 얻어낸 정신적 승리였으니 말일세. 그래도 승리는 승리였지. 바로 그 때문에 나는 마지막까지, 그리고 더 나아가 한참 후에 그 자신의 목소리가 아니라 수정으로 이루어진 절벽처럼 반투명하고 순수한 영혼으로부터 내게 메아리친 장엄한 웅변을 다시 한번 들었을 때까지도 커츠에게 충성을 다하고 있는 거야.

아니, 그들은 나를 파묻지 않았는데, 물론 희망도 욕망도 없는 어떤 상상도 못 할 세계로 가는 통로 같은 시기가 있었다는 기억이 몸서리나는 놀라움과 함께 흐릿하게 떠오르긴 하네. 무덤 같은 도시로 돌아온 나는 서로에게서 약간의 돈을 슬쩍 훔치고, 저질 음식을 게걸스레 삼키고, 해로운 맥주를 벌컥벌컥 들이켜고, 하찮고 어리석은 꿈을 꾸느라 거리를 급히 오가는 사람들의 모습에 분개하는 나 자신을 발견했지. 그들은 나의 머릿속에 마구 침입했어. 그 침입자들이 지닌 삶의 지식은 내게 거슬리는 가식일 뿐이었는데, 왜냐하면 내가 아는 것을 그들이 알 리가 없다는 확신이 들었거든. 완벽히 안전하다고 확신하는 가운데 자기 할 일을 해나가는 흔한 개인의 태도에 불과한 그들의 태도는 이해할 수 없는 위험에 직면한 상황에서 어리석음을 터무니없이 과시하기라도 하는 것처럼 불쾌하게 느껴지더군. 그들을 계몽하고자 하는 특별한 욕망은 없었지만, 멍청한 오만함으로 가득한 그들의 면전에서 웃음을 참기란 그리 쉽지 않았네. 아마도 나는 당시에 상태가 그리 좋지 않았을 거야. 나는 이런저런 일들을 해결하느라 거리를 비틀비틀 걸어 다니며 완벽히 점잖은 사람들에게 쓴웃음을 지어 보였지. 나의 이런 행동이 용납될 수 없는 것임은 나도 인정하지만, 당시 나의 체온은 정상일 때가 거의 없었네. '나의 기력을 북돋아주려는' 나의 다정한 아주머니의 노력은 완전히 번지수를 잘못 짚은 듯했지. 내게 필요한 것은 기력을 북돋아주는 일이 아니라 상상력을 달래주는 일이었거든. 나는 커츠가 준 서류 꾸러미를 어떻게 해야 좋을지 몰라 그냥 계속 들고 있었어. 그의 어머니가 최근에 돌아가셨는데, 듣기로는 그의 약혼자가 임종을 지켰다고 하더군. 어느 날 깨끗하게 면도하고 금테 안경을 쓴 남자가 공무원 같은 태도로 나를 찾아와서는 자신이 기꺼이 어떤 '문서'라고 부른 것에 대해 처음에는 완곡하게, 나중에는 점잖게 압박하며 질문을 던졌어. 나는 놀라지 않았는데, 왜냐하면 전에 그곳에서 이미 그 문제로 지배인과 두 차례 다툰 적이 있었거든. 나는 그 꾸러미에서 아주 작은 조각조차 내주길 거부했었고, 그 안경을 쓴 남자에게도 똑같은 태도를 취했다네. 그는 마침내 살짝 위협적으로 바뀌더니 매우 열을 올리며 회사는 '딤딩 구역'의 모든 정보에 대한 권리를 지닌다고 주장하더군. 그러고는 말했어. '미개척지에 대한 커츠 씨의 지식은 분명 필연적으로 방대하고 독특했을 겁니다. 그의 대단한 능력과 그가 처했던 개탄스러운 상황 덕분에 말이죠. 그러니……' 나는 커츠 씨의 지식이 아무리 방대하더라도 무역이나 행정의 문제와는 무관했다고 장담했어. 그러자 그는 과학의 이름을 들먹이더군. '그것은 막대한 손실일 겁니다. 만일……' 어쩌고저쩌고하면서 말이지. 나는 '야만 풍습 억제'에 대한 보고서를 추신 부분만 찢어버린 채 그에게 건넸어. 그는 안달하며 그것을 받아 들더니 결국 경멸 어린 콧방귀만 뀌고 말더군. '이건 우리가 응당 기대했던 그런 문서가 아니로군요.' 그는 말했어. '그 외에는 기대할 것도 없소.' 나는 말했지. '전부 사적인 서신일 뿐이니 말이오.' 그는 법적 조치를 취하겠다는 협박을 남기며 물러났는데, 그 후로는 두 번 다시 보지 못했네. 그런데 이틀 뒤에 자칭 커츠의 사촌이라는 또 다른 친구가 나타나서는 자신의 친애하는 친척의 마지막 순간에 대해 상세히 듣길 간절히 바라더군. 그러는 와중에 커츠가 본래 위대한 음악가였다는 이야기를 우연히 듣게 되었지. '엄청난 성공을 거둘 만큼의 소질이 있었지요.' 그 남자는 말했는데, 기름에 찌든 외투 옷깃 위로 길고 부드러운 잿빛 머리카락을 늘어뜨린 것으로 보아 오르간 연주자인 것 같았어. 그의 말을 의심할 이유는 없었지만, 지금까지도 나는 커츠의 직업이 무엇이었는지, 그에게 직업이 있기나 했는지, 무엇이 그의 가장 큰 재능이었는지 모르겠네. 나는 커츠를 신문에 기고하는 화가나 그림을 그릴 줄 아는 기자로 여겼는데, 심지어 (대화 도중 코담배를 들이마시던) 그 사촌도 커츠의 직업이 정확히 무엇이었는지 말해주지 못하더군. 그는 만능 천재였다고 했어. 그 점에서는 나도 그 영감의 말에 동의했는데, 그러자 그는 커다란 무명 손수건으로 요란하게 코를 풀고는 별로 중요하지 않은 몇몇 가족 서신과 비망록을 들고서 노인 특유의 불안한 내색을 보이며 물러났지. 마지막으로 자신의 '친애하는 동료'가 어떤 운명을 맞이했는지 간절히 알고 싶어 하는 기자가 찾아왔네. 이 방문객은 커츠가 마땅히 '대중의 편에 선' 정치 영역에서 활동했어야 했다고 내게 말했지. 숱 많은 일자 눈썹에 뻣뻣한 머리를 아주 짧게 깎은 그는 널따란 띠가 달린 안경을 끼고 있었는데, 일단 마음을 열자 실은 커츠가 글을 전혀 잘 쓰지 못했다는 의견을 털어놓더군. '하지만 맙소사! 말은 어찌나 잘하던지요. 그는 대규모의 군중을 열광시켰습니다. 그에게는 신념이 있었어요. 모르시겠습니까? 그에게는 신념이 있었죠. 그는 무엇이든 믿을 줄 알았습니다. 무엇이든 말이에요. 그는 극단주의적 정당의 훌륭한 지도자가 될 수도 있었을 겁니다.' '어떤 정당이요?' 나는 물었어. '어떤 정당이든지요.' 그가 대답했지. '그는 어, 어, 극단주의자였죠.' 동의하느냐고? 물론 동의한다고 했지. 그가 갑자기 번득이는 호기심을 보이더니 '그를 그곳으로 가도록 한 게 무엇이었는지 아십니까?' 하고 묻더군. 나는 '알죠' 하고 대답하고는 곧장 그에게 그 유명한 보고서를 건네주며 출간에 적합하다고 생각되면 그렇게 하라고 말해주었어. 그는 줄곧 중얼거리며 그것을 급히 휙휙 넘겨보더니 '적합하다'고 판단하고는 그 약탈품을 들고 서둘러 떠나버렸네.

이리하여 마침내 내게는 얇은 편지 꾸러미와 여자의 사진만 남게 되었지. 그녀는 아름답다는 인상을 주더군. 내 말은 그녀의 표정이 아름다웠다는 뜻일세. 햇빛이 거짓을 낳을 수도 있다는 사실은 나도 알지만, 빛과 자세를 아무리 조작해도 그 이목구비에 진실의 연한 색조가 스미게 할 수는 없었을 거야. 그녀는 뭔가 숨기거나 의심하거나 제멋대로 판단하는 일 없이 귀를 기울여줄 준비가 된 사람처럼 보였네. 나는 그녀를 찾아가서 그녀의 사진과 그 편지들을 직접 돌려줘야겠다고 결심했지. 호기심 때문이었느냐고? 그래, 어쩌면 다른 감정들도 끼어들었는지 모르지. 커츠의 것이었던 모든 게 내 손에서 빠져나가버렸네. 그의 영혼, 그의 육신, 그의 사업장, 그의 계획, 그의 상아, 그의 경력까지. 남은 것은 그에 대한 기억과 그의 약혼자뿐이었어. 그리고 어떤 의미에서 나는 그것마저도 과거에 넘겨주고 싶었지. 그와 관련해서 내게 남겨진 모든 것을 우리가 공동으로 맞이할 운명의 마지막 단어인 망각에 직접 넘겨주고 싶었어. 지금 내가 나를 변호하려는 것은 아닐세. 내가 정말로 원하는 게 무엇인지는 나도 정확히 알 수 없었어. 어쩌면 그것은 무의식적인 충성심이 불러일으킨 충동적 행위였거나, 인간 존재라는 실상에 도사리고 있는 역설적인 필연성의 실현이었는지도 모르지. 나도 모르겠네. 알 수가 없어. 어쨌든 나는 찾아갔지.

나는 커츠에 대한 기억도 다른 모두의 인생에 쌓이는 죽은 자들에 대한 기억과 다를 바 없다고 생각했어. 그림자들이 재빨리 마지막 통로를 지나며 그들의 뇌리에 남긴 희미한 인상

같은 거라고 말이지. 하지만 관리가 잘된 묘지의 오솔길처럼 고요하고 품위 있는 거리의 높은 집들 사이에 있는 높고 육중한 문 앞에서, 나는 그의 환영이 들것에 실린 채 모든 대지와 인류 전체를 집어삼키기라도 할 것처럼 게걸스럽게 입을 벌리고 있는 모습을 보았다네. 그때 그는 내 앞에서 살아 있었는데, 그 어느 때보다도 더 살아 있었지. 화려한 외관과 두려운 현실에 만족할 줄 모르는 그림자의 모습, 밤의 그림자보다 더 어두우며 멋진 웅변의 주름진 천을 고상하게 두른 그림자의 모습으로. 그 환영은 나와 함께 집으로 들어가는 듯했어…… 들것, 들것을 든 유령들, 순종적인 숭배자들로 이루어진 야생의 무리, 숲의 어둠, 흐린 강굽이 사이에 있는 직선 수로의 반짝임, 정복자 어둠의 심장박동처럼 규칙적이고 둔탁한 북소리 등도 함께. 그것은 야생으로서는 승리의 순간이자 복수심에 불타는 침략적 돌진이어서, 나로서는 또 다른 영혼을 구원하기 위해 혼자서라도 그것을 저지해야만 할 것처럼 보였지. 그리고 그 먼 곳의 인내심 있는 숲속에서 모닥불이 은은히 타오르고 내 뒤에서는 뿔 달린 형체들이 움직이는 가운데 들었던 그의 말이, 그 띄엄띄엄 들었던 표현이 떠올랐는데, 다시 들려온 그 단순한 말은 불길하고도 오싹했어. 그의 비굴한 애원, 그의 비굴한 협박, 그의 엄청나고도 몸서리나는 욕망, 그 영혼의 비열함과 고뇌와 격정적인 괴로움이 떠오르더군. 나중에는 그의 아주 침착하고 나른한 태도가 보인 듯도 했

174

는데, 그것은 어느 날 그가 다음과 같이 말했을 때 봤던 것이었지. '이제 이 많은 상아는 정말로 내 것이오. 회사는 그에 대한 값을 치르지 않았으니까. 나는 극도로 개인적인 위험을 무릅쓰고 이것을 직접 모았소. 하지만 회사에서 이것이 그들 소유라고 주장할까봐 걱정이로군. 흠, 까다로운 문제요. 내가 어떻게 해야 한다고 생각하시오. 저항해야 한다고? 그렇게 생각하시오? 내가 바라는 것은 오직 정의뿐이라오……' 그는 오직 정의만을 원했네. 오직 정의만을! 나는 2층 마호가니 현관문의 벨을 눌렀는데, 기다리는 동안 그가 흐릿한 유리 너머로, 온 우주를 아우르고 비난하고 혐오하는 그 광활하고 광대한 시선으로 나를 응시하는 듯한 기분이 들더군. 그가 '끔찍하구나! 끔찍해!' 하고 속삭이듯 외치는 소리가 들리는 듯했어.

황혼이 내리고 있었지. 나는 기다란 창문 세 개가 천을 씌운 빛나는 기둥처럼 바닥에서 천장까지 뻗어 있는 고상한 응접실에서 기다려야 했네. 금박을 입힌 가구의 흰 다리와 뒷면은 곡선을 드러내며 흐릿하게 빛났어. 높다란 대리석 벽난로는 엄청나게 차가운 백색이었지. 한구석에는 그랜드피아노 한 대가 육중하게 놓여 있었는데, 어두운 빛을 발하는 평평한 표면은 잘 닦은 칙칙한 석관 같더군. 높은 문이 열리더니 닫혔어. 나는 자리에서 일어났지.

창백한 얼굴에 온통 검은 옷을 입은 그녀가 황혼 속에서 부유하듯 나를 향해 다가왔네. 그녀는 상중이었어. 그가 죽은

지 1년이 넘었고, 그 소식이 전해진 지도 1년이 넘었지만, 그녀는 마치 영원히 그를 기억하고 애도할 것처럼 보이더군. 그녀는 내 양손을 잡더니 낮은 목소리로 말했지. '오신다는 말씀은 들었습니다.' 나는 그녀가 아주 젊지는 않다는 사실을 알아차렸어. 그러니까 소녀 같지는 않았다는 뜻이네. 그녀에게는 신의와 신념을 지키고 고통을 받아들일 줄 아는 성숙한 능력이 있었지. 구름이 잔뜩 낀 저녁의 슬픈 빛이 모두 그녀의 이마로 피난하기라도 한 듯 그 방은 더 어두워진 것처럼 보였어. 그 금발, 그 창백한 용모, 그 순수한 이마는 잿빛 후광에 둘러싸인 것 같았고, 그 후광 속에서 어두운 눈이 나를 내다보고 있었네. 그 시선은 정직하고 깊었으며, 자신감 있고 믿음직스러웠어. 그녀는 슬픔에 잠긴 얼굴을 하고 있었는데, 그 슬픔을 자랑스러워하는 듯했고, 자신, 자신만이 그에게 합당한 애도를 드릴 줄 안다고 말하는 듯했지. 하지만 우리가 여전히 악수를 나누는 동안 그녀의 얼굴에는 끔찍하리만치 쓸쓸한 표정이 떠올랐고, 그래서 나는 그녀가 시간에 휘둘리는 부류가 아님을 알게 되었네. 그녀에게 그는 어제 죽은 사람이나 다름없었어. 그리고 맹세컨대 그 인상이 어찌나 강렬하던지 나로서도 그가 겨우 어제…… 아니, 방금 죽은 것처럼 느껴지더군. 나는 그녀와 그를, 그의 죽음과 그녀의 슬픔을 동시에 보았어. 그가 죽은 바로 그 순간에 그녀가 느낀 슬픔을 보았던 걸세. 이해하겠나? 나는 그 두 사람이 같이 있는 모습을 보았고, 그 두 사람이 같이 말하는 것을 들었던 거야. 그녀는 숨을 한번 크게 들이마시고는 '저만 살아남았죠' 하고 말했는데, 그러는 동안 나의 긴장한 귀에는 그녀의 자포자기한 후회의 목소리 위로 그가 자신의 삶을 요약하며 속삭인 영원한 비난의 목소리가 분명히 뒤섞여 들려오는 듯했네. 인간으로서는 쳐다보지도 말아야 할 잔인하고 부조리한 신비의 영역에 잘못 들어서기라도 한 사람처럼, 나는 극심한 공포를 느끼며 내가 대체 거기서 뭘 하고 있나 자문해보았지. 그녀는 나더러 의자에 앉으라고 손짓했어. 우리는 앉았네. 내가 작은 탁자에 그 꾸러미를 살며시 내려놓자, 그녀가 그 위에 손을 얹더군…… '그를 잘 알고 계셨겠군요.' 잠시 애도의 침묵이 흐른 후 그녀가 낮은 목소리로 말했어.

'그곳에서는 누구나 금방 친해집니다.' 나는 대답했네. '그에 대해서라면 알 만큼은 알았다고 할 수 있겠죠.'

'그러면 그를 존경하셨겠군요!' 그녀가 말했어. '그를 알고도 존경하지 않는다는 것은 불가능한 일이었을 거예요. 안 그런가요?'

'그는 비범한 사람이었습니다.' 나는 불안한 목소리로 말했지. 그러고는 내 입에서 더 많은 말이 나오길 애원하는 듯한 그녀의 고정된 시선 앞에서 말을 이어나갔어. '그를 알게 되면 당연히 그를……'

'사랑할 수밖에 없겠죠.' 그녀가 열렬한 목소리로 내 말을 마무리 지었고, 오싹해진 나는 그만 말문이 막혀 침묵하고 말았지. '정말 그래요! 그렇고말고요! 그런데 저처럼 그를 잘 아는 사람도 없었으니! 저는 그의 고귀한 신뢰를 독차지하고 있었죠. 저는 이 세상 그 누구보다 그를 잘 알았어요.'

'그 누구보다 그를 잘 아셨군요.' 나는 그녀의 말을 되풀이했어. 어쩌면 그 말은 사실이었을지도 모르지. 하지만 그녀가 한마디 한마디 내뱉을 때마다 방은 점점 더 어두워졌고, 오직 그녀의 매끈하고 하얀 이마만이 신념과 사랑의 꺼지지 않는 빛으로 환하게 밝혀져 있었어.

'선생님은 그의 친구셨군요.' 그녀가 말을 이었네. '그의 친구셨어요.' 그녀가 좀 더 큰 목소리로 그 말을 되풀이했어. '틀림없어요. 그가 선생님께 이걸 주고 저에게 보낸 걸 보면! 선생님과는 이야기할 수 있겠다는 기분이 듭니다…… 아아, 이야기하지 않을 수가 없겠군요. 제가 그에게 어울리도록 행실을 바르게 해왔음을 선생님께서, 그의 마지막 말을 들으신 선생님께서 알아주셨으면 해요…… 자부심은 아니랍니다…… 그래요! 저는 이 세상에서 그를 가장 잘 이해한 사람이 바로 저라는 사실이 자랑스러워요. 그가 제게 직접 말해준 사실이죠. 그런데 그의 모친께서 세상을 떠나신 후로 제게는 아무도, 아무도 남아 있지…… 남아 있지 않으니…….'

나는 귀를 기울였네. 어둠이 더 깊어져 있었어. 나로서는 그가 내게 알맞은 꾸러미를 주었는지조차 확신할 수가 없더군. 그가 죽은 후 지배인이 램프 아래서 살펴보던 또 다른 서류 뭉치가 있었는데, 오히려 그것이 그가 내게 맡기고 싶어 했던 서류가 아니었을까 하는 의심도 들어. 그녀는 내가 공감해줄 거라는 확신 속에 자신의 고통을 달래며 계속 이야기했지. 목마른 사람이 물을 마시듯 이야기하더군. 나는 그녀의 가족이 그녀와 커츠의 약혼을 못마땅해했다는 이야기를 들은 적이 있다네. 그가 충분히 부유하지 않아서 그랬다는 것 같아. 그가 평생 극빈자로 살았는지 어땠는지는 사실 나도 모르겠어. 그를 그곳으로 내몬 게 상대적으로 가난한 자신의 처지에 대한 조바심이었다고 그가 내게 넌지시 알려주긴 했지만 말일세.

'……그의 말을 한 번이라도 듣고서 그의 친구가 되지 않은 사람이 있던가요?' 그녀는 계속 말하고 있었어. '그는 사람들이 지닌 최고의 장점을 알아봐줌으로써 그들을 자신에게 이끌리게 했죠.' 그녀는 강렬한 눈빛으로 나를 쳐다봤지. '그것은 위대한 사람의 재능이에요.' 그녀는 말을 이었는데, 그녀의 낮은 목소리에 내가 그동안 들었던 다른 모든 소리…… 강의 잔물결 소리, 나무가 바람에 흔들리며 쏴쏴 하는 소리, 군중의 웅얼거림, 멀리서 외친 이해할 수 없는 말의 희미한 울림, 영원한 어둠의 문지방 너머에서 들려오는 속삭임 같은 신비와 쓸쓸함과 슬픔으로 가득한 모든 소리가 동반되는 듯하더군. '하지만 선생님은 그의 말을 들으셨죠. 그러니 선생님도 아실 거예요!' 그녀가 외쳤어.

'네, 저도 압니다.' 나는 마음속으로 절망과 유사한 감정을 느끼며 말했으나 실은 그녀의 신념 앞에서, 그리고 어둠 속에서 비현실적으로 빛나던 위대한 구원의 환상 앞에서 고개를 숙이고 있었는데, 그 의기양양한 어둠에서 그녀를 지켜줄 수 없었을뿐더러 나 자신조차도 지켜낼 수 없어서였지.

'이게 얼마나 큰 상실인지요. 저에게, 우리에게!' 그녀가 아름다운 너그러움을 보이며 자기 말을 정정했어. 그러고는 중얼거리며 덧붙였지. '세상 전체에게.' 황혼의 마지막 빛 속에서 그녀의 눈에 가득 고인 눈물, 떨어지지 않으려는 눈물이 반짝이더군.

'저는 그동안 정말 행복했고, 정말 운이 좋았고, 정말 자랑스러웠어요.' 그녀가 말을 이었어. '너무 운이 좋았죠. 잠시나마 너무 행복했고요. 이제 저는 불행한 존재가 되었군요. 영원히.'

그녀는 자리에서 일어났어. 그녀의 금발이 남아 있는 모든 빛을 받아 황금빛으로 희미하게 반짝였지. 나도 자리에서 일어났네.

'그리고 이 모든 것 중에서.' 그녀가 애절하게 말을 이었어. '그가 한 모든 약속과 그의 모든 위대함과 너그러운 정신과 고귀한 마음 중에서 남은 것은 아무것도 없습니다. 그에 대한 기억 말고는 아무것도. 선생님과 저는……'

'우리는 늘 그를 기억할 겁니다.' 내가 서둘러 말했지.

'안 돼요!' 그녀가 외쳤어. '이 모든 게 사라져야 한다는 것은 있을 수 없는 일이에요. 그런 인생이 슬픔 말고는 아무것도 남기지 못한 채 희생되어야만 한다는 것은. 그에게 어떤 거대한 계획이 있었는지 선생님은 아실 거예요. 저도 그 계획을 알고 있었죠. 이해하지는 못했을지 몰라도. 하지만 다른 분들도 그것에 대해 알고 있었어요. 무언가는 남아야만 해요. 적어도 그의 말은 죽지 않았어요.'

'그의 말은 남을 겁니다.' 나는 말했네.

'그가 보인 본보기도요.' 그녀가 혼자서 속삭였어. '사람들은 그를 우러러봤어요. 그가 한 모든 행동에서 그의 선량함이 빛을 발했죠. 그가 보인 본보기도……!'

'맞습니다.' 나는 말했어. '그가 보인 본보기도 남을 거예요. 그래요, 그가 보인 본보기. 그걸 깜박 잊고 있었군요.'

'하지만 저는 잊지 않았어요. 저는 그럴 수가, 저는 믿을 수가 없어요. 아직은. 저는 그를 다시는 볼 수 없다는 사실을, 누구도 그를 다시는, 절대로, 절대로, 절대로 볼 수 없다는 사실을 믿을 수가 없어요!'

마치 멀어져가는 형체를 잡기라도 하려는 듯 그녀는 창백한 양손을 꽉 쥔 채 창문의 희미해져가는 가느다란 광채를 가로질러 검은 양팔을 쭉 뻗었어. 그를 다시는 못 본다니! 그때도 나는 그를 아주 똑똑히 보고 있었는데 말일세. 나는 살아 있는 한 이 유창한 유령을 보게 될 것이고, 비극적이고도 친숙한 그림자인 그녀도 보게 될 것이었는데, 그녀의 그런 몸짓은 무력한 부적을 몸에 걸친 채 반짝이는 지옥의 강, 어둠의 강 위로 헐벗은 갈색 양팔을 뻗던 또 다른 비극적인 여자의 몸짓을 닮은 것이었지. 갑자기 그녀가 낮은 목소리로 말했어. '그는 죽을 때도 살아 있을 때와 같은 모습이었겠죠.'

'그의 최후는…….' 내면에서 둔탁한 분노가 일어나는 것을 느끼며 나는 말했네. '어느 모로 보나 그가 살아온 삶에 어울리는 것이었습니다.'

'그런데 저는 그의 곁에 있지 못했습니다.' 그녀가 낮은 목소리로 말했어. 무한한 연민의 감정 앞에서 나의 분노가 가라앉더군.

'할 수 있는 일은 모두…….' 나는 중얼거리듯 말했어.

'아, 하지만 저는 이 세상 그 누구보다도 그를 믿었어요……. 그의 어머니보다도, 그 자신보다도. 그는 저를 필요로 했어요. 저를요! 제가 그 자리에 있었다면 모든 한숨, 모든 말, 모든 몸짓, 모든 시선을 마음속에 소중히 간직했을 텐데.'

가슴이 오싹하게 조여오는 듯한 기분이 들더군. '제발.' 나는 숨죽인 목소리로 말했어.

'저를 용서하세요. 저는, 저는, 너무 오랫동안 침묵 속에서 애도해왔어요. 침묵 속에서……. 선생님은 마지막까지 그와 함께 계셨죠? 저는 그가 느꼈을 외로움을 생각합니다. 곁에

저처럼 이해해줄 사람이 아무도 없었을 테죠. 어쩌면 들어줄 사람이 아무도…….'

'최후의 순간까지 함께 있었습니다.' 나는 떨리는 목소리로 말했어. '저는 그가 최후에 한 말을 들었어요…….' 나는 깜짝 놀라며 그만 입을 다물고 말았네.

'제게도 들려주세요.' 그녀가 비통해하는 목소리로 속삭이듯 말했지. '저는, 저는, 무언가가, 의지하고 살 무언가가, 필요해요.'

나는 하마터면 그녀에게 '당신은 저 말이 안 들리십니까?' 하고 외칠 뻔했어. 거세어지는 바람의 첫 번째 속삭임처럼 위협적으로 점점 커지는 듯한 속삭임, 우리를 온통 둘러싼 집요한 속삭임으로 황혼은 그 말을 되풀이하고 있었지. '끔찍하구나! 끔찍해!'

'그의 마지막 말 말이에요. 제가 의지하고 살.' 그녀가 낮은 목소리로 말했어. '제가 그를 사랑했다는 걸 모르시겠나요. 저는 그를 사랑했어요. 그를 사랑했다고요!'

나는 정신을 바짝 차리고 천천히 말했네.

'그가 입 밖에 낸 마지막 말은, 당신의 이름이었습니다.'

가벼운 한숨 소리가 들려왔고, 그러고는 의기양양하고 끔찍한 외침에, 상상도 할 수 없는 승리와 이루 말할 수 없는 고통의 외침에 내 심장이 잠시 완전히 멈추고 말았어. '그럴 줄 알았어요, 확신하고 있었다고요……!' 그녀는 그럴 줄 알았던 거지. 그렇게 확신하고 있었던 거야. 그녀가 슬피 우는 소리가 들려왔어. 양손으로 얼굴을 가리고 있더군. 내가 달아나기 전에 그 집이 붕괴되고 내 머리 위로 하늘이 무너져 내릴 것만 같았지. 하지만 아무 일도 일어나지 않았네. 하늘이 그런 하찮은 일로 무너져 내리진 않으니까. 만일 내가 커츠로 하여금 그에게 마땅히 주어졌어야 할 그 정의를 실천하게 해주었더라면 하늘이 무너져 내렸을까? 그는 오직 정의만을 원한다고 말하지 않았던가? 하지만 나는 그럴 수 없었어. 그녀에게 말해줄 수 없었지. 그랬더라면 너무 어두웠을 거야. 모든 게 너무 어둡기만 했을 거야……."

말로는 이야기를 멈추더니 우리와 떨어져서 명상하는 부처의 자세를 취한 채 말없이 흐릿하게 앉아 있었다. 한동안 아무도 움직이지 않았다. "첫 번째 썰물을 놓치고 말았군." 갑자기 중역이 말했다. 나는 고개를 들었다. 앞바다는 검은 둑 같은 구름에 막혀 있었고, 이 세상 가장 먼 끝까지 이어진 고요한 수로는 구름이 뒤덮인 하늘 아래서 어두컴컴하게 흐르다가, 거대한 어둠의 심장부로 흘러드는 것만 같았다.

부록

《어둠의 심장》이 처음 공개된 《블랙우드 매거진》 2월호 표지. 《어둠의 심장》은 1899년 《블랙우드 매거진》 2~4월호에 걸쳐 연재되었다. 1817년 창간된 《블랙우드 매거진》은 소설, 시, 비평, 에세이를 주로 다루었고, 토머스 드퀸시, 조지 엘리엇 등도 글을 실었다.

윌리엄 블랙우드에게 보낸 편지●

펜트 팜

1898년 12월 31일

블랙우드 씨에게

　친절한 바람이 담긴 당신의 훌륭한 편지●●를 지금 막 받고서 저의 진심을 담아 답장을 씁니다.

　당신의 제안을 받고 대단히 기뻤습니다. 때마침 저는 지금 (그리고 지난 열흘 동안) 《매거》●●●에 실을 작품을 작업 중

● 번역 대본으로는 Joseph Conrad, *The Collected Letters of Joseph Conrad: Volume 2 1898~1902*(Cambridge University Press, 1986)를 사용했다.

●● 《블랙우드 매거진》의 발행인 윌리엄 블랙우드(1836~1912)가 전날 에든버러에서 보낸 《블랙우드 매거진》 1899년 2월호(1000호) 청탁 편지.

입니다. 작업은 상당히 진척되었는데, 제 아들이 아파서 저의 마음이 어지러워지는 바람에 작품이 방치되지만 않았어도 지금쯤 마무리되었을 겁니다. 며칠 내로 준비되지 않을까 싶습니다. 이번 작품은 〈청춘〉의 방식을 따르는 이야기로, 동일한 화자가 중앙아프리카의 강에서 자신이 겪은 경험을 들려주는 방식으로 진행됩니다. 하지만 이 작품에 담긴 **견해**가 〈청춘〉의 그것만큼 명백하지는 않습니다. 혹은 적어도 그렇게 명백하게 제시되지는 않습니다. 이런 사실을 모두 말씀드리는 이유는, 물론 제 작품의 **수준**에 대해서는 의심의 여지가 없습니다만 그 **작품**이 특정 호●●●●에 실리는 것이 당신의 뜻에 맞을지는 알 수 없기 때문입니다. 물론 제 작품이 《매거》에 실리게 되어 무척 기쁘며 저도 원고 진행을 서두르고자 특별히 노력하겠지만 작품의 발표 시기와 관련된 최종 결정은 당신이 작품을 정독한 후 내리셔도 된다는 것이 저의 바람임을 알아주셨으면 합니다.

제가 염두에 둔 제목은 '어둠의 심장'이지만 이야기 자체가 음울하지는 않습니다. 아프리카에서의 '교화' 작업이라는 문

●●● 《블랙우드 매거진》을 가리킨다. 조지프 콘래드는 1897년에서 1900년까지 《블랙우드 매거진》에 〈청춘〉, 《어둠의 심장》, 《로드 짐》 등을 연달아 발표했다.

●●●● 《어둠의 심장》이 연재되기 시작한 《블랙우드 매거진》 1899년 2월호를 말한다.

제를 다룰 때 발생하는 범죄적인 비효율성과 순수한 이기심은 충분히 정당화가 가능한 생각입니다. 이 작품이 다루는 주제는 명백히 우리의 시대입니다. 물론 그것이 직접적인 소재로 다루어지진 않지만요. 이 작품은 제가 쓴 〈진보의 전초기지〉와 무척 비슷하지만, 말하자면 더 많은 것을 '포괄하는', 살짝 더 광범위한 동시에 개인에 덜 집중하는 작품입니다. 당신의 이름으로 발행될 《매거》 1000호를 위해 그 작품을 따로 빼두겠습니다. 현재로서는 작품의 분량을 2만 자 미만으로 예상합니다.● 만일 이 분량이 적절하고 당신이 몇몇 부분을 축소하고 싶으시다면 그 부분만 덜어내셔도 괜찮습니다. 아마도 교정쇄에서요.

매클루어가 미국에서의 저작권을 확보해야 하는 문제도 남아 있습니다. 그들은 〈청춘〉의 저작권 문제와 관련해서 실수를 저질렀고, 저는 만능의 돈인 달러를 얕볼 위치에 있지 않습니다. 아직은 말이죠.●●

제가 할 수 있는 일은 서두르는 것밖에 없습니다. 어쨌든 저를 생각해주셔서 정말 감사드립니다.

● 하지만 최종 판본의 분량은 4만 자에 가까웠다.
●● S. S. 매클루어(1857~1949)가 운영했던 잡지사는 콘래드의 몇몇 작품의 북미 판권을 구입했으나 〈청춘〉의 미국 저작권과 관련해서 실수를 저질렀고, 콘래드는 그로 인해 경제적 손해를 입었다.

조카분[●]께도 안부 전해주시길요. 그가 저를 기억해준다니 기쁩니다.

당신의 진실한 벗

조지프 콘래드

● 나중에 윌리엄 블랙우드의 후임자가 되는 조지 블랙우드(1876~1942).

《청춘과 다른 두 이야기》서문●

　이 책에 실린 세 편의 이야기가 예술적인 목적에 있어서 통일성을 이루고 있다고 말할 생각은 없다. 세 편의 이야기를 이어주는 유일한 끈은 그것들이 쓰인 시기뿐이다. 집필 시기는, 내 작품들 가운데 독자적이고도 독립적인 두 작품이라 할 수 있는《나르시서스호의 검둥이》를 출간한 직후와《노스트로모》의 첫 구상 이전이다. 또한 내가《매거》에 기고한 시기, 즉《로드 짐》에 집중한 시기이자 고(故) 윌리엄 블랙우드 씨에게서 격려와 친절한 도움을 받은 감사한 시기이기도 하다.
　〈청춘〉이《매거》에 기고한 첫 작품은 아니었다. 그것은 두 번째로 기고한 작품이었다. 하지만 세월이 흐르면서 나와 무

● 1902년〈청춘〉,《어둠의 심장》,〈밧줄의 끝〉을 한데 묶어 출간한《청춘과 다른 두 이야기》의 서문.

척 친밀해진 '말로'•라는 이름의 남자가 세상에 처음으로 모습을 선보인 것은 〈청춘〉을 통해서였다. 그 신사의 태생은(내가 아는 한 그 누구도 그가 결코 신사가 아니라는 암시를 내비친 적은 없다) 기쁘게도 몇몇 우호적인 문학적 성찰의 주제가 되어 왔다.

그 문제를 설명할 적임자가 바로 나라고 사람들은 생각하겠지만, 사실 그리 쉬운 일은 아니다. 그동안 그 누구도 말로를 부당한 목적을 지닌 자로 비난하거나 사기꾼으로 경시하지 않았다는 사실을 떠올리면 다행스러운 기분이 든다. 하지만 그 외에도 말로는 온갖 부류의 인물, 즉 기발한 눈가림 장치, 한낱 고안물, '연기자', 시중드는 요정, 속삭이는 '다이몬'•• 등으로 여겨졌다. 나 자신은 그를 포획할 계획을 꾀했다는 의심을 받아왔다.

하지만 이는 사실이 아니다. 나는 아무 계획도 세우지 않았다. 말로라는 남자와 나는 휴양지에서 서로 알게 되는 식으로 가볍게 만났는데, 그런 만남은 때로 우정으로 발전하곤 하는 법이다. 우리 둘의 만남도 우정으로 발전했다. 어떤 의견을 펼치든 자기주장이 강한 편인데도 그는 주제넘게 참견하는 사람은 아니다. 내가 고독하게 있을 때 그가 나타나면 우

● 〈청춘〉,《어둠의 심장》,《로드 짐》,《우연》의 화자.
●● 고대 그리스인들이 그리스 신 이외의 초자연적인 힘에 붙인 이름.

리는 침묵 속에서 몹시 편안하고 조화롭게 머리를 맞대고 의논하는데, 이야기의 끝에 이르러 우리가 작별할 때 나는 그것이 우리의 마지막 만남은 아닐 거라고 결코 확신하지 못한다. 하지만 우리 둘 중 누구도 상대방보다 더 오래 살고 싶어 하지는 않는 것 같다. 어쨌거나 그의 경우, 그가 할 일은 사라질 것이며 그는 그 소멸로 인해 고통받을 것인데, 왜냐하면 그에게는 약간의 허영심이 있는 듯하기 때문이다. 솔로몬적 의미에서의 허영심을 말하는 것은 아니다. 내가 아는 모든 사람 가운데 내 정신을 한 번도 성가시게 하지 않은 사람은 그뿐이다.• 더없이 신중하고 이해심 있는 사람…….

〈청춘〉은 단행본으로 출간되기 전에도 큰 호평을 받았다. 그 어디 못지않은 이 자리를 빌려 마침내 고백해야 할 사실이 있는데, 나는 평생, 두 평생•• 영국의, 심지어 대영제국의 버릇없는 양자로 살아왔다. 왜냐하면 내게 처음으로 선장직을 맡긴 것은 오스트레일리아였기 때문이다. 내가 갑자기 이런 선언을 하는 것은 내게 과대망상증 기질이 잠재해 있어서

• 킹 제임스 성경 《전도서》 1장 14절에서 솔로몬 왕이 "나는 태양 아래에서 이루어지는 모든 일을 살펴보았는데 보라, 이 모든 것이 허영심이요 정신을 성가시게 하는 일이다"라고 말한 것을 가리킨다. 한국어 성경에서 《전도서》 1장 14절 후반부는 보통 "모든 일은 바람을 잡듯 헛된 일이었다"(공동번역 개정판) 정도로 번역된다.

•• 폴란드인으로 태어나 영국인으로 귀화한 사실을 가리킨다.

가 아니라, 그와는 반대로 내가 나 자신에 대해 딱히 환상을 품고 있지 않기 때문이다. 나는 모든 인류에게 자연스러운 허영심과 겸손의 본능을 따른다. 왜냐하면 인간이 가장 자랑스러워하는 것은 자신의 공적이 아니라 자신의 엄청나고 놀라운 행운임을, 불가해한 신들의 제단에 감사와 희생을 바쳐야만 하는 그런 인생의 행운임을 결코 부정할 수 없기 때문이다.

《어둠의 심장》 또한 처음부터 어느 정도 주목을 받았으며, 그것의 기원에 관해서는 다음과 같은 정도로 말할 수 있겠다. 호기심 많은 사람이 (자신과는 아무런 상관도 없는) 온갖 곳을 엿보러 가서 별의별 약탈품을 다 들고 온다는 것은 잘 알려진 사실이다. 이 이야기는, 이 책에 실리지 않은 다른 이야기●와 함께, 나와는 정말이지 전혀 상관 없는 아프리카의 심장부에서 내가 가져온 약탈품의 전부다. 범위에 있어서 더 야심적이고 서술에 있어서 더 긴 《어둠의 심장》은 핵심에 있어서 〈청춘〉만큼이나 진정한 작품이다. 그것은 명백히 또 다른 분위기에서 쓰인 것이다. 그 분위기를 여기서 자세히 설명하지는 않겠으나, 그것이 아쉬움이 깃든 후회나 추억이 깃든 애정의 분위기는 결코 아니라는 사실을 누구나 알 수 있을 것이다.

한마디만 더 해볼 수도 있겠다. 〈청춘〉은 기억으로 이루어낸 위업이다. 그것은 경험의 기록인데, 이는 경험의 사실에

● 〈진보의 전초기지〉를 가리킨다.

있어서나 그것의 내적 성찰과 외적 채색에 있어서나 나 자신으로 시작해서 나 자신으로 끝난다.《어둠의 심장》또한 경험이지만, 그 경험은 독자의 정신과 가슴에 절실히 와닿게 하고자 하는 완전히 정당한 목적에서 실제 사실을 조금(정말 아주 조금) 넘어서 있다. 그 점에 있어서 그것은 더 이상 진실한 채색의 문제가 아니었다. 그것은 완전히 또 다른 예술이었다. 불길한 울림을, 그 특유의 음색을, 바라건대 마지막 음이 울리고 나서도 허공에 맴돌고 귓가에 울릴, 그런 계속되는 진동을 그 침울한 주제에 더해야만 했다.

이렇게 많은 말을 하고도 이 책의 마지막 이야기는 아직 언급도 하지 못했다. 〈밧줄의 끝〉은 다소 특이한 방식의 해상 생활에 대한 이야기이며, 내가 이에 대해 할 수 있는 가장 개인적인 이야기는 다음과 같다. 선원들 사이에서 해상 생활을 충분히 겪어보고 생각해보고 감각해본 나는 조금의 의혹도 없이, 전혀 마음에 거리낌이 없이 진심으로, 하나의 인격체로서의 웨일리 선장이라는 존재를 구상하고 그가 최후를 맞이한 방식에 대해 이야기할 수 있겠다는 생각이 들었다. 이 이야기, 책 전체의 절반쯤 되는 지면을 차지하는 이야기 역시 경험의 산물이라는 사실이 나의 이 진술에 어느 정도 힘을 실어준다. 그 경험은 (〈청춘〉과 마찬가지로) 내가 펜을 종이에 갖다 댈 생각을 하기도 전의 시절에 속하는 것이다. 그것의 '현실성'에 대한 판단은 독자들의 몫이리라. 나로서는 여기저기서 나만의 사실을 주워 모아야 했다. 기술이 더 훌륭했더라면 사실을 더 현실적으로 만들고 전체 이야기를 더 흥미롭게 만들 수도 있었을 것이다. 하지만 그곳은 베일에 가린 예술적 가치의 영역이고, 내가 그곳에 발을 들이는 것은 부적절하고도 몹시 위험한 일이리라. 나는 교정지를 살펴보며 오자 한두 개를 수정했고 단어 한두 개를 바꾸었다. 그게 전부다. 〈밧줄의 끝〉을 다시 읽게 될 일은 아마 없을 것 같다. 더 이상의 말은 필요치 않다. 웨일리 선장과는 애정 어린 침묵 속에서 헤어지는 게 가장 바람직하겠다는 생각이 든다.

1917년

조지프 콘래드

1890년 콘래드가 실제로 타고 콩고강을 운항했던 증기선인 '벨기에인의 왕'. 콘래드는 6개월 정도 이 배에 올랐는데 이때의 경험을 바탕으로 《어둠의 심장》을 집필했다.

조지프 콘래드●

―버지니아 울프

갑자기, 생각을 가다듬거나 말을 준비할 시간도 주지 않은 채 우리의 손님은 우리를 떠나갔다. 작별 인사나 의식도 없이 물러난 것은 오래전 그가 이 나라에 체류하고자 신비하게 도착한 것과도 잘 어울리는 일이다. 그에게는 늘 신비로운 분위기가 감돌았으니 말이다. 이는 부분적으로는 그가 폴란드 태생이고, 한편으로는 그가 인상적인 외모를 지니고 있었기 때문이며, 또 다른 이유로는 그가 소문이 가닿지 않고 여주인이 찾아갈 수 없는 오지에 살기를 선호했기 때문에 생겨난 것이었다. 그런 까닭에 그의 소식을 들으려면 미지의 주인집 초인종을 울려보는 습관이 있는 단순 방문객들의 증언에 의존할 수밖에 없었는데, 그 증언에 따르면 그는 더없이 완벽한 예절

● 콘래드가 세상을 떠나자 그를 추모하며 쓴 버지니아 울프(1882~1941)의 에세이.

을 갖추고 더없이 반짝이는 눈을 지녔으며 강한 외국 억양이 섞인 영어로 말하는 사람이었다.

물론 죽음이라는 것이 늘 그렇듯 우리의 기억을 자극하고 집중시켜주긴 하지만, 그럼에도 콘래드의 천재성에는 우연적이 아니라 본질적으로 접근하기 어려운 무언가가 존재한다. 그가 만년에 누린 명성은 의심의 여지 없이 영국에서 최고였으나 한 가지 분명한 예외가 있었으니, 그는 인기를 누리진 못했다. 어떤 이들은 열정적인 즐거움을 느끼며 그의 작품을 읽었으나, 다른 이들에게 그의 작품은 생기 없는 차가움을 남겼을 뿐이다. 그의 독자 중에는 전혀 다른 나이와 공감력을 지닌 사람들이 포함되어 있었다. 열네 살짜리 남학생들이 매리어트, 스콧, 헨티, 디킨스•를 읽어나가다가 콘래드도 꿀떡 집어삼키듯 읽어버린 한편, 시간의 흐름 속에서 문학의 심장부까지 야금야금 나아가 그곳에서 몇몇 소중한 부스러기를 뒤적거리던 노련하고 까다로운 독자들도 콘래드를 자신들의 연회용 식탁에 주도면밀하게 올려놓았다. 콘래드를 읽어나가는 일의 어려움과 그에 대한 의견 차이의 한 근원은, 물론 모두가 늘 느꼈다시피 그의 아름다움에 있다. 그의 책을 펼친 사람은,

---

• 각각 영국의 해군 장교이자 해양소설가 프레더릭 매리어트(1792~1848),《아이반호》등으로 유명한 영국의 시인이자 소설가 월터 스콧(1771~1832), 영국의 종군기자이자 소설가 G. A. 헨티(1832~1902), 영국 빅토리아 시대의 유명 소설가 찰스 디킨스(1812~1870).

거울을 보고서 자신이 무엇을 하든 어떤 상황에서도 매력 없는 여자는 될 수 없음을 깨닫는 헬레네• 같은 기분을 느끼게 된다. 그처럼 콘래드는 재능이 있었고 자신을 갈고닦았으며, 앵글로색슨어적 특성보다는 라틴어적 특성을 보이는 그 기이한 언어에 대한 의무감을 느끼고 있었기에 그로서는 펜을 추하거나 하찮게 놀리는 일이 불가능해 보였던 것이다. 그의 연인인 그의 문체는 때로 휴식을 취하며 사람을 조금 졸리게 만들기도 한다. 하지만 누군가가 그녀에게 말을 걸기라도 하면 대단한 색채와 승리감과 장엄함을 뿜내며 얼마나 화려하게 우리를 향해 돌진해오는지! 하지만 콘래드가 이처럼 겉으로 드러나는 문체에 대한 끊임없는 염려 없이 글을 썼더라면 인정과 인기를 모두 얻었을지에 대해서는 이론의 여지가 있다. 그의 비평가들은, 그들이 습관적으로 문맥에서 떼어내 꽃이꽂 같은 다른 영국 사무 사이에 전시하곤 하는 저 유명한 구절들을 가리키며, 그것들이 우리를 방해하고 지연시키고 산만하게 한다고 말한다. 콘래드는 자의식이 강하고 뻣뻣하고 수사적이며, 괴로워하는 인류의 목소리보다 그 자신의 목소리를 더 소중히 여겼다고 비평가들은 불평한다. 그런 비평은 우리에게 익숙하고, 〈피가로의 결혼〉이 연주될 때 청각장애인들이 하는 말만큼이나 반박하기 어렵다. 그들은 오케스

• 그리스 신화에 등장하는 전설적인 미녀로, 트로이 전쟁의 원인이 되었다.

트라를 본다. 멀리 떨어진 곳에서 음울하게 긁어대는 소리를 듣는다. 그들의 말은 가로막히고, 그들은 만일 저 오십 명의 바이올린 연주자가 바이올린을 긁으며 모차르트를 연주하는 대신 도로에서 돌멩이를 쪼갠다면 인생의 끝에 이르러 더 나은 대접을 받을 거라고 아주 자연스럽게 결론을 내린다. 그녀의 가르침은 그녀의 목소리와 불가분의 관계에 있으며 그들은 듣지도 못하는데, 아름다움이 우리를 가르치며 아름다움이야말로 엄격한 교사라는 사실을 그들이 어떻게 수긍하게 만들 수 있을까? 하지만 콘래드의 책을, 생일 선물에 적합한 작품만이 아니라 통째로 여러 권 읽어보면 그는 분명 말의 의미에는 전혀 신경을 쓰지 않고 있다는 것을 알게 된다. 내성적이고 위풍당당한 동시에 거대하고 확고한 완전함을 지닌 그 다소 뻣뻣하고 침울한 음악 속에서, 그는 왜 악하게 구는 것보다 선하게 구는 게 나은지, 왜 충성심이 선이고 솔직함이고 용기인지에 대해 귀를 막고 있다. 비록 그가 표면상으로는 단지 우리에게 밤바다의 아름다움을 보여주길 바라고 있지만 말이다. 하지만 말의 요소에서 그런 암시들을 끌어내는 것은 불건전한 일이다. 언어의 마법과 신비를 잃고 우리의 작은 받침 접시 안에서 말라버린 말은 흥분시키고 몰아세우는 힘을 잃고 만다. 콘래드 산문의 변함없는 특징인 과감한 힘을 잃고 마는 것이다.

왜냐하면 콘래드가 소년들과 젊은 사람들을 꼭 붙드는 원

인이 바로 그의 내면에 도사린 어떤 극단적인 미덕, 지도자
이자 선장으로서의 자질이기 때문이다. 젊은 독자들이 재빨
리 인지했듯이,《노스트로모》가 쓰이기 전까지 그의 인물들
은 그 정신이 얼마나 예리하고 창작자의 방법이 얼마나 간접
적인지 상관없이 근본적으로 단순하고 영웅적이었다. 그들은
고독과 침묵에 익숙한 선원들이었다. 그들은 자연과는 충돌
했지만 인간과는 사이좋게 지냈다. 자연이 그들의 적대자였
다. 인간 특유의 자질인 명예, 아량, 충성심을 끌어낸 것도 자
연이었고, 비바람이 들이치지 않는 만(灣)에서 불가해하고 엄
숙한 아름다운 소녀들을 성숙한 여인으로 양육해낸 것도 자
연이었다. 무엇보다도 모호하지만 그 속에서도 찬란한, 웨일
리 선장이나 싱글턴● 노인처럼 그토록 비비 꼬이고 시험을
거친 인물들, 콘래드가 인류 가운데 선택했으며 그들의 찬양
을 찬미하는 데 있어서 결코 지치는 법이 없었던 그 인물들
을 만들어낸 것도 바로 자연이었다.

　　그들은 의심도 희망도 모르는 사람들이 강한 것처럼 강했다.
　　그들은 안달하면서도 인내했고, 사납게 날뛰면서도 헌신적
　　이었으며, 제멋대로 굴면서도 충직했다. 선의를 지닌 이들은
　　그 사람들을 한입의 음식 때문에 매번 징징거리고 목숨을 잃

───────────

● 《나르시서스호의 검둥이》의 등장인물.

을까봐 두려워서 계속 일하는 자들로 표현하려 애썼다. 하지만 사실 그들은 노역과 궁핍과 폭력과 방탕을 알지만 두려움은 모르고 마음속에 악의를 품고자 하는 욕망도 없는 자들이었다. 다루기 힘들지만 고무하기는 쉬운 사람들. 목소리 없는 사람들. 하지만 운명의 무정함을 애통해하는 감상적인 목소리를 마음속으로 경멸할 만큼의 용기는 충분히 지닌 사람들. 그것은 독특한 운명이었으며 그 운명은 그들만의 것이었다. 그들은 그 운명을 견디는 능력을 선택된 자의 특권으로 여겼다! 그들 세대는 애정의 달콤함이나 가정이라는 피난처를 알지 못한 채 불분명하고도 불가결한 삶을 살았다. 그리고 좁은 무덤에 갇히는 어두운 위협에서 벗어나 죽었다.•

그런 인물들이 바로 초기작인 《로드 짐》, 《태풍》, 《나르시서스호의 검둥이》, 〈청춘〉의 인물들이다. 이 책들은 변화와 유행에도 불구하고 분명 우리 시대의 고전으로 자리 잡고 있다. 하지만 그 작품들은 매리어트나 페니모어 쿠퍼••의 작품처럼 단순한 모험담에는 없다고 할 수 있는 특성으로 그런 위치에 이르렀다. 그런 인물들과 행위들을 낭만적으로, 연인의

• 《나르시서스호의 검둥이》의 일부.

•• 《모히칸족의 최후》로 유명한 미국의 소설가 제임스 페니모어 쿠퍼(1789~ 1851).

열정으로 성심껏 경애하고 찬양하려면 우리는 분명 이중의 시야를 가져야만 하기 때문이다. 우리는 내부에 존재하는 동시에 외부에도 존재해야만 한다. 그들의 침묵을 찬양하려면 우리는 목소리를 가져야만 한다. 그들의 인내력을 제대로 인식하려면 피로함에 민감해야만 한다. 우리는 웨일리 선장이나 싱글턴 같은 사람과 동등하게 살면서도 그들을 이해하게 해주는 바로 그 자질을 그들의 의심스러운 눈초리로부터 감출 수 있어야만 한다. 콘래드는 두 사람의 복합체였다. 말로라는 이름의 섬세하고 세련되고 까다로운 분석가가 선장과 한 몸을 이루었던 것이다. 콘래드는 말로를 "더없이 신중하고 이해심 있는 사람"이라고 말했다.

  말로는 속세를 등지고 있을 때 가장 행복해하는 타고난 관찰자였다. 말로는 템스강의 어느 구석진 작은 만에서 갑판에 앉아 담배를 피우며 회상하는 것을 가장 좋아했다. 담배를 피우며 생각에 잠기는 것을. 여름밤이 온통 담배 연기로 살짝 흐려질 때까지 아름다운 연기 고리 같은 말을 뿜어내는 것을. 말로 또한 자신과 함께 항해했던 사람들을 깊이 존경했지만, 그는 그들의 기질도 알아차렸다. 그는 어설픈 베테랑들을 성공적으로 괴롭히는 그 격노한 존재들을 찾아내서 능수능란하게 묘사했다. 그는 인간의 결함을 찾아내는 타고난 재능이 있었고, 그의 기질은 냉소적이었다. 말로가 자신의 담배 연기에 완전히 둘러싸여 산 것만은 아니었다. 그는 갑자기 눈

을 뜨고 무언가를, 쓰레기 더미, 항구, 가게의 계산대를 바라
보는 습관이 있었고, 그러다가 신비로운 배경 위로 환히 번쩍
이는 그것이 불타오르는 빛의 고리 속에서 완성되게끔 했다.
자기 성찰적인 동시에 분석적인 특성, 말로는 그것이 자신의
특성임을 알고 있었다. 그는 그 힘이 자신에게 갑자기 찾아왔
다고 말했다. 이를테면 프랑스인 고급선원이 "세상에, 시간이
정말 빨리 가는군!"하고 중얼거리는 것을 우연히 듣고서 그
는 말한다.

이 말보다 더 진부한 말은 세상에 없을 것이다. 하지만 그 말
의 발설은 직관적 통찰의 순간과 동시에 이루어졌다. 우리
가 눈을 반쯤 감고, 귀도 닫고, 생각도 잠재운 채 인생을 살아
가는 것은 정말이지 놀라운 일이다. (……) 그럼에도 불구하
고 이런 드문 자각의 순간, 즉 그토록 많은 것, 모든 것을 순
식간에 보고 듣고 이해하다가 다시 기분 좋은 비몽사몽 상태
로 빠져드는 그런 순간을 한 번도 겪어보지 않은 사람은 거
의 없을 것이다. 나는 그가 말할 때 눈을 치켜뜨고서 그를 이
전에 한 번도 본 적 없는 사람처럼 쳐다보았다.●

말로는 그 어두운 배경 위로 그림을 그리고 또 그렸다. 다

● 《로드 짐》의 일부.

른 무엇보다도 우선 배들을, 정박 중인 배들과 폭풍우가 오기 전에 나는 듯이 나아가는 배들과 항구에 있는 배들을. 그는 일몰과 여명을 그렸다. 밤을 그렸다. 바다의 모든 면을 그렸다. 지나치게 화사한 동양의 항구들, 남자들과 여자들, 그들의 집과 태도를 그렸다. 그는 정확하고 위축되지 않는 관찰자로, 콘래드가 썼듯이 "작가가 더없이 고양된 창조의 순간에 꼭 붙들고 있어야 하는", "자신의 감정과 감각에 대한 절대적 충성심"을 지니도록 훈련된 사람이다. 그리고 말로는 아주 조용하고 동정적으로, 때로 묘비명에 새길 만한 몇 마디 말을 무심코 흘린다. 우리 눈앞에 펼쳐지는 그 모든 아름다움과 눈부심과 더불어 배경의 어둠을 상기시켜주는 말을.

따라서 거칠지만 효과적으로 구분해보자면, 말로는 논평하고 콘래드는 창작한다고 말할 수도 있겠다. 지금 우리가 위험한 상황에 발을 들인 것이긴 해도 그런 구분은 그가 《대풍》의 마지막 이야기를 끝냈을 때 일어난 변화를 해명해주는데, 콘래드는 두 오랜 친구의 관계에 약간의 변화가 일어난 것을 두고 이렇게 말한다. "영감의 본성에 미묘한 변화가 일어났다. (……) 어쩐지 이 세상에는 더 이상 쓸 이야기가 없는 것만 같았다." 그 말을 한 사람이 콘래드였다고, 슬픔에 젖은 만족감을 느끼며 자신이 한 이야기를 되돌아보는 창작자 콘래드였다고 가정해보자. 《나르시서스호의 검둥이》에 등장하는 것보다 더 나은 폭풍우를 절대 묘사할 수 없다거나 〈청춘〉이나 《로드 짐》에서 이미 영국 선원들의 자질에 대해 바친 충직한 찬사보다 더 나은 찬사를 바칠 수 없다고 느꼈을 수도 있다고 말이다. 바로 그때 논평자인 말로가 콘래드에게 상기시켜준다. 우리는 자연의 흐름에 따라 늙을 수밖에 없고, 그래서 갑판에 앉아 담배나 피우며 선원 생활을 포기할 수밖에 없다고. 하지만 말로는 그 격렬한 세월이 그들의 기억 속에 쌓여 있다는 사실 또한 상기시켜준다. 심지어 그는 어쩌면 다음과 같은 사실을 암시하기까지 한다. 비록 웨일리 선장과 그가 우주와 맺은 관계에 대해서는 완전히 다 말해졌을지 몰라도 육지에는 비록 더 개인적인 종류의 것이긴 해도 살펴볼 가치가 있을지 모르는 수많은 남녀의 관계가 남아 있다고 말이다. 한 걸음 더 나아가서, 배에 헨리 제임스의 책 한 권이 있었고 말로가 그의 친구에게 잠자리에 가서 읽으라며 그 책을 주었다고 가정한다면, 우리는 아마도 1905년에 콘래드가 그 거장에 대한 아주 멋진 에세이 한 편을 썼다는 사실에서 우리의 가정에 대한 지지를 얻을 수도 있을 것이다.

당시 몇 년 동안은 두 동반자 가운데 말로가 우위를 점했다. 《노스트로모》, 《우연》, 《황금 화살》은 몇몇 독자가 계속해서 가장 풍족한 시기라고 생각할 그 동맹 시기를 대표한다. 인간의 마음은 숲보다 더 복잡하다고 그들은 말할 것이다. 인간의 마음속에는 폭풍이 있고 밤의 동물들도 있다고, 만일 소설가로서 그 모든 관계를 통해 인간을 시험해보고 싶다면 적절한 적대자는 바로 인간이어야 하며, 인간의 시련은 사회 속에 있지 고독 속에 있지 않다고 말이다. 그들은 그 눈부신 눈빛이 드넓은 바다뿐만 아니라 당혹감에 빠진 마음에도 향하는 책에서 늘 특이한 매력을 느낄 것이다. 하지만 만일 말로가 그처럼 콘래드에게 관점을 바꾸라고 조언했다면 그 조언은 분명 대담한 것이었으리라. 왜냐하면 소설가의 시각은 복잡한 동시에 특수한 것이기 때문이다. 그것은 인물들과 떨어진 뒤쪽에 그들을 관련지을 안정적인 무언가를 구축해야 한다는 점에서 복잡하고, 작가가 한 가지 감성을 지닌 개인이기에 그가 확신을 지니고 믿을 수 있는 삶의 측면들이 엄격히 제한되어 있다는 점에서 특수하다. 그 균형은 너무나도 깨지기 쉬워서 쉽사리 교란된다. 중기 이후로 콘래드는 다시는 자신의 인물들이 배경과 완벽한 관계를 맺도록 만들지 못했다. 후기에 그는 더 고도로 정교한 인물들을 초기작에 등장하는 선원들을 믿었던 것처럼은 절대 믿지 못했다. 인물들이 소설가들의 또 다른 보이지 않는 세상, 즉 가치와 확신의 세상과 맺는 관계를 보여주어야 했을 때, 콘래드는 그 가치가 무엇인지에 대한 확신이 예전보다 훨씬 덜했다. 그리하여 폭풍우 끝에 찾아오는 "그는 조심스럽게 배를 몰았다"라는 단 한 구절만이 계속해서 모든 도덕성을 감당했다. 하지만 더 붐비고 복잡해진 이 세상에서 그런 간결한 구절은 점점 덜 적절한 것이 되어갔다. 수많은 관심과 관계를 지닌 복잡한 남녀들이 그렇게 간결한 판단에 복종하지 않을 것이다. 만일 복종한다고 하더라도 그들에게 중요한 많은 것이 그 평결을 벗어나고 말 것이다. 하지만 콘래드의 천재성에는 풍부하고 낭만적인 힘과 더불어 창작을 시도할 수 있는 어떤 법칙이 몹시 필요했다. 근본적으로 이 문명화되고 자의식이 강한 사람들의 세상은 "몇 가지 아주 단순한 관념들"에 기반해 있다는 것, 그것이 그의 신조로 남아 있었다. 하지만 생각과 개인적인 관계로 이루어진 세상 그 어디에서 그 관념들을 찾을 수 있단 말인가? 거실에는 돛대가 없고, 태풍은 정치인과 사업가의 가치를 시험하지 않는다. 그런 지지물로서의 수단을 찾아 다녔으나 찾지 못한 콘래드의 후기 작품 세계는 의도하지 않은 모호함, 미결정성, 우리를 당황하게 하고 피로하게 하는 환멸에 가까운 분위기가 감돈다. 우리는 황혼 속에서 오직 오래된 고결함과 반항만을 붙들고 있다. 충실함, 연민, 명예, 봉사…… 언제나 아름답지만 이제는 시대가 변하기라도 한 듯 조금 피곤하리만치 되풀이된 것들 말이다. 어쩌면 그 책임은 말로에게 있는지도 모른다. 그는 살짝 정주민의 성향을 지니고 있었다. 그는 갑판에 너무 오래 앉아 있었다. 독백은 훌륭했지만 대화를 주고받는 솜씨는 부족했다. 또한 번쩍이다 사라지는 그 "직관적 통찰의 순간들"은 삶의 주름과 그 길고 점진적인 세월을 비추는 한결같은 등불의 역할을 하지 못한다. 어쩌면 무엇보다도 말로는, 콘래드가 창작하려면 우선 믿어야 한다는 사실이 필수적 요소임을 고려하지 못했다.

그러니 우리가 그의 후기작으로 탐험 여행을 떠나서 경이로운 전리품을 가져오더라도 그 작품들의 많은 부분은 우리 대부분이 밟아보지 못한 영역으로 남을 것이다. 우리가 온전히 읽어낼 수 있는 작품은 그의 초기작인 〈청춘〉, 《로드 짐》, 《태풍》, 《나르시서스호의 검둥이》 등이다. 왜냐하면 콘래드의 어떤 작품이 살아남을 것이며 우리가 그를 어떤 소설가의 반열에 올려놓아야 할지에 대한 질문이 던져졌을 때, 숨겨져 있었지만 이제 그 모습을 드러낸, 아주 오래되고 완벽히 진실한 무언가를 우리에게 말해주는 듯한 분위기를 풍기는 이 책들이 떠오르며 그런 질문과 비교를 거의 하찮은 것으로 만들어 버릴 테니 말이다. 완전하고 고요하게, 아주 순결하고 아름답게, 뜨거운 여름밤에 느리고도 위풍당당하게 첫 별이 떠오르고 이내 또 다른 별이 떠오르듯 그 작품들은 우리의 기억 속에 떠오른다.

콘래드 씨에 대한 대화 ●

— 버지니아 울프

　　오트웨이 가문은 아마도 독서에 대한 사랑을 같은 성의 옛 극작가 ●●에게 물려받은 듯하다. 그들이 (자신들의 소망처럼) 정말 그의 자손인지는 알 수 없지만 말이다. 그 가문의 장녀이자 미혼인 퍼넬러피는 이제 막 마흔 살이 된 작고 가무잡잡한 여자로, 얼굴 피부는 시골 생활로 살짝 거칠어졌고 빛나는 갈색 눈은 생각에 잠기거나 멍한 상태로 이상하리만큼 오랫동안 허공을 응시하곤 했지만, 일곱 살 이후로 늘 열심히 고전을 읽어 왔다. 그녀 아버지의 서재에는 주로 동양의 문헌이 가득하긴 했으나 포프나 드라이든이나 셰익스피어 같은 작가들의 작

● 한 남녀가 조지프 콘래드에 대해 나누는 대화 형식의 글로, 울프가 새로운 방식의 문학비평을 시도한 것이다. 번역 대본으로는 Virginia Woolf, *The Captain's Death Bed and Other Essays*(Hogarth Press, 1950)를 사용했다.

●● 《수호된 베니스》 등으로 유명한 영국의 극작가 토머스 오트웨이(1652~1685).

품 또한 그 영광의 시기에서 쇠퇴의 시기에 쓰인 것까지 두루 갖추어져 있었다. 만일 딸들이 자신들이 원하는 책을 읽는 것을 스스로 즐긴다면 그것은 분명 교육의 한 방식이었을 텐데, 아버지로서는 지갑을 덜 열어도 되니 축복해야 마땅할 일이었다.

그것이 교육이라고 불릴 수 있다는 사실을 요즘에는 그 누구도 인정하려 들지 않을 것이다. 다행스레 말할 수 있는 것은 퍼넬러피가 절대 따분해하지 않고 배움의 작은 언덕들을 용감하고 야심 차게 올랐다는 사실인데, 어쩌면 더 큰 지식이 제한되거나 방향을 틂으로써 그녀가 자신만의 책을 쓰겠다는 덜 다행스러운 열정에 빠질 수도 있었으니 말이다. 상황이 그러했기에 그녀는 읽고 이야기를 나누는 것에 만족했다. 집안일을 하는 사이사이에 독서를 하고, 옆에 누가 있을 때는 이야기를 했으며, 보통 일요일에 손님이 오면 화창한 여름날의 잔디에서 멋진 주목나무 아래 앉아 이야기를 나누었다.

그런 8월의 어느 뜨거운 일요일 아침, 그녀의 오랜 친구인 데이비드 로는 그녀의 의자 옆 잔디에 다섯 권의 근사한 책이 놓여 있는 것을 보고는 괴로움을 느꼈지만 별로 놀라진 않았고, 한편 퍼넬러피는 여섯 번째 책의 책장 사이에 손가락을 얹어 그의 존재를 알은척하며 하늘을 바라보았다.

"조지프 콘래드라." 견고하고, 우아하고, 훌륭해 보이지만 긴 인생에 걸쳐 거듭 되풀이해서 읽어야 할 그 훌륭한 책들을 들어 무릎에 올리며 그가 말했다. "보아하니 결정을 내린 모양이네. 조지프 콘래드는 고전이지."

"네 의견은 그렇지 않겠지." 그녀가 대답했다. "네가 《황금 화살》과 《구조》를 읽고 내게 보낸 그 신랄한 편지들을 나는 기억하고 있어. 너는 콘래드를 젊은 시절에 배운 단 한 곡의 노래를 절망적으로 음정이 맞지 않게 계속해서 불러대는 늙고 환멸에 찬 나이팅게일에 비유했잖아."

"깜박 잊고 있었어." 데이비드가 말했다. "하지만 그건 사실이야. 우리가 그토록 훌륭하게 여긴 〈청춘〉, 《로드 짐》, 《나르시서스호의 검둥이》 같은 초기 소설 이후의 그 책들은 나를 어리둥절하게 만들었거든. 어쩌면 그가 외국인이라서 그럴지도 모르겠다고 마음속으로 생각해보기도 했지. 그는 우리가 느리게 말할 때는 우리의 말을 완벽히 이해하는데, 우리가 흥분했거나 마음 편한 상태로 말할 때는 그러지 못한 것 같아. 콘래드에게는 구어체 감각이 전혀 없어. 친밀감도 없고 유머도 없지. 적어도 영국식 유머는 말이야. 그리고 그것이 소설가에게 큰 결점이라는 사실을 너도 인정할 거야. 물론 그가 낭만적인 사람이라는 사실은 말할 필요도 없지. 그것에 반대할 사람은 아무도 없어. 하지만 거기에는 끔찍한 벌칙, 죽음, 그러니까 마흔 살에 맞이하는 죽음이나 환멸이 따르지. 만일 너의 그 낭만적인 작가가 계속 살고자 한다면 자신의 환멸을 직시해야만 할 거야. 그는 대비가 분명한 음악을 만들어내야만 해. 하지만 콘래드는 자신의 환멸을 직시한 적이 한 번도 없지. 그는 선장들과 아름답고 고귀하고 단조로운 바다에 대한 똑같은 노래만 계속 불러대고 있어. 그런데 이제는 흠 하나 없던 그의 젊은 시절의 선율에 금이 갔다는 생각이 드는군. 그의 정신은 한 가지 사실밖에는 알지 못하고, 그런 정신은 절대 고전의 반열에 들 수 없어."

"하지만 콘래드는 위대한 작가야! 위대한 작가라고!" 의자의 팔걸이를 움켜잡으며 퍼넬러피가 외쳤다. "그 사실을 어떻게 증명하면 좋을까? 우선 네 견해가 불완전하다는 사실부터 인정해. 너는 건너뛰었지. 홀짝거리면서 맛만 봤어.《나르시서스호의 검둥이》에서 《황금 화살》로 훌쩍 넘어가버렸으니까. 너의 허울 좋은 이론은 네가 면도하는 동안 짠 거미줄•같은 설탕 절임일 뿐인데, 그것의 주목적은 살아 있는 작가의 작품을 연구하거나 어쩌면 자기 입으로 칭찬해야 하는 수고를 덜기 위한 것이지. 너는 심술궂은 파수꾼이야. 하지만 콘래드는 인정해줘야 할걸."

"귀를 쫑긋 세우게 되는군." 데이비드가 말했다. "네 이론을 한번 설명해봐."

"내 이론도 물론 네 이론처럼 거미줄로 만든 것이지. 하지만 이것만은 분명해. 콘래드는 단일하고 단순한 작가가 아니

• '빈약한 추론'을 뜻한다.

야. 그래, 그는 여러 면모를 지닌 복잡한 작가지. 우리가 종종 동의했다시피 그것은 현대 작가들 가운데 흔한 경우야. 그들이 이런 자아들을 관련지을 때, 반대되는 자아들을 단순화시키고 조화시킬 때, 바로 그때 그들은 (보통 만년에) 그런 완벽한 책들을 써내고, 그런 이유로 우리는 그것들을 그들의 걸작이라 부르는 거지. 그런데 콘래드 씨의 자아들은 특히나 서로 반대돼. 그는 공통점이라고는 전혀 없는 두 사람으로 이루어진 존재지. 그는 네가 말한 단순하고 충실하고 모호한 선장인 동시에 미묘하고 심리적이고 수다스러운 말로이기도 해. 초기작에서는 선장이 우위를 차지하지. 후기작에서는 적어도 말로가 모든 이야기를 해나가. 이 아주 다른 두 남자의 조합이 온갖 기이한 효과를 만들어내지. 매 순간 엄습할 조짐을 보이는 갑작스러운 침묵, 거북한 충돌, 거대한 무기력 상태를 너도 분명 알아차렸을 거야. 내 생각에 이 모든 것은 그 내적 갈등의 결과가 분명해. 왜냐하면 말로는 모든 동기를 추적하고 모든 그림자를 탐구하고 싶어 하는 반면, 그의 동반자인 선장은 영원히 그의 바로 곁에 머물면서 '이 세상, 이 일시적인 세상은 아주 적은 단순한 생각들에 의지해 있는데, 그것들은 너무 단순하기에 저 언덕들만큼이나 오래되었음에 틀림없다'•라고 말하고 있기 때문이지. 또 한편으로 말로는 말이

• 《개인적인 기록》 서문의 일부.

많은 남자로, 그가 하는 모든 말은 그에게 소중하고 매력적이며 유혹적이야. 하지만 선장은 그의 말을 가로막아버리지. '말이라는 재능은 별로 대단한 것이 아니다'라고 그는 말해. 그러고는 선장이 승리를 거두지. 콘래드의 소설에서 개인적 관계는 절대로 결정적이지 않아. 사람들은 위엄 있는 추상적 개념에 대해 그들이 취하는 태도로 평가를 받지. 그들은 충실한가, 고결한가, 용감한가? 그가 사랑하는 이들은 바다의 품에서 죽는 것이 예정되어 있어. 그들이 부르는 애가는 밀턴의 '이곳에 통곡할 일은 없다. (……) 그저 우리를 진정시키는 그토록 고귀한 죽음이 있을 뿐'•이라는 애가와 같은 것인데, 그것은 서로 개인적 친밀함을 나눈 헨리 제임스의 인물들의 주검 앞에서는 절대 읊을 수 없는 말이지."

"나를 용서해줘." 데이비드가 말했다. "내가 명백히 무례를 범했군. 너의 이론은 충분히 훌륭하지만, 네가 콘래드를 인용하는 순간 그 이론은 달빛••으로 변하고 말았어. 태양이 없을 때만 빛나는 비평이라는 예술은 얼마나 불행한지! 나는 콘래드의 산문이 지닌 주문 같은 매력을 잊고 있었어. 그 주문은 대단한 힘을 지닌 게 틀림없는데, 왜냐하면 네가 인용한 몇 마디 말만으로도 더 듣고 싶은 압도적인 갈망이 생겨났거

● 존 밀턴(1608~1674)의 시극 《투사 삼손》에서 변형 인용.

●● '쓸데없는 소리'를 뜻한다.

든." 그는 《나르시서스호의 검둥이》를 펼쳐서 읽었다. "'바다의 오만한 자비로 집행이 유예된 자들에게 그 불멸의 바다는 정의롭게도 그들이 소망한 불안이라는 완전한 특권을 부여한다. (……) 그들은 물에 빠져 흠뻑 젖었다가 뻣뻣해진 채 모습을 드러내 자신들의 알 수 없는 운명이 이행하는 무자비한 요구를 받아들였다.' 이렇게 단편만 인용하는 것은 온당치 않겠지만, 그것만으로도 극도의 만족감이 드는군."

"맞아." 퍼넬러피가 말했다. "호언장담과 단조로움의 씨앗이 들어 있는 장려하고 사려 깊은 방식으로 쓰인 훌륭한 문장들이지. 하지만 사실 내가 더 좋아하는 것은 방을 가로질러 쥐를 습격하는 고양이처럼 갑자기 곧장 달려드는 듯한 문장들이야. 이를테면 숌버그 부인을 '긴 곱슬머리에 이 하나가 파란 말라빠진 작은 여자'로 묘사하거나 죽어가는 남자의 목소리를 '해변의 부드러운 노래를 따라 굴러다니는 마른 잎사귀 하나의 바스락거림 같다'고 묘사한 문장이 그렇지. 그는 한 번을 봐도 영원히 보는 사람이야. 그의 책들은 직관적 통찰의 순간들로 가득해. 그것들은 눈 깜짝할 사이에 인물 전체를 환히 비춰주지. 어쩌면 나는 도덕주의자 웨일리 선장보다 직관주의자 말로를 더 좋아하는지도 모르겠어. 하지만 콘래드 작품 특유의 아름다움은 그 둘이 함께 있음으로 인해 생겨나는 것이지. 표면의 아름다움 아래에는 늘 도덕성이라는 기질이 자리하고 있어. 네가 읽은 각각의 문장에서 허위와 감상벽과 나태함에 맞선 격렬한 투쟁 끝에 얻어낸 단호한 태도와 차분함이 느껴지는 듯해. 그는 자신의 목숨을 구해야 했기에 나쁘게 쓸 수 없었을 거라는 느낌이 들어. 선원들이 배에 대한 의무를 지니듯이 그는 글에 대한 의무를 지닌 거야. 아닌 게 아니라 콘래드는 저 고질적인 풋내기 선원인 헨리 제임스와 아나톨 프랑스를 찬양하기도 하지. 마치 그들이 강풍이 몰아치는 가운데 나침반도 없이 자신들의 책을 항구로 가져온 퉁명스럽고 노련한 뱃사람이라도 되는 양 말이야."

"분명 그는 19세기 말에 이 해안에 갑자기 찾아온 기이한 유령이었지. 예술가이자 귀족인 폴란드인이었어." 데이비드가 말했다. "나는 아직도 그를 영국 작가로 생각할 수가 없거든. 그는 자신의 것이 아닌 언어를 사용함에 있어서 너무 정중하고 너무 공손하고 너무 세심해. 하긴 그는 물론 뼛속까지 귀족인 사람이니까. 그의 유머는 귀족적이야. 폴스타프●로부터 내려온 보통의 영국 유머처럼 노골적이거나 자유롭지 않고 반어적이며 냉소적이지. 그는 한없이 내성적이야. 그리고 나의 불만 사항인 친밀감의 결여는 어쩌면 단지 네가 '위엄 있는 추상적 개념'이라고 부르는 것에 기인하는 게 아니라, 그의 책에 여자가 등장하지 않는다는 사실에 기인하는지도 몰라."

● 셰익스피어의 희극에 등장하는 천진난만하고 쾌활한 뚱뚱보 기사.

"배가 있잖아, 아름다운 배가." 퍼넬러피가 말했다. "배는 그의 책에 등장하는 여자들, 그러니까 대리석으로 만든 산 또는 매력적인 소년이 여배우의 사진을 보며 꾸는 꿈인 그 여자들보다 훨씬 더 여성적이야. 그런데 위대한 소설이 정말로 남자와 배, 남자와 폭풍우, 남자와 죽음과 불명예로 만들어질 수 있을까?"

"아, 다시 위대함의 문제로 돌아왔군." 데이비드가 말했다. "그렇다면 네가 말한 대로 복잡한 직관적 통찰이 단순해지고, 말로와 선장이 결합해서 극히 미세하고 심리적으로 심오하면서도 '너무 단순하기에 저 언덕들만큼이나 오래되었음에 틀림없는' 아주 적은 단순한 생각들에 기반한 세상을 만들어내는 그런 위대한 책은 어떤 책이지?"

"나는 이제 막 《우연》을 다 읽었어." 퍼넬러피가 말했다. "내 생각에 그 작품은 위대한 책인 것 같아. 하지만 이제 너는 그걸 직접 읽어봐야 할 텐데, 왜냐하면 너는 내 말을 인정하지 않을 테니까. 특히 그 말이 나 자신도 분명히 설명할 수 없는 것일 때는 더더욱 그렇겠지. 그 작품은 위대한 책이야, 위대한 책이야." 그녀가 되풀이해 말했다.

콘래드는 폴란드 출신으로 스무 살이 될 때까지 영어를 한마디도 못 했다. 하지만 그는 영문학 역사에 길이 남을 소설들을 남겼는데 《어둠의 심장》은 오늘날에도 펼쳐볼 수 있는 그의 대표작이자 세계문학의 고전이 되었다.

해설

저 아프리카 숲의 어두운 심장 소리

《어둠의 심장》은 폴란드에서 태어나 영국으로 귀화한 소설가 조지프 콘래드가 1899년에 발표한 자전적 중편소설로, 출간 당시에는 거의 아무런 비평적 관심을 끌지 못했으며 콘래드 자신도 특별히 중요하게 취급하지 않은 작품이었다. 하지만 1960년대 무렵에는 여러 대학과 고등학교 수업에서 가장 많이 다루어지는 작품 중 하나가 되었고, 관련 비평 및 그에 대한 반론, 반론에 대한 반론이 꼬리에 꼬리를 물고 이어지며 콘래드의 대표작이자 가장 유명한 영문학 작품의 반열에 올랐다.

《어둠의 심장》은 찰리 말로라는 선원이 들려주는 이야기의 형식을 취하고 있는데, 말로 자신이 한때 증기선의 선장이 되어 아프리카의 오지로 떠나며 겪은 일과 거기서 알게 된 커츠라는 상아 중개상에 대한 내용이 주를 이룬다. 중편소설답게 그리 길지 않은 분량과 단순한 플롯의 작품임에도 영문학계에서 가장 많이 분석된 작품 중 하나가 된 이유는, 비평가 해럴드 블룸의 말을 빌리자면 "그 특유의 다의적 성격" 때문이다. 게다가 탈식민주의 비평에 맞춤한 주제와 콘래드 특유의 미문에 힘입어 《어둠의 심장》의 유명세는 점점 더 커져만 갔다. 문학작품과 대중문화에도 큰 영감을 주었는데, 대표적으로 지금도 서구권에서 널리 인용되는 T. S. 엘리엇의 시 〈텅 빈 사람들〉, 《어둠의 심장》을 향한 일종의 반론으로 쓰인 치누아 아체베의 소설 《모든 것이 산산이 부서지다》, 프랜시스 포드 코폴라 감독의 영화 〈지옥의 묵시록〉 등을 꼽을 수 있겠다. 오슨 웰스 감독이 원래 《어둠의 심장》을 원작으로 첫 영화를 만들려 했으나 예산 부족으로 어쩔 수 없이 포기하고 대신 〈시민 케인〉을 만들었다는 일화 또한 유명하다.

주제 및 스타일에 대하여

《어둠의 심장》의 핵심 주제는 이른바 문명인과 야만인을 가르는 기준이 그리 명확하지 않다는 것이다. 아프리카 난민 문제가 유럽 각국의 가장 큰 이슈가 된 지금과 달리, 아프리카가 여전히 수탈의 대상이었으며 인종차별이 당연한 것으로 여겨지던 시절에 이런 주제는 분명 지금 우리가 생각하는 것보다 훨씬 더 파격적으로 받아들여졌으리라. 하지만 어디까지나 오늘날의 일반 독자, 특히 우리나라 독자에게 더 중요한 점은, 콘래드가 겨냥하는 지점이 단순히 사회적, 문화적 차원이 아니라 형이상학적 차원에 이른다는 데 있을 것이다. 단지 어떤 시대와 지역에 한정된 이야기가 아니라 보편적인 가치를 지닌 고전으로 인정되어야만 서구인이 아닌 우리에게도 의의가 있을 테니 말이다.

콘래드가 이처럼 동떨어져 보이는 두 인종과 세계의 기준을 흐리게 하고자 동원하는 기법은 바로 '중첩'이다. 이는 우선 시작부터 두드러지는데, 화자인 말로가 입을 열고 내뱉은 첫마디는 다름 아닌 "그리고 이곳 또한…… 지구상의 어두운 곳 중 하나였지"다. 여기서 '이곳'은 물론 고도로 발달한 문명을 상징하는 백인의 땅 영국이다. "바다로 통하는 템스강의 직선 수로" 너머 "그레이브젠드 상공의 대기는 어두웠고, 훨씬 더 뒤쪽에서는 애절한 어둠으로 응축되어 지상에서 가장 크고 위대한 도시를 가만히 뒤덮고" 있다. 그리고 곧이어 문명의 대척점으로서 언급되는 미개한 야만인의 땅 '콩고'는 "거대한 뱀을" 닮은 강이 있는 "어둠의 공간"으로 그려진다(물론 콘래드는 '콩고'라는 단어를 전혀 사용하지 않았고, 이는 어디까지나 구체성을 발판으로 삼아 추상성의 공간으로 올라가기 위한, 주제를 최대한 보편적인 층위로 끌어올리려는 의도인데, 여기서는 편의상 '콩고'로 지칭하기로 한다. 첨언하자면, 콘래드는 콩고 자체를 일종의 정신적인 싸움이 벌어지는 관념적이고 추상적인 장소로 만들기 위해 일부 사실을 의도적으로 왜곡했고, 따라서 이에 대한 아체베 등의 비판은 무척이나 정당한 동시에 어느 정도 편협한 것으로도 볼 수 있을 것이다).

이는 마치 영국이 과거에 콩고였으며, 콩고는 미래에 영국이 될 거라는 이야기처럼 들린다. 완전히 다르지만 실은 약간의 시차가 있을 뿐인 거울상으로서의 두 장소. 콘래드는 이처럼 처음부터 영국과 콩고를 겹쳐놓으며 이야기를 시작한다.

이야기가 진행됨에 따라 야만인과 문명인의 경계도 점점 흐려진다. 말로는 오지에서 겪은 "가장 곤혹스러운 일"이 "그들이 비인간적인 존재가 아닐지도 모른다는 의심", "그들이, 우리처럼, 인간성을 지니고 있을 거라는 생각, 이 사납고 격정적인 소란이 우리와 먼 친척 관계일지도 모른다는 생각"이었다고 말한다. 이는 흑인 조타수가 죽어가며 그에게 던진 "친밀하고도 심오한 시선"을 "가장 중요한 순간에 먼 친척 관계라는 주장이 확인되기라도 했던 것처럼"이라고 말하는 것에서도 반복된다.

또한 말로는 야만인의 문화적 기호를 읽어내지 못한다. 흑인 소년이 목에 두른 "작고 흰 소모사"를 두고 그는 자문한다. "그것은 증표였을까, 장식이었을까, 부적이었을까, 신의 노여움을 달래는 행위였을까? 그것에 어떤 의도가 있기나 했던 걸까?" 야만인의 외침을 두고는 "그 선사시대의 인간들이 우리를 저주하는지, 우리를 위해 기도하는지, 우리를 환영하는지, 그걸 누가 알 수 있었겠나? 우리는 우리를 둘러싼 광경을 전혀 이해할 수 없었어"라며 타 문화에 대한 자신의 철저한 무지를 솔직히 고백한다.

그가 읽어내지 못하는 것은 야만인의 문화적 기호뿐만이 아니다. 우연히 발견한 책의 여백에 적힌 메모를 그는 암호라고 생각하며 그것이 "엄청난 수수께끼"였다고 말한다. 하지만 그것은 단지 러시아어 문자에 불과한 것으로 밝혀진다. 모르는 외국어 문자 앞에서 그는 한순간에 자신이 생각하는 야만인과 동등한 위치로, 문맹으로 전락하고 만 것이다. 야만인과 그는 사실상 본질적으로 아무 차이가 없다. 그의 눈에는 야만인들이 "청동빛 육신들"로 보이겠지만, 야만인의 입장에서는 "멀리서 보면 백인들은 구분할 수 없을 만큼 서로 비슷"한 존재이니 말이다.

《어둠의 심장》 전체를 통틀어 가장 강력한 이미지는 놀랍게도 시각적 이미지보다는 '기적 소리'나 '외침' 등의 청각적 이미지인데, 그중에서도 주제적으로 가장 중요한 것은 바로 증기선이 수로를 지나는 동안 밤미다 들려오는 '북소리'다. 북소리는 우선 지금까지 살펴본 무지의 연장선상에서 해석된다. 그 "기이하고 매력적이면서도 도발적이고 야성적인 소리"는 "어쩌면 기독교 국가의 종소리만큼이나 심오한 의미를 담고 있는지도" 모르는 것으로, "그것이 의미하는 게 전쟁인지 평화인지 기도인지 우리로서는 알 길이" 없는 것으로 여겨진다. 그런데 이 북소리의 문학적 효과는 여기서 멈추지 않는다. 문명인과 야만인의 경계는 결정적으로 (저들의) 북소리와 (우리의) 심장박동의 유사성을 통해 좀 더 본질적인 층위에서 허물어지기 때문이다. "북소리와 내 심장이 뛰는 소리를 혼동하고는 그것의 규칙적이고 차분한 소리에 만족감을 느꼈던 일도 기억나는군"이라는 말이나 "정복자 어둠의 심장 박동처럼 규칙적이고 둔탁한 북소리"라는 표현은 백인과 흑인을, 현재와 아득한 과거로서의 선사시대를 겹쳐놓는다. 북소리와 함께 들려오는 심장박동을 들으며, 비로소 우리는 말로의 여행이 "우리가 시간적으로 너무 멀리 떨어져서 기억도할 수 없고, 거의 흔적도, 아무 기억도 남기지 않은 채 사라져버린 시대, 그 최초의 시대의 밤"으로의 심리적 시간 여행이기도 하다는 것을 피부로 느끼게 된다. "단조로운 큰북 소리"를 "비몽사몽인 나의 감각에 이상한 최면을 거는" 것으로 실감하게 된다.

좀 더 구체적인 층위에서는 커츠와 말로가, 야만인 여자와 커츠의 약혼자가 중첩되기도 한다. 커츠는 "속이 텅 비어" 야생의 속삭임이 "그의 내면에서 큰 소리로 울려" 퍼짐으로써 "목소리로 출현"하게 된 남자로, 어둠 속에서 이야기를 들려주는 말로는 "목소리에 불과한 존재가 된 지도 이미 오래였다"고 말해지며, "비극적이고도 친숙한 그림자인 그녀", 즉 커츠의 약혼자가 취하는 몸짓은 "어둠의 강 위로 헐벗은 갈색 양팔을 뻗던 또 다른 비극적인 여자의 몸짓을 닮은" 것이었다고도 말해지기 때문이다. 이처럼 중첩은 시공간과 인물을 가리지 않고 작품 전체에 걸쳐 이루어지며 《어둠의 심장》 자체를 하나의 형이상학석 거울로 만든다.

이처럼 탄탄한 구조적인 측면 외에도 《어둠의 심장》을 치밀한 작품으로 만드는 것이 또 있으니, 그것은 바로 작품 특유의 밀림 같은 문체다. 작품 내에서 숲은 "사원의 벽보다 더 높이 서 있는 빽빽한 초목의 벽", "거대한 초목의 벽", "구불구불한 수로 양편의 높은 벽", "검고 평평한 벽" 등에 비유되며 거의 폐소공포증을 낳을 듯한 숨 막힘을 유발하는데, 숨 쉴 새 없이 이어지는 빽빽한 콘래드의 문체 자체가 이런 벽 같은 숲을 닮아 있다. 작품을 읽다보면 그 어느 때보다도 좁아 보이는 문장 사이의 물리적 행간이 직선 수로처럼 보일 지경에 이를 정도다.

이처럼 뚫고 들어갈 수 없을 듯이 빽빽한 문체, 어둠에 가까운 문체는 자연히 불가지론으로 이어진다. 커츠의 정체는 상아 중개상, 연민과 과학과 신보 등의 사절, 화가, 기자, 연설가, 학자, 음악가, 만능 천재 등 점점 종잡을 수가 없어지며, 커츠를 향한 "그의 어둠은 뚫고 들어갈 수 없는 종류의 것이었어"라는 말로의 말은 커츠를 영영 알 수 없는 어둠의 존재로 만들어버린다. 이는 커츠의 이야기를 전하는 말로 자신이 "마치 내가 자네들에게 꿈 이야기를 해주려 애쓰기라도 하는 것 같군. 이게 다 헛수고인 듯한 기분이 드는데, 왜냐하면 꿈에 대해 아무리 이야기해봤자 꿈의 감각, (……) 믿을 수 없는 것에 사로잡혔다는 생각 등은 도저히 전달할 수가 없을 테니 말이야"라고 말하는 데서 좀 더 심화된다(물론 그 와중에도 유독 선명하게 다가오는 내용이 있는데, 커츠가 상아에 거의 미쳐버린 이유 중 하나가 약혼마저 마음대로 하지 못한 그의 상대적 가난 때문일지 모른다는 언급이다. "그를 그곳으로 내몬 게 상대적으로 가난한 자신의 처치에 대한 조바심이었다"라는 말에서, "지구의 정복이라는 것은 대개 우리와 피부색이 다르거나 코가 우리보다 살짝 낮은 사람들의 소유물을 빼앗는 것을 의미"한다는 말에서 우리는 인간을 인간 이하의 존재로 만드는 자본주의와 소유욕에 대한 비판을 읽어낼 수 있다).

말로는 또 말한다. "다른 사람은 절대 알 수 없는 나 자신의 본질. 그들은 그저 겉모습만 볼 수 있을 뿐, 그것이 실제로 어떤 의미인지는 절대 알지 못하지." 이렇게 보면 《어둠의 심장》은 '어둠의 심장부'에 다녀왔지만 결국 그 어둠은 뚫고 들어갈 수 없는 것이라는 사실만 깨닫고 돌아온, 허깨비만 보고 왔으며 "살아 있는 한 이 유창한 유령을 보게 될" 귀신 들린 사람의 꿈 이야기를 다룬 형이상학적 공포소설이기도 하다.

번역에 대하여

개인적으로 《어둠의 심장》의 번역을 선뜻 수락한 것은 영화 〈지옥의 묵시록〉의 오랜 팬이었기 때문이다. 중학생 때 비디오테이프로 처음 본 이후 '리덕스'와 '파이널 컷'이 개봉할 때마다 극장에 달려간 사람으로서, 〈지옥의 묵시록〉을 통해 처음 알게 된 '더 도어스'와 '바그너'의 음악을 여전히 좋아하는 사람으로서 원작 소설을 아직 보지 못했다는 것은 오랜 아쉬움과 부끄러움으로 남아 있었다. 분량도 그리 많지 않으니 작업 시간도 오래 걸리지 않을 것 같았다. 하지만 그것은 돌이킬 수 없는 오판이었다.

번역은 책장을 펼치기도 전에 제목에서부터 막히고 말았다. 'darkness'야 당연히 '어둠'으로 옮기면 되겠지만 'heart'는 어쩌면 좋단 말인가? '심연'으로 옮기는 게 가장 무난하고 문학적이겠으나 '심연'의 '연(淵)'이 '연못'을 뜻한다는 게 마음에 걸렸다. 'heart of darkness'는 작품의 주요 배경을 이루는 '콩고 내륙의 빽빽한 초목'을 가리키는 동시에 '인간의 광기', 즉 물리적 영역과 심리적 영역을 모두 가리키는 표현이기 때문이다. 또한 앞서 말했다시피 숲의 북소리는 '심장 소리'와 공명하면서 작품 내내 울려 퍼지고, 마지막에 가서는 "정복자 어둠의 심장박동"까지 언급된다. 'heart'가 글자 그대로 심장의 뜻으로도 사용되는 것이다. 《어둠의 심장》을 다 읽은 후 지금도 마음속에, 아니 귓가에 남아 있는 것은 한밤중에 쿵, 쿵 고동치며 들려오는 저 아프리카 숲의 어두운 심장 소리다. 나는 아프리카 숲에서 울리는 북소리를 실제로 들어본 적이 없지만 심장에 손을 가져간 뒤 눈을 감으면 자연히 그 북소리를 들을 수 있었다. 그러자 'heart'를 '심장' 말고 다른 단어로 옮기기란 불가능해졌다. 사실 우리말로는 '심장'보다는 '심장부'가 좀 더 자연스러운 역어일 것이다. 하지만 독자들이 책을 덮은 후에도 '어둠의 심장이 뛰는 소리'를 듣게 해주기 위해서는 '어둠의 심장부'보다는 '어둠의 심장'이 훨씬 더 나아 보였다. 이런 이유 말고도 '어둠의 심장부'는 너무 설명적으로 들리는 반면, '어둠의 심장'은 좀 더 시적으로 들렸다(다만 작품 내에서는 'heart of darkness'를 문맥에 따라 '어둠의 심장' 혹은 '어둠의 심장부'로, 딱 한 번 등장하는 'depths of darkness'는 '어둠의 심연'으로 옮겼다). 한국어를 모르는 콘래드도 이런 선택에 분명 흡족해하리라 확신하며, 역자의 제안을 흔쾌히 받아들여준 휴머니스트 편집부에도 이 자리를 빌려 감사를 전한다.

독자들이 《어둠의 심장》을 접하게 되는 경로는 다양할 것이다. 콘래드의 대표작이라서 읽거나, 학교 과제를 위해 읽거나, 나의 경우처럼 단순히 〈지옥의 묵시록〉의 팬이어서 읽거나. 하지만 어떤 경우든, 《어둠의 심장》이 그토록 많은 비평의 대상이 된 작품이라고 해서 처음부터 너무 딱딱하게, 그러니까 학술적인 관점에서 접근하지는 말았으면 하는 게 역자로서의 바람이다. 독서는 일차적으로는 지적 유희를 위한 것이어야 한다. 《어둠의 심장》은 관련 비평을 끌어오지 않더라도 그 자체로 충분히 흥미로운 작품이므로, 먼저 자기 느낌과 생각을 정리해본 후 그래도 관심이 생긴다면 그때 관련 논문들을 찾아봐도 늦지 않을 것이다. 그리고 좀 이상한 말일 수도 있는데, 역자로서 독자들에게 강조하고 싶은 부분은 작품의 주제보다는 문체다. 솔직히 말해서 탈식민주의적 주제는 동양인인 우리에게 피부에 크게 와닿는 주제는 아닌데('탈식민주의'라고 하면 당장 엄숙한 학술 세미나 현장부터 떠오른다), 문체라면 이야기가 다르다. 문체는 작가의 지문이나 마찬가지다. 문체가 곧 작가라고, 자신만의 문체가 없으면 작가도 아니라고 굳게 믿는 한 사람으로서, 콘래드의 문체는 경이로움 그 자체였다. 물론 한국어로 옮기며 불가피하게 구조가 깨지긴 했지만, 예술의 경지에 이른 밀림 같은 문체가 그대로 작품의 배경을 구현해내는 드문 체험을 해볼 수 있을 것이다.

《어둠의 심장》은 모호한 만큼 풍부한 해석을 낳을 것이며, 그 문체는 어느 숨 막히는 정신적 투쟁의 공간 속으로 독자 여러분을 데려갈 것이다. 혹여나 그러지 않더라도 최소한, 그동안 일부에게는 관광지로만 보이던 템스강이 전혀 다른 강, 개척과 수탈의 전초기지로 보이는 경험을 하게 될 것이다. 그리고 그것은 미디어에서 너무 아름답게만 그려지는 경향이 있는 서구 문명을 다시금 비판적으로 바라보는 계기가 되어줄 것이다. 한국 독자들에게 이 작품의 의의는 우선 이것만으로도 충분하리라. 콘래드 사후 100주기를 기념하며 출간된 《어둠의 심장》을 통해 "인간의 입술 없이 강의 무거운 밤공기 속에서 스스로 생겨난 듯한 이 이야기가 불러온 희미한 불안감"을 만끽하시길 바란다.

황유원

발문

《어둠의 심장》, 근대성의 스키조프레니아 ●

    조지프 콘래드의 《어둠의 심장》은 그가 마흔두 살이었던 1899년부터 《블랙우드 매거진》에 연재한 중편소설이다. 19세기 말, 작품의 화자인 말로는 영국의 템스강에서 한 무역회사 소속의 증기선 선장이 되어 아프리카로 출발한다. 콩고로 추정되는 어느 아프리카 지역의 강 상류에 있는 교역소에 도착한 그는 '전설의 인물' 커츠를 만난다. 커츠는 원주민(선주민)에게서 빼앗은 상아 교역상의 책임자다. 《어둠의 심장》은 말로가 유럽의 지식인에서 '야만인'이 되어가는 커츠를 만났던 이야기를 들려주는 형식으로 구성되어 있다.

    러시아 지배하의 폴란드에서 태어난 콘래드에게 영어는 폴

●   조현병을 뜻한다. '분열된다'는 의미의 '스키조(schizo)'와 '마음'을 의미하는 '프레니아(phrenia)'에서 유래했다.

란드어와 프랑스어에 이은 제3의 언어였다. 콘래드의 생애 자체가 유럽 근대화 프로젝트였던 제국주의의 '핵심(heart)'을 보여주는데, 영어를 전혀 모르는 상태에서 영국에 귀화해 영 어로 다수의 소설을 썼다는 사실은 그의 작품 세계의 '심장부 (heart)'를 이해하는 데 도움이 된다.

이 작품의 근본적인 의미는 근대성에 대한 묘사와 성찰에 있다. 《어둠의 심장》은 근대적 주체, 제국주의 주체의 필연적 분열을 사실적으로 묘사한 걸작으로 평가받는다. 이러한 사실은 상당 부분 작가의 복잡하고 독특한 생애와 초국적 포지션에서 기인한다고 볼 수 있다.

1979년 칸 영화제 황금종려상 수상작인 프랜시스 포드 코폴라 감독의 영화 〈지옥의 묵시록〉의 원작이자 살만 루슈디의 자서전 《조지프 앤턴》(루슈디가 가장 좋아하는 작가인 조지프 콘래드와 안톤 체호프에서 각각 이름을 따왔다)과도 밀접한 관계를 지닌 이 유명한 고전은 다양한 방식으로 읽을 수 있다. 탈(포스트)식민주의, 하이브리드 소설, 생태주의, 인종주의, 여성주의, 심리 비평, 신화 비평, 해체 비평, 심지어 모험소설 등이 그것인데, 이 모든 담론은 근대성의 여러 측면이자 근대와 탈근대를 넘나드는 다양한 해석이기도 하다. '모험소설' 역시 제국주의 열강들의 대항해시대, 즉 침략의 과정이 오랫동안 '모험', '개척'으로 불렸다는 의미에서는 같은 현상의 다른 표현이라고 할 수 있다.

콘래드는 자신이 누구인지를 알지 못하는 커츠와 같은 인물들의 '야만'과 비극성을 포착했다. 자기 몸의 가장 '중요한 부분(heart)'을 알지 못하는 상태에서 피해망상, 편집증, 스키조프레니아는 불가항력적이며, 커츠는 근대인의 표상으로 재현된다.

> 우리 둘을 지켜보는 그 광대함의 표면에 어린 정적이 우리에게 뭔가 호소하고 있는 것인지, 아니면 우리를 위협하고 있는 것인지 나는 알 수가 없었네. 헤매다가 이곳으로 들어온 우리는 대체 누구일까? 우리가 저 말 못 하는 존재를 다룰 수 있을까, 아니면 그것이 우리를 다루게 될까?

제국주의자들의 자기 개념은 타자를 통해서만 인식 가능한데, 이 작품에서처럼 누가 '나의 타자'인지 알 수 없는 상태, 즉 콩고의 자연인지, 원주민인지, 이등 시민인 여성인지 등 타자가 모호할 때는 정신 분열이 일어날 수밖에 없고, 이때 문명과 야만의 경계는 허물어진다.

근대성의 특징 중 하나인 포이에시스●와 의지는 필연적으로 자연 파괴와 미개 지역에 대한 침략(문명화 사명)을 포함한다. 그런 의미에서 《어둠의 심장》에 드러난 근대가 만들어낸

● 대상의 법칙에 따라 인간에게 필요한 것을 만드는 기술적 지식.

이분법, 문명(유럽)과 야만(아프리카), 확실성과 모호성, 나와 나머지 사람들(타자), 문화와 자연, 남성과 여성, 순수와 혼종성 등에서 커츠는 자신이 전자들을 대변한다고 생각했지만 거대한 이질성에 압도되어 '어둠 속'을 헤매게 된다. 왜냐하면 그것은 처음부터 '생각'이었기 때문이다.

탈식민주의의 핵심 전제는 이분법에 대한 의문이다. 이분법은 이데올로기일 뿐 현실에서는 불가능한 실천이다. 대개 근대성의 성격은 집착적인 편집증, 포스트 근대는 스키조프레니아와 혼종성이라는 이분법으로 설명되지만, 프랑스의 철학자 브뤼노 라투르의 주장처럼 근대성의 본질은 이분법이 아닌 하이브리드의 증식이라고 볼 수 있다. 근대인은 표면적으로는 주체와 대상, 문명과 야만, 인간과 자연, 과학과 신화 등을 엄격하게 구분했고, 그것이 자신들을 전근대인과 구분시켜주는 기본 성격이라고 생각했다. 그러나 자본주의는 자연과 사회, 과학과 문화, 지식과 이익이 구분될 수 없게 뒤얽힌 '인간, 기계, 자연'의 하이브리드를 엄청난 규모로 증식시키고 동원해온 결과다. 다시 말해 이분법에 대한 대안은, 상호작용이나 관계성이 아니라 이미 각각의 것들 내부 자체가 균질적이지 않다는 인식이다.

한편 이 작품에 대한 여성주의 해석은 여성의 보조적 역할이나 부재 비판과는 다른 차원에서 접근되어야 한다. 《어둠의 심장》은 인간의 자연에 대한 대상화, 자연의 여성화(젠더

화)를 지속적으로 문제 제기해온 여성주의 윤리학의 '전초기지'라는 점에서 당대 인류세를 예견한 작품이기도 하다.

정희진(서평가·문학박사)

조지프 콘래드 Joseph Conrad

1857년 폴란드에서 태어났다. 본명은 '유제프 테오도르 콘라트 코제니오프스키'. 폴란드 귀족 계급인 부모는 러시아 지배에 저항하는 독립운동을 펼쳤고, 아버지 아폴로 코제니오프스키는 시인, 극작가, 번역가로도 활동했다. 콘래드가 여덟 살이던 1865년에는 러시아 당국에 의해 볼로그다에서 유배 생활을 하던 어머니가 폐결핵으로 사망했고, 열두 살이 되었을 때는 아버지마저 여의었다. 외숙의 보살핌을 받으며 성장한 콘래드는 열일곱 살이던 1874년 폴란드를 떠나 프랑스 상선의 선원이 되었다. 이후 밀수와 도박 등에 연루되어 큰 빚을 지게 되었고, 스물한 살에는 권총 자살을 기도하지만 미수에 그쳤다. 영국 상선의 선원이 되면서 처음으로 영어를 배웠고, 1886년 영국으로 귀화했다. 한동안 항해와 작품 활동을 병행했지만 서른일곱 살부터는 작품 활동에만 전념했고, 헨리 제임스, 허버트 조지 웰스 등과 교류했다. 1895년에는 첫 장편소설 《올마이어의 어리석음》을 발표했다. 1890년 콘래드는 실제로 콩고강을 운항했는데, 《어둠의 심장》은 이때의 경험을 바탕으로 발표되었다. 인간성을 상실한 제국주의의 어두운 본성을 드러낸 콘래드의 대표작으로 자리매김했고 탈식민주의, 인종주의, 심리 비평, 생태주의 등 다양한 해석을 통해 오늘날에도 펼쳐볼 수 있는 세계문학의 고전이 되었다. 영화 〈지옥의 묵시록〉의 원작으로도 알려져 있다. 그 밖의 주요 작품으로는 《로드 짐》(1900), 《노스트로모》(1904), 《서구인의 눈으로》(1911) 등이 있다. 1924년 8월 3일 영국 비숍스본에서 심장마비로 세상을 떠났다.

옮긴이 황유원

서강대 종교학과와 철학과를 졸업했고, 동국대 대학원 인도철학과에서 박사과정을 수료했다. 2013년 《문학동네》 신인상을 수상하며 등단했다. 현재 시인이자 전문 번역가로 활동 중이다. 2015년 김수영 문학상, 2022년 대한민국예술원 젊은예술가상, 현대문학상, 2023년 김현문학패를 수상했다. 옮긴 책으로는 《모비 딕》, 《오 헨리 단편선》, 《짧은 이야기들》, 《유리, 아이러니 그리고 신》, 《바닷가에서》, 《폭풍의 언덕》, 《노인과 바다》 등이 있고, 지은 책으로는 《세상의 모든 최대화》, 《초자연적 3D 프린팅》, 《하얀 사슴 연못》 등이 있다.

휴머니스트 세계문학 041

어둠의 심장

1판 1쇄 발행일 2024년 8월 12일

지은이 조지프 콘래드
옮긴이 황유원

발행인 김학원
발행처 (주)휴머니스트출판그룹
출반등록 제313-2007-000007호(2007년 1월 5일)
주소 (03991) 서울시 마포구 동교로23길 76(연남동)
전화 02-335-4422 **팩스** 02-334-3427
저자·독자 서비스 humanist@humanistbooks.com
홈페이지 www.humanistbooks.com
유튜브 youtube.com/user/humanistma **포스트** post.naver.com/hmcv
페이스북 facebook.com/hmcv2001 **인스타그램** @boooook.h

편집주간 황서현 **편집** 김대일 이성근 김선경 **디자인** 김태형
조판 아틀리에 **용지** 화인페이퍼 **인쇄·제본** 정민문화사

ISBN 979-11-7087-228-3 04840
　　　979-11-6080-785-1 (세트)